诗词文曲鉴赏

宋词

上海辞书出版社文学鉴赏辞典编纂中心 编

上海辞书出版社

编者小引

词起源于隋，发展于唐五代，至两宋时期进入鼎盛时期。北宋初期，词坛呈现出士大夫词与市民词、雅词与俗词二水分流的局面。士大夫如晏殊、欧阳修等笔下大多表达闲适自得、流连光景、感伤时令的情怀。晏殊幼子晏几道与父并称“二晏”，承袭了气度闲雅、清丽高华的艺术风格。而宋初市民词代表作家——柳永，则将词这一文学体裁从士大夫阶层拉近到了市井街头的民众身边。柳永一生漂泊，为人放荡不羁。他精通音律，擅长层层铺叙、处处渲染，北宋初期繁荣富足的城市风光、失意文人羁旅行役的生活、秦楼楚馆的离愁别恨，在他笔下可谓是备足无余，一时间风靡大街小巷，赢得了“凡有井水饮处，即能歌柳词”的美誉。北宋晚期，秦观的“金风玉露一相逢，便胜却人间无数”轻灵和婉，周邦彦则凸显了“婉约派”典丽精工、格律严谨的特点。

如果说宋词最开始大多给人以写伤春悲秋、离情别绪甚至是男欢女爱为主的印象，后来“豪放派”词风大作，则给世人更为波澜壮阔的感受。“豪放派”发轫之始，可追溯到与晏、欧、柳同时期的范仲淹，作品慷慨悲凉，可见其“先天下之忧而忧，后天下之乐而乐”的博大胸怀。承袭冲破解放“诗庄词媚”风格的改革家后来不乏其人，北宋后期的政治家王安石，怀古咏今，刚健亢爽。而打破“诗言志，词言情”束缚实践最为人称道的豪放派作家，则是苏轼。世人熟知的苏东坡，不仅有锦帽貂裘、挽弓射虎的风发意气,还有抒写大江酹月、故国神游的雄伟壮阔。读苏轼,我们可以读到"人有悲欢离合,月有阴晴圆缺"的世事无常,感受到"江山如画,一时多少英雄豪杰"的气象磅礴,还有竹杖芒鞋、一蓑烟雨的轻松旷达。

之后辽宋战争频起,中国历史上出现第二次南北朝分裂局面。靖康之耻、家国情怀成了亘古不变的主题。传唱至今的岳飞的《满江红》,壮怀激烈,光昭日月。南宋的爱国词潮,到辛弃疾出现而升至巅峰。他一生渴望横戈跃马,收复中原,豪情壮志、一腔忠愤,尽托于词。同时期的陆游虽是以诗歌闻名,但词作里仍可见"当年万里觅封侯"的慷慨激昂。

南宋也不乏"婉约派"的代表,最为人称道的是女词人李清照,许多文学爱好者都能随口吟出李清照写的词。她生活横跨两宋,早年词风真挚明快、清丽浅近,后期经历战乱,于身世悲慷中寄寓伤恸。而承袭"婉约派"密丽精工词风的是姜夔、吴文英等人,词作也不乏故国之思、兴亡之戚。

这是对宋词的一个极简概括。本书简而又简,所选都是代表性词人的代表性作品,近百首,旨在介绍宋词的精华,体现宋词的风貌。特别值得一提的是,本书的鉴赏文字,都出自一流专家学者之手,或解释背景,或解析艺术特色,特别是能结合现代美学、文学理论,进行庖丁解牛式的分析,能使我们得到很多的艺术美感。艺术美感的获得过程,就是审美能力提升的过程,这也是我们阅读古典文学包括宋词的主要价值和意义吧!

上海辞书出版社文学鉴赏辞典编纂中心

2020.10

目录

酒泉子

潘 阆

长忆观潮，满郭人争江上望，来疑沧海尽成空，万面鼓声中。　弄潮儿向涛头立，手把红旗旗不湿。别来几向梦中看，梦觉尚心寒。

赏 析

钱塘观潮，现在在浙江海宁。但在北宋，观潮胜地却在杭州。夏历八月十八日是钱塘江潮汛的高潮期，那时，这一天是“潮神生日”，要举行观潮庆典，仪式非常隆重。每到这一天，官民各色人等，倾城出动，车水马龙，彩旗飞舞，盛极一时。还有数百健儿，披发文身，手举红旗，脚踩浪头，争先鼓勇，跳入江中，迎着潮头前进。潮水将至，远望一条白线，逐渐推进，声如雷鸣，越近高潮，声势越大，白浪滔天，山鸣谷应。水天一色，海阔天空。如沧海横流，一片汪洋。当地居民，就直接称呼钱塘江为“海”；称江堤为海堤。潘阆因言行“狂妄”被斥逐，漂泊江湖，卖药为生，曾流浪到杭州。涨潮的盛况留给他极其深刻的印象，以致后来经常梦见涨潮的壮观。这首《酒泉子》小词，就是他回忆观潮盛况之作。他用《酒泉子》这个词牌写过十首词，但以这一首写得最好，最为后人所传诵。

上片一开始，“长忆观潮”，表明作者对于杭州观潮盛况，永志难忘，经常回想。他首先回忆观潮的人：“满郭人争江上望”。杭州人倾城而出，拥挤钱塘江边，踮起脚尖，伸长脖子，争看江面潮水上涨。“满郭”(即“全城”意)，虽是夸张之词，但有现实生活作依据。吴自牧《梦粱录·观潮》载：“临安……西有湖光可爱，东有江潮堪观，皆绝景也。每岁八月内，潮怒胜于常时。都人自十一日起，便有观者。至十六、十八日倾城而出，车马纷纷。十八日最为繁盛。”可见，“倾城而出”是对这种传统的观潮盛况的真实写照。其次，作者回忆潮水汹涌澎湃的来势。南宋周密的《武林旧事·观潮》描写潮水来时，"大声如雷霆……吞天沃日，势极雄豪"，虽然也写得很形象，却不如潘阆"来疑沧海尽成空，万面鼓声中"这么惊险生动，有声有色。作者见潮水像一道道的银白色长城，排山倒海而来，简直怀疑大海的水，都被倒得一干二净，集中到钱塘江，声音轰隆轰隆，像万面战鼓同时敲打，观潮的人都陶醉在鼓声之中。真是天下壮观，人间奇迹！不能不令人钦佩作者的想象力，既大胆，又确切。经他这么夸张地描绘，纵使从来没有观过潮的人，也觉得心动神摇，意气风发。

词的下片继续回忆。作者想起那些弄潮健儿创造了人定胜天的奇迹与奇观："弄潮儿向涛头立，手把红旗旗不湿。"这是从上片末尾的浪漫主义的想象转入对亲眼看见的弄潮奇观的实写。所谓"弄潮儿"就是敢于在风口浪尖上向潮头挑战，戏弄潮头、藐视潮头的健儿。他们向涛头挺立，出没于起伏动荡的惊涛骇浪中，手举红旗，不被潮水溅湿。这是不可思议的奇迹，也是不可多见的奇观！《武林旧事》曾对"弄潮儿"作过生动的描绘："吴儿善泅者数百，皆披发文身，手持十幅大彩旗，争先鼓勇，溯迎而上，出没于鲸波万仞中，腾身百变，而旗尾略不沾湿，以此夸能。"他们不仅"手把红旗旗不湿"，还要互相竞赛，比个高低，真是了不起！但是，那些"弄潮儿"，并不是没有危险的，面向翻江倒海的怒潮，一不小心，立即有灭顶之灾。无怪作者说："别来几向梦中看，梦觉尚心寒。"作者当然是见过不少被淹没的健儿，才感到场面惊险，心寒胆战的。

上片回忆观潮，表现宇宙间的壮观；下片回忆弄潮，表现人定胜天的奇迹。作者写"观潮"，人与潮分开写，先写人山人海，后写潮势潮声。写"弄潮"，人与潮结合着写，写弄潮健儿迎向涛头，手举红旗，英姿飒爽，不可一世。如果只写"观潮"，不写"弄潮"，那就停留在自然风光的描写上，作为万物之灵的人只是消极的旁观者，意义不大；写了"弄潮"，使人与自然融为一体，作品就显示出广度与深度，表现出健儿们敢于和大自然搏斗的大无畏的精神面貌。末尾的"梦觉尚心寒"，作者用自己的感受——连做梦也被惊险的弄潮场面吓得胆战心寒，烘托"弄潮儿"精彩的表演，实际是对"弄潮儿"的热情歌颂。

（吴奔星）

苏幕遮

范仲淹

碧云天，黄叶地，秋色连波，波上寒烟翠。山映斜阳天接水，芳草无情，更在斜阳外。　　黯乡魂，追旅思，夜夜除非，好梦留人睡。明月楼高休独倚。酒入愁肠，化作相思泪。

赏　析

这首词抒写羁旅相思之情，题材基本不脱传统的离愁别恨的范围，但意境的阔大却为这类词所少有。

上片写秾丽阔远的秋景，暗透乡思。起手两句，即从大处落笔，浓墨重彩，展现出一派长空湛碧、大地澄黄的高远境界，而无写秋景经常出现的衰飒之气。王实甫《西厢记》"长亭送别"一折化用这两句，改为"碧云天，黄花地"，同样极富画面美与诗意美。

"秋色连波，波上寒烟翠"两句，从碧天广野写到遥接天地的秋水。秋色，承上指碧云天、黄叶地。这湛碧的高天、金黄的大地一直向远方伸展，连接着天地尽头的淼淼秋江。江波之上，笼罩着一层翠色的寒烟。烟霭本呈白色，但由于上连碧天，下接绿波，远望即与碧天同色而莫辨，如所谓"秋水共长天一色"，所以说"寒烟翠"。"寒"字突出了这翠色的烟霭给予人的秋意感受。这两句境界悠远，与前两句高广的境界互相配合，构成一幅极为寥廓而多彩的秋色图。

"山映斜阳天接水，芳草无情，更在斜阳外。"傍晚，夕阳映照着远处的山峦，碧色的遥天连接着秋水绿波，萋萋芳草，一直向远处延伸，隐没在斜阳照映不到的天边。这三句进一步将天、地、山、水通过斜阳、芳草组接在一起，景物自目之所接延伸到想象中的天涯。这里的芳草，虽未必有明确的象喻意义(如黄蓼园谓芳草喻小人，就不免穿凿)，但这一意象确可引发有关的联想。自从《楚辞·招隐士》写出了“王孙游兮不归，春草生兮萋萋”以后，在诗词中，芳草就往往与乡思别情相联系。这里的芳草，同样是乡思离情的触媒。它遥接天涯，远连故园，更在斜阳之外，使瞩目望乡的客子难以为情，而它却不管人的情绪，所以说它“无情”。到这里，方由写景隐逗出乡思离情。

整个上片所写的阔远秾丽、毫无衰飒情味的秋景，在文人笔下是少见的，在以悲秋伤春为常调的词中，更属罕见。而悠悠乡思离情，也从芳草天涯的景物描写中暗暗透出，写来毫不着迹。这种由景及情的自然过渡，手法也很高妙。

过片紧承芳草天涯，直接点出“乡魂”“旅思”。乡魂，即思乡的情思，与“旅思”义近。两句是说自己思乡的情怀黯然凄怆，羁旅的愁绪重叠相续。上下互文对举，带有强调的意味，而主人公羁泊异乡时间之久与乡思离情之深自见。

“夜夜除非，好梦留人睡”，九字作一句读。说“除非”，足见只有这个，别无他计，言外之意是说，好梦做得很少，长夜不能入眠。这就逗出下句：“明月楼高休独倚。”月明中正可倚楼凝想，但独倚明月照映下的高楼，不免愁怀更甚，不由得发出“休独倚”的慨叹。从“斜阳”到“明月”，显示出时间的推移，而主人公所处的地方依然是那座高楼，足见乡思离愁之深重。“楼高”“独倚”点醒上文，暗示前面所写的都是倚楼所见。这样写法，不仅避免了结构与行文的平直，而且使上片的写景与下片的抒情自然地融为一体。

“酒入愁肠，化作相思泪。”因为夜不能寐，故借酒浇愁，但酒一入愁肠，却都化作了相思之泪，这真是欲遣相思反而更增相思之苦了。结拍两句，抒情深刻，造语生新。作者另一首《御街行》则翻进一层，说：“愁肠已断无由醉，酒未到，先成泪。”写得似更奇警深至，但微有做作态，不及这两句自然。写到这里，郁积的乡思旅愁在外物触发下发展到最高潮，词也就在这难以为怀的情绪中黯然收束。

这首词上片写景，下片抒情，这本是词中常见的结构和情景结合方式。它的特殊性在于丽景与柔情的统一，更准确地说，是阔远之境、秾丽之景与深挚之情的统一。写乡思离愁的词，往往借萧瑟的秋景来表达，这首词所描绘的景色却阔远而秾丽。它一方面显示了词人胸襟的广阔和对生活对自然的热爱，反过来衬托了离情的可伤，另一方面又使下片所抒之情显得柔而有骨，深挚而不流于颓靡。整个来说，这首词的用语与手法虽与一般的词类似，意境情调却近于传统的诗。这说明，抒写离愁别恨的小词是可以写得境界阔远，不局限于闺阁庭院的。

（刘学锴）

渔家傲

范仲淹

塞下秋来风景异，衡阳雁去无留意。四面边声连角起。千嶂里，长烟落日孤城闭。　　浊酒一杯家万里，燕然未勒归无计。羌管悠悠霜满地。人不寐，将军白发征夫泪！

赏析

北宋，仁宗即位之后，国家逐渐形成积弱积贫之势，表面上一片升平，实际上危机四伏，而文风、词风仍在沿袭着晚唐、五代的余习发展。有远见的政治家、文学家都已觉察到问题的严重性，“庆历新政”和古文运动先后发生在这个时期，不是偶然现象，而是当时政治现实、社会现实的客观要求。在词的方面，豪放词开始兴起，一变低沉婉转之调，而为慷慨雄放之声，把有关国家、社会的重大问题反映到词里。范仲淹的《渔家傲》可算是这方面的代表作。

范仲淹在仁宗康定元年(1040)八月，任陕西经略安抚副使兼知延州(治所在今陕西延安)，抗击西夏。第二年四月调知耀州(治所在今陕西耀州区)。他的《渔家傲》词即作于这个时期。据宋人魏泰《东轩笔录》说，范仲淹守边时，作《渔家傲》歌数阕，皆以“塞下秋来”为首句，颇述边镇之劳苦，欧阳修尝称为“穷塞主”之词云云。现在只剩下了这一首。

上阕着重写景。起句“塞下秋来风景异”，“塞下”点明了延州的所在区域。当时延州为西北边地，是防御西夏进攻的军事重镇，故称“塞下”。“秋来”，点明了季节。“风景异”，概括地写出了延州秋季和内地大不相同的风光。范仲淹是苏州人，他对这个地方的季节变换，远较北人敏感，故用一个“异”字概括，这中间含有惊异之意。怎样不同呢？“衡阳雁去无留意”。雁是候鸟，每逢秋季，北方的雁即飞向南方避寒。古代传说，雁南飞，到衡阳即止，衡山的回雁峰即因此而得名，所以王勃说："雁阵惊寒，声断衡阳之浦。"（《滕王阁序》）词里的"衡阳雁去"也从这个传说而来。"无留意"是说这里的雁到了秋季即向南展翅奋飞，毫无留恋之意，反映了这个地区到了秋天，寒风萧瑟，满目荒凉。反过来说，这个地区秋天的荒凉景象，尽括在雁"无留意"三字之中，显得笔力遒劲。下边续写延州傍晚时分的战地景象："四面边声连角起。"所谓"边声"，如《文选》载李陵《答苏武书》所云"凉秋九月，塞外草衰，夜不能寐，侧耳远听，胡笳互动，牧马悲鸣，吟啸成群，边声四起"，是总指一切带有边地特色的声响。这种声音随着军中的号角声而起，形成了浓厚的悲凉气氛，为下片的抒情蓄势。"千嶂里，长烟落日孤城闭"，上句写延州周围环境，它处在层层山岭的环抱之中；下句牵挽到对西夏的军事斗争。"长烟落日"，很容易使人联想起唐代大诗人王维的名句"大漠孤烟直，长河落日圆"，写出了塞外的壮阔风光。而在"长烟落日"之后，紧缀以"孤城闭"三字，气象便不相同。千嶂、孤城、长烟、落日，这是所见；边声、号角声，这是所闻。把所见所闻诸现象连缀起来，展现在人们眼前的是一幅充满肃杀之气的战地风光画面，特别值得玩味的是"孤城闭"三字，它隐隐地透露宋朝不利的军事形势。为什么会造成这种形势呢？

原来宋朝从建立之后，就采取重内轻外政策，对内加紧控制，把禁军分驻全国各地，而在边疆上长期放弃警戒，武备松弛。宝元元年（1038）西夏元昊称帝，宋廷调兵遣将，扬声讨伐，而事起仓卒，将不知兵，兵不知战，以致每战辄败。范仲淹移知延州，可以说是"受任于败军之际，奉命于危难之间"。他到任后，一方面加强军队训练，一方面在延州周围构筑防御工事，始终居于守势，不敢轻易出击，延州局势才暂时稳定下来，就整个形势来说，延州仍处于孤立状态。所以"孤城闭"三字真实地反映了当时的军事态势，反映出宋朝守军力量是很薄弱的，作为指挥部所在地的城门，太阳一落就关闭起来，表现了形势的严重性。这一句就为下片的抒情做了铺垫。

下阕着重抒情。起句"浊酒一杯家万里"，这是词人的自抒怀抱。他身负重任，防守危城，天长日久，难免起乡关之思。这"一杯"与"万里"之间形成了悬殊的对比，也就是说，一杯浊酒，销不了浓重的乡愁，造语雄浑有力。乡愁由何而来呢?“燕然未勒归无计”,这句是用典。燕然,山名,即杭爱山,在今蒙古国境内。汉和帝永元元年(89),窦宪大破北匈奴,穷追北单于,曾登此山,“刻石勒功而还”(《后汉书·和帝纪》)。词意是说,战争没有取得胜利,还乡之计是无从谈起的,然而要取得胜利,又谈何容易!“羌管悠悠霜满地”,写夜景,在时间上是“长烟落日”的延续。羌管,即羌笛,是出自古代西部羌族的一种乐器,它所发的是凄切之声,唐代边塞诗里经常提到它。如王之涣《凉州曲》“羌笛何须怨杨柳,春风不度玉门关”,岑参《白雪歌送武判官归京》“中军置酒宴归客,胡琴琵琶与羌笛”等,皆为人所熟知。深夜里传来了抑扬的羌笛声,大地上铺满了秋霜。耳所闻的、目所睹的都给人以凄清、悲凉之感。如果深夜里安然熟睡,是听不到、也看不到的。这就逗出了下句:“人不寐”,补叙上句,表明自己彻夜未眠,徘徊于庭。“将军白发征夫泪”,由自己而及征夫,总收全词。将军(词人自己)为什么通宵不眠,发为之白?很明显,是“燕然未勒归无计”造成的;征夫为什么会落泪?是出于同样原因。他们和将军的思想感情是一致的:既希望取得伟大胜利,而战局长期没有进展,又难免思念家乡,妻子儿女魂牵梦绕。爱国激情,浓重乡思,兼而有之,构成了他们复杂而又矛盾的情绪。将军与征夫的矛盾情绪通过全词景物的描写,气氛的渲染,婉曲地传达出来,情调苍凉而悲壮,和婉约词的风格完全不同。

这首词,有人说是“表现了作者的英雄气概和战士们生活的艰苦性”,这只是表面看法,其实它是对宋王朝重内轻外、消极防御政策所造成的严重后果形象的概括与反映,这是唐代一般的边塞诗所难以比拟的。

(李廷先)

雨霖铃

柳　永

寒蝉凄切。对长亭晚，骤雨初歇。都门帐饮无绪，留恋处、兰舟催发。执手相看泪眼，竟无语凝噎。念去去、千里烟波，暮霭沉沉楚天阔。
多情自古伤离别，更那堪冷落清秋节！今宵酒醒何处？杨柳岸、晓风残月。此去经年，应是良辰好景虚设。便纵有千种风情，更与何人说？

赏　析

此词当为词人从汴京南下时与一位恋人的惜别之作。柳永因作词忤仁宗，遂“失意无俚，流连坊曲”，为歌伶乐伎撰写曲子词。由于得到艺人们的密切合作，他能变旧声为新声，在唐五代小令的基础上，创制了大量的慢词，使宋词开始了一个新的发展阶段。这首词调名《雨霖铃》，盖取唐时旧曲翻制。据《明皇杂录》云，安史之乱时，唐玄宗避地蜀中，于栈道雨中闻铃音，起悼念杨贵妃之思，“采其声为《雨霖铃》曲，以寄恨焉”。王灼《碧鸡漫志》卷五云：“今双调《雨霖铃慢》，颇极哀怨，真本曲遗声。”在词史上，双调慢词《雨霖铃》最早的作品，当推此首。柳永充分利用这一词调声情哀怨、篇幅较长的特点，写委婉凄恻的离情，可谓尽情尽致，读之令人於悒。

词的上片写一对恋人饯行时难分难舍的别情。起首三句写别时之景，点明了地点和节序。《礼记·月令》云：“孟秋之月，寒蝉鸣。”可见时间大约在农历七月。然而词人并没有纯客观地铺叙自然景物，而是通过景物的描写，氛围的渲染，融情入景，暗寓别意。时当秋季，景已萧瑟；且值天晚，暮色阴沉；而骤雨滂沱之后，继之以寒蝉凄切：词人所见所闻，无处不凄凉。加之当中“对长亭晚”一句，句法结构是一、二、一，极顿挫吞咽之致，更准确地传达了这种凄凉况味。

前三句通过景色的铺写，也为后两句的“无绪”和“催发”设下伏笔。“都门帐饮”，语本江淹《别赋》：“帐饮东都，送客金谷。”他的恋人在都门外长亭摆下酒筵给他送别，然而面对美酒佳肴，词人毫无兴致。可见他的思绪正专注于恋人，所以词中接下去说：“留恋处、兰舟催发。”这七个字完全是写实，然却以精炼之笔刻画了典型环境与典型心理：一边是留恋情浓，一边是兰舟催发，这样的矛盾冲突何其尖锐！林逋《相思令》云：“君泪盈，妾泪盈，罗带同心结未成，江头潮欲平。”仅是暗示船将启碇，情人难舍。刘克庄《长相思》云：“烟迢迢，水迢迢，准拟江边驻画桡，舟人频报潮。”虽较明显，但仍未脱出林词窠臼。可是这里的“兰舟催发”，却以直笔写离别之紧迫，虽没有他们含蕴缠绵，但却直而能纡，更能促使感情的深化。于是后面便迸出“执手相看泪眼，竟无语凝噎”二句。语言通俗而感情深挚，形象逼真，如在目前。寥寥十一字，真是力敌千钧！后来传奇戏曲中常有“流泪眼看流泪眼，断肠人对断肠人”的唱词，然却不如柳词凝练有力。那么词人凝噎在喉的是什么话呢？“念去去”二句便是他的内心独白。词是一种依附于音乐的抒情诗体，必须讲究每一个字的平仄阴阳，而去声字尤居关键地位。这里的去声“念”字用得特别好。清人万树《词律·发凡》云：“名词转折跌宕处，多用去声，何也？三声之中，上、入二者可以作平，去则独异。……当用去者，非去则激不起。”此词以去声“念”字作为领格，上承“凝噎”而自然一转，下启“千里”以下而一气流贯。“念”字后“去去”二字连用，则愈益显示出激越的声情，读时一字一顿，遂觉去路茫茫，道里修远。“千里”以下，声调和谐，景色如绘。既曰“烟波”，又曰“暮霭”，更曰“沉沉”，着色可谓浓矣；既曰“千里”，又曰“阔”，空间可谓广矣。在如此广阔辽远的空间里，充满了如此浓密深沉的烟霭，其离愁之深，令人可以想见。

上片正面话别，到此结束；下片则宕开一笔，先作泛论，从个别说到一般，得出一条人生哲理：“多情自古伤离别”。意谓伤离惜别，并不自我始，自古皆然。接以“更那堪冷落清秋节”一句，则为层层加码，极言时当冷落凄凉的秋季，离情更甚于常时。“清秋节”三字，映射起首三句，前后照应，针线极为绵密；而冠以“更那堪”三个虚字，则加强了感情色彩，比起首三句的以景寓情更为明显、深刻。“今宵”三句蝉联上句而来，是全篇之警策，后来竟成为苏轼相与争胜的对象。俞文豹《吹剑录》云："东坡在玉堂日，有幕士善歌，因问：'我词何如柳七？'对曰：'柳郎中词，只合十七八女郎，执红牙板，歌"杨柳岸晓风残月"。学士词，须关西大汉，(执)铜琵琶，铁绰板，唱"大江东去"。'"这三句本是想象今宵旅途中的况味：一舟临岸，词人酒醒梦回，只见习习晓风吹拂萧萧疏柳，一弯残月高挂杨柳梢头。整个画面充满了凄清的气氛，客情之冷落，风景之清幽，离愁之绵邈，完全凝聚在这画面之中。比之上片结尾二句，虽同样是写景，写离愁，但前者仿佛是泼墨山水，一片苍茫；这里却似工笔小帧，无比清丽。词人描绘这清丽小帧，主要采用了画家所常用的点染笔法。清人刘熙载在《艺概》中说："词有点，有染。柳耆卿《雨霖铃》云：'多情自古伤离别，更那堪冷落清秋节。今宵酒醒何处？杨柳岸、晓风残月。'上二句点出离别冷落，'今宵'二句乃就上二句意染之。点染之间，不得有他语相隔，隔则警句亦成死灰矣。"也就是说，这四句密不可分，相互烘托，相互陪衬，中间若插上另外一句，就破坏了意境的完整性，形象的统一性，而后面这两个警句，就将失去光彩。

"此去经年"四句，构成另一种情境。因为上面是用景语，此处则改用情语。他们相聚之日，每逢良辰好景，总感到欢娱；可是别后非止一日，年复一年，纵有良辰好景，也引不起欣赏的兴致，只能徒增怅触而已。"此去"二字，遥应上片"念去去"；"经年"二字，近应"今宵"，在时间与思绪上均是环环相扣，步步推进，可见结构之严密。"便纵有千种风情，更与何人说"，益见钟情之殷，离愁之深。而归纳全词，犹如奔马收缰，有住而不住之势；又如众流归海，有尽而未尽之致。其以问句作结，更留有无穷意味，耐人寻绎。

耆卿词长于铺叙，有些作品失之于平直浅俗，然而此词却能做到"曲处能直，密处能疏，奡处能平，状难状之景，达难达之情，而出之以自然"(冯煦《六十一家词选例言》论柳永词)。像"兰舟催发"一语，可谓兀傲排奡，但其前后两句，却于沉郁之中自饶和婉。"今宵"三句，寄情于景，可称曲笔，然其前后诸句，却似直抒胸臆。前片自第四句起，写情至为缜密，换头却用提空之笔，从远处写来，便显得疏朗清远。词人在章法上不拘一格，变化多端，因而全词起伏跌宕，声情双绘，付之歌喉，亦能奕奕动人。

(徐培均)

蝶恋花

柳　永

伫倚危楼风细细，望极春愁，黯黯生天际。草色烟光残照里，无言谁会凭阑意。　　拟把疏狂图一醉，对酒当歌，强乐还无味。衣带渐宽终不悔，为伊消得人憔悴。

赏　析

这是一首怀人之作。词人把漂泊异乡的落魄感受，同怀恋意中人的缠绵情思结合到一起来写，采用"曲径通幽"的表现方式，抒情写景，感情真挚。

他首先说登楼引起了"春愁"："伫倚危楼风细细"，全词只此一句叙事，其余全是抒情，但只此一句，便把主人公的外在形象像一幅剪纸那样突现出来了。他一个人久久地伫立在高楼之上，向远处眺望。"风细细"，带写一笔景物，为这幅剪影添加了一点背景，使画面立刻活跃起来了。他"伫倚"楼头做什么？

"望极春愁，黯黯生天际"，极目天涯，一种黯然魂销的"春愁"油然而生。"春愁"，又点明了时令。但这"愁"的具体内容又是什么？词人只说"生天际"，可见是天际的什么景物触动了他的愁怀。从下一句"草色烟光"来看，是春草。芳草萋萋，划尽还生，很容易使人联想到愁恨的连绵无尽。柳永是借用春草来表现自己春愁的无限？春草，容易引起他乡游子思归的感情。《楚辞·招隐士》曰："王孙游兮不归，春草生兮萋萋。"柳永是借用春草，表示自己已经倦游思归了？春草，也容易使人怀念亲爱的人。南朝江总妻《赋庭草》云："雨过草芊芊，连云锁南陌。门前君试看，是妾罗裙色。"柳永是"记得旧罗裙，处处怜芳草"（牛希济《生查子》），在思念他的意中人？这就是那天际的春草，所牵动的词人的“春愁”？究竟是哪一种呢？词人却到此为止，不说了。要想知道究竟，还须再往下看。

四、五两句，写主人公的孤单凄凉之感：“草色烟光残照里，无言谁会凭阑意。”前一句用景物描写点明时间，联系首句“伫倚”二字我们可以知道，他久久地站立在楼头眺望，时已黄昏还不忍离去。“草色烟光”写春天景色极为生动逼真。春草，铺地如茵，登高下望，在夕阳的余晖下，闪烁着一层迷蒙的如烟似雾的光色。这本来是一种极为凄美的景象，但加上“残照”二字，便带上了一层感伤的色彩，为下一句抒情，烘托出和谐的气氛。“无言谁会凭阑意”，因为没有人理解他登高远望的心情，所以他默默无言。这一是说明他眼前没有知心人，很孤单寂寞；二是说明，他太痴情，在楼头“伫倚”太久，超出常情，不能被人理解。有“春愁”又无可诉说，这虽然不是“春愁”本身的内容，却加重了“春愁”的愁苦滋味。煞是奇怪，他并没有说出他的“春愁”是什么，却又掉转笔墨，埋怨起别人不理解他的心情来了。词人就是这样故意闪烁其词，让读者捉摸不定。

词人的生花妙笔真是神出鬼没。读者越是想知道他的“春愁”所为何来，他越是不讲，偏偏把笔宕开，写他如何苦中求乐。“愁”，自然是痛苦的，那还是把它忘却，自寻开心吧！“拟把疏狂图一醉”，写他的打算。他已经深深体会到了“春愁”的深沉，单靠自身的力量是难以排遣的，所以他要借助于酒：借酒浇愁。词人说得很清楚，目的是“图一醉”，并不是饮酒真的有什么乐趣。为了追求这“一醉”，他“疏狂”，不拘形迹，只要醉了就行。不仅要痛饮，还要“对酒当歌”，借放声高歌来抒发他的愁怀。又是疏狂痛饮，又是吟啸高歌，大有非抑制住“春愁”不可的气势。结果如何呢？“强乐还无味”，他失败了。没有真正欢乐的心情，却要强颜欢笑，这“强乐”本身就是痛苦的一种表现，哪里还有兴味可谈呢？故作欢乐而“无味”，正说明“春愁”的缠绵执着，是解脱不了、排遣不去的。

为什么这种“春愁”如此执着呢？至此，作者才透露这是一种坚贞不渝的感情。他哪是真的想忘却“春愁”另寻欢乐呢？要是那样，他的“愁”就不会无法排遣了。他的满怀愁绪之所以挥之不去，正是因为他不仅不想摆脱这“春愁"的纠缠，甚至还"衣带渐宽终不悔"，心甘情愿为"春愁"所折磨，即使渐渐形容憔悴、瘦骨伶仃，也是值得的，也决不后悔。至此，已经信誓旦旦了，却依然不肯把"春愁"这层窗纸捅破，词人可真沉得住气。究竟是什么使得抒情主人公钟情若此呢？直到词的最后一句才一语破的："为伊消得人憔悴"——原来是为她！

我们可以看出，词人的所谓"春愁"，不外是"相思"二字，但他却迟迟不肯说破，只是从字里行间向读者透露出一些消息，让读者去猜。眼看要写到了，却又煞住，掉转笔墨，远远发来；迤逦写到之时，又煞住，另起笔墨，更端发来，如此影影绰绰，扑朔迷离，千回百折为读者设下一个迷魂阵，让这个悬念引导读者沿着曲曲折折的路走下去，直到最后一句，才把词人精心捆结起来的"包袱"抖开，使真相大白，构思巧妙，具有强烈的吸引力。在词的最后两句相思感情达到高潮的时候，戛然而止，激情回荡，又具有很强的感染力。

全词成功地刻画出一个志诚男子的形象，描写心理细腻充分，尤其是词的最后两句，直抒胸臆，画龙点睛般地揭示出主人公的精神境界，被王国维称为"专作情语而绝妙者"，"求之古今人词中，曾不多见"（《人间词话删稿》一一）。

（张燕瑾）

望海潮

柳　永

东南形胜，三吴都会，钱塘自古繁华。烟柳画桥，风帘翠幕，参差十万人家。云树绕堤沙。怒涛卷霜雪，天堑无涯。市列珠玑，户盈罗绮，竞豪奢。　　重湖叠巘清嘉。有三秋桂子，十里荷花。羌管弄晴，菱歌泛夜，嬉嬉钓叟莲娃。千骑拥高牙。乘醉听箫鼓，吟赏烟霞。异日图将好景，归去凤池夸。

赏　析

在词史上，一般把柳永推为婉约派的正宗，有时与秦观合称“秦柳”，有时与周邦彦合称“周柳”，因为他“长于纤艳之词，然近俚俗”（《花庵词选》），“所作旖旎近情，使人易入”（《四库提要》）。就其大部分作品而言，固属如此，然亦有不同风格。在这首《望海潮》中，词人以大开大阖、直起直落的笔法，描写杭州的繁荣景象，仿佛在读者面前展开一幅宏伟壮丽的历史画卷。因此李之仪在论及词体发展时说他“铺叙展衍，备足无余，形容盛明，千载如同当日”（《跋吴师道小词》）。陈振孙也称其词“承平气象，形容曲尽”（《直斋书录解题》）。

词的上阕，一开头即以鸟瞰式镜头摄下杭州的全貌。它点出了杭州位置的重要，历史的悠久，揭示出所咏主题。三吴，旧指吴兴、吴郡、会稽。钱塘，即杭州。清顾祖禹《读史方舆纪要》云：“陈置钱塘郡，隋平陈，废郡置杭州。”此处称“三吴都会”，极言其为东南一带、三吴地区的重要都市，字字铿锵，力能镇纸。其中“形胜”“繁华”四字，乃一篇之主脑。自“烟柳”以下，便从各个方面描写杭州之形胜与繁华。“烟柳画桥”，写街巷河桥的美丽；“风帘翠幕”，写居民住宅的雅致。风光旖旎，用笔妍蒨。“参差十万人家”一句，以力挽千钧之势，转弱调为强音，表现出整个都市户口的蕃庶。“参差”为大约之义。“云树”三句，又推开一层，由市内说到郊外。在钱塘江堤上，行行树木，远远望去，郁郁苍苍，犹如云雾一般。一个“绕”字，写出长堤迤逦曲折的态势。“怒涛”二句，写钱塘江水的澎湃与浩荡。“天堑”，原意为天然的深沟。《南史·孔范传》云：“长江天堑，古来限隔……”极言长江形势之险要，这里移来形容钱塘江，亦十分妥帖。钱塘江八月观潮，历来称为盛举。早在唐代，李白就在《横江词》中写过：“浙江八月何如此，涛似连山喷雪来。”宋初潘阆在《酒泉子》中也说：“长忆观潮，满郭人争江上望。来疑沧海尽成空，万面鼓声中。”写杭州，钱塘江潮是必不可少的一笔。“市列”三句，只抓住“珠玑”和“罗绮”两个细节，便把市场的繁荣、市民的殷富反映出来。珠玑、罗绮，又皆妇女服用之物，并暗示杭城声色之盛。缀以“竞豪奢”一个短语，反映了市民（这里主要指富室）穷奢极侈的生活。

下阕前半段专咏西湖。西湖经唐代白居易的治理、五代吴越王的营建，至于宋初已十分秀丽。词从湖山胜概、四时风物、昼夜笙歌、湖中人物四个方面，描绘了它的美好风貌。重湖，是指西湖中的白堤将湖面分割成的里湖和外湖。叠巘，是指灵隐山、南屏山、慧日峰等重重叠叠的山岭。湖山之美，词人先用“清嘉”二字概括，接下去写山上的桂子，湖中的荷花。这两种花也是代表杭州的典型景物。白居易《忆江南》云：“江南忆，最忆是杭州。山寺月中寻桂子，郡亭枕上看潮头。”杨万里《晚出净慈寺送林子方》诗云：“毕竟西湖六月中，风光不与四时同。接天莲叶无穷碧，映日荷花别样红。”柳永这里则以工整的一联，描写了不同季节的两种花。据罗大经《鹤林玉露》卷十三云：“此词流播，金主亮闻歌，欣然有慕于‘三秋桂子，十里荷花’，遂起投鞭渡江之志。”说得虽有些夸张，但这两句确实写得高度凝练，它把西湖以至整个杭州最美的特征概括出来，具有歆动人心的艺术力量。“羌管弄晴，菱歌泛夜”，对仗也很工稳，情韵亦自悠扬。“泛夜”“弄晴”，互文见义，说明不论白天或是夜晚，湖面上都荡漾着优美的笛曲和采菱歌声。着一“泛”字，表示那是在湖中的船上。“嬉嬉钓叟莲娃”，可以看作对上文的补充，也就是说吹羌笛者是钓叟——渔翁，唱菱歌者为莲娃——采莲姑娘。“嬉嬉”二字，则将他们的欢乐神情，作了栩栩如生的描绘。

下阕后半段总结前文，归美郡守。相传“孙何帅钱塘，柳耆卿作《望海潮》词赠之”（见《鹤林玉露》卷十三）。《宋史·孙何传》谓真宗咸平中（约1000），孙何徙两浙转运使，至景德初（1004）代还。“何乐名教，勤接士类，后进之有词艺者，必为称扬”。孙何礼贤下士，爱好词艺，故柳永作《望海潮》以赠。为了博得孙何的称扬和延誉，他不得不在最后唱一点颂歌。然而笔致洒落，音调雄浑，仿佛令人看到一位威武而又风流的地方长官，饮酒赏乐，啸傲于山水之间。结尾二句：“异日图将好景，归去凤池夸。”凤池，即凤凰池，本是皇帝禁苑中的池沼。魏晋时中书省地近宫禁，因以为名。“好景”二字，将如上所写和不及写的，尽数包拢。意谓当孙何召还之日，合将好景画成图本，献与朝廷。然“归去凤池”，实含入朝执政之意，则“好景”除湖山胜概、廛市繁华外，并当寓指其守杭良好政绩。以此语祝孙何他日任满报政于朝，擢登相位，可谓善颂善祷。

这首词不但画面美，音律也很美，在柳永词中别具神韵。《望海潮》词调始见于《乐章集》，当是柳永所创的新声。观其内容与声情，确似将钱塘观潮的感受谱入律吕。如果说他的“杨柳岸、晓风残月”，合于十七八女郎手执红牙檀板浅斟低唱的话；那么这首词中的“怒涛卷霜雪，天堑无涯”，则非关西大汉弹起铜琵琶、敲起铁绰板引吭高歌不可。世人论宋词，说起豪放派作品，多推东坡的《念奴娇》（大江东去），即使上溯，也只及于范仲淹的《渔家傲》（塞下秋来风景异），殊不知柳永此词早于范作十多年，其写景之壮伟、声调之激越，与东坡亦相去不远。

柳永填词，很注意结构。这首词尽管以铺叙见长，但为了避免平铺直叙，他在发端及换头之处，都能用一二句话勾勒提掇。如发端“东南形胜”，给人以警醒的印象；换头“重湖叠巘清嘉”，给人以别开生面的感觉。另外，他在写景时也能注意交叉用笔，如“烟柳画桥”三句与“市列珠玑”三句，本是表现市内繁华，完全可以连续写下去，但词人却在当中穿插“云树”三句写钱塘江景。这样便显得不黏滞，场景多变，密中有疏。即以写自然景色而言，也能注意穿插人物的活动。如下阕前半咏西湖，从桂子、荷花写到钓叟莲娃，这就避免了纯静止地摹写物态，使美丽的西湖，洋溢着生气，荡漾着欢乐，充满着和谐，形成美好的境界。这首词中还用了许多由数字组成的词组，如“三吴都会”“十万人家”“三秋桂子”“十里荷花”“千骑拥高牙”等等，或为实写，或为虚指，然均带有夸张的语气，这对于豪迈词风的形成，也是极有帮助的。

（徐培均）

八声甘州

柳　永

对潇潇暮雨洒江天，一番洗清秋。渐霜风凄紧，关河冷落，残照当楼。是处红衰翠减，苒苒物华休。惟有长江水，无语东流。　　不忍登高临远，望故乡渺邈，归思难收。叹年来踪迹，何事苦淹留？想佳人妆楼颙望，误几回、天际识归舟。争知我，倚阑干处，正恁凝愁！

赏　析

柳耆卿在世时，不为人重，但因擅长填词，却深受歌妓们的欢迎和赏识，一生潦倒，死后也是只有歌儿笛工们怀念不忘，逢时设祭。这种文士，旧时讥为“无行”，但是他并不像那些正统士大夫们所估计的那般微不足道，他写下的几篇名阕，境界高绝，成为词史上的丰碑，是第一流作品，千古传颂。这篇《八声甘州》，早被苏东坡巨眼识，说其间佳句“不减唐人高处”。须知这样的赞语，是极高的评价，东坡不曾轻易以此许人的。

吟赏此词，全要着眼于开端，看他是何等气韵，笼罩一切。一个“对”字，已写出登临纵目、望极天涯的境界。尔时，天色已晚，暮雨潇潇，洒遍江天，千里无际。时节既入素秋，本已气肃天清，明净如水，却又加此一番秋雨，更是纤埃微雾，尽皆浣尽，一澄如洗。上来二句一韵，已有“雨”字，有“洒”字，有“洗”字，三个上声，但一循声高诵，已觉振爽异常！素秋清矣，再加净洗，清至极处——而此中多少凄冷之感亦暗暗生焉。仅此开头二句，便令人吟味无尽。

其下紧接一个“渐”字，领起四言三句十二字——便是东坡叹为不减唐人高处的名句，而一篇之警策，端在于此。

“渐”者何也？并非是说词人此刻登高而望，为时甚久，故为“渐”也，云云。

如此领会,未得词意。须知他是承上句而言,当此清秋复经雨涤,于是时光景物,遂又生一番变化——如此方是"渐"之神态。秋已更深,雨洗暮空,乃觉凉风忽至,其气凄然而遒劲,直令衣单之游子,有不可禁当之势。一"紧"字,又用上声,气氛声韵,加倍峻肃。宋玉曾云:悲哉秋之为气也!至耆卿此词,乃尽得其意。

当此之际,举目关河,寥廓迤逦,气势磅礴,然而春夏滋荣盛茂之气已尽,秋来肃杀凋零之气已浓,草木不芳,一片冷落之景象。于此,再下一"冷"字上声,层层逼紧。而"凄紧""冷落",又皆双声叠响,一经词人运用,其艺术效果、感染力量,已达极高的境地。

然而,还有一句在后,曰:"残照当楼"。

上来"一番"二字,早已伏下秋雨晚晴的意思见于言外了。至此便出"残照",并不突然。但此句之精彩,不在残照,端在"当楼"。夫著雨也,霜风也,江天也,关河也,落照也,无往而非至广至大之景域。若此寥廓乾坤,苍茫世界,何以包容?能否集聚?曰:能。词人只将"残照"(原来也是遍满江天的宏观)轻轻一笔转到了他所登临送目的高楼上来。如此一笔,不但"残照"集中于一个"焦点",而仿佛整个江天、关河,冷雨、金风,统统集中于"当楼"一点,换言之,此际词人乃觉遍宇宙间悲哉之秋气,似乎一齐袭来,要他一人禁当!他以此种高极超绝的俊笔,一口气,几句话,便将难以形容、不可为怀的羁愁暮景,写到至矣尽矣的地步!试思东坡对此高度评价,岂无故哉?

再下则笔致思绪,便由苍莽悲壮,而转入细致沉思:盖以上所观所写,总是高处远处之物色,自此而后,由仰观而转至俯察,乃又见处处皆是一片凋落之景象。"红衰翠减",乃用玉谿诗人之语,倍觉风流蕴藉——其下自加"苒苒"五字,真是好极!"苒苒",正与"渐"字相为呼应,益信前文拙解不误。一"休"字,岂是趁韵漫书?要体会此字实具千钧之力!其中寓有无穷的感慨愁恨。

再下,又补唯有江水东流,虽未必即与东坡《赤壁赋》所写短暂与永恒、变改与不变之间的这种直令千古词人思索的宇宙人生哲理全同,但也可见柳耆卿亦非只知留恋光景的浅薄之辈。在词而论,又不可忽略了"无语"二字。着此二字,方觉十倍深沉,百端交集。

过片开端，回笔点明全笔的“背景”是登高临远；虽已登临，偏云“不忍”，多一番曲折、多一番情致。然下阕妙处，全在摹拟“对想”：本是词人自家登楼，极目天际，却偏想故园之闺中人，应也是登楼望远，伫盼游子之归来！然而我能想见你在凭高而等候归舟，你却无由想象我真在何处——登舟无计，只自淹留！又是几层曲折！其情至而感深，学人须向此等处寻味，方知词笔之妙——不止是笔巧，要紧是味厚。

以“倚阑干处，正恁凝愁”一收，也是于最末幅点出全篇题目。倚阑干，与“对”，与“当楼”，与“登高临远”，与“望”，与“叹”，与“想”，皆息息相关，笔笔辉映。故柳郎词笔貌似疏朗，实则绵密。一腔心事，唱叹无端，笔若连环，岂粗俗之流所及而至哉。

“归思”，思去声，名词。“争”，其义为“怎生”，因律当平声，只能用“争”。今之人往往不明，宜为拈出。“天际识归舟，云中辨烟树”，乃是谢朓名句，词人加“误几回”而用之，尤见匠心独运。

（周汝昌）

鹤冲天

柳 永

黄金榜上，偶失龙头望。明代暂遗贤，如何向？未遂风云便，争不恣狂荡？何须论得丧。才子词人，自是白衣卿相。　　烟花巷陌，依约丹青屏障。幸有意中人，堪寻访。且恁偎红倚翠，风流事，平生畅。青春都一饷。忍把浮名，换了浅斟低唱！

赏 析

这首词是柳永参与进士科考落第之后，抒发牢骚感慨之作，它表现了作者的思想性格，关系到作者的生活道路，是一篇重要的作品。南宋人吴曾的《能改斋漫录》卷十六里有一则记载，与这首词的关系最为直接，略云：仁宗留意儒雅，而柳永好为淫冶讴歌之曲，传播四方，尝有《鹤冲天》词云云，及临轩放榜，特落之，曰："且去浅斟低唱，何要浮名！"其写作背景大致是：初考进士落第，填《鹤冲天》词以抒不平，为仁宗闻知；后再次应试，本已中试，于临发榜时，仁宗故意将其黜落，并说了那番话，于是作者便自称"奉旨填词柳三变"。可见这首词曾经给他的仕途经历带来很大的波折。

全词相当充分地展示了柳永的狂傲性格。"黄金榜上，偶失龙头望"，考科举求功名，开口辄言"龙头"，他并不满足于登进士第，而是把夺取殿试头名状元作为目标。落榜只认作"偶然"，"见遗"只说是"暂"，其自负可知。他把自己称作"明代遗贤"，这是颇有讽刺意味的。仁宗朝号称清明盛世，却不能做到"野无遗贤"，这个自相矛盾的现象就是他所要嘲讽的。但既然已被黜落，又"如何向"呢？即走什么样的生活道路呢？"风云际会"，施展抱负，是封建时代士子的奋斗目标，既然"未遂风云便"，理想落空了，于是他就转向了另一个极端，“争不恣狂荡”，表示要无拘无束地继续过自己那种为一般封建士人所不齿的流连坊曲的狂荡生活。“偎红倚翠”“浅斟低唱”，就是对“狂荡”的具体说明。柳永这样写，是恃才负气的表现，也是表示抗争的一种方式。科举落第，使他产生了一种逆反心理，只有以极端对极端才能求得平衡。他毫不顾忌地把一般封建士人感到刺目的字眼写进词里，恐怕就是故意要造成惊世骇俗的效果以保持自己心理上的优势。还应看到，“烟花巷陌”在封建社会是普遍存在的，这是当时的客观事实，而涉足其间的人们却有着各自不同的情况。柳永与一般“狎客”的不同，主要有两点：一是他保持着清醒的自我意识，只是寄情于声妓，并非沉湎于酒色，这一点，他后来登第为官的事实可以证明；二是他尊重“意中人”的人格，同情她们的命运，不是把她们当作玩弄对象而是与她们结成风尘知己，这一点，《古今小说》里的《众名姬春风吊柳七》一篇，至少可以作为旁证。可见，柳永的“狂荡”之中仍然有着严肃的一面，狂荡以傲世，严肃以自律，方能不失为“才子词人”。

这首词，真切细致地表述了柳永落第以后的思想活动和心理状态。“何须论得丧。才子词人，自是白衣卿相！”言得失何干，虽是白衣未得功名，而实具卿相之质，这是牢骚感慨的顶点，也是自我宽慰的极限。这些话里已经出现了自相矛盾的情况，倘再跨越一步，就会走向反面去了。“何须论得丧”，正是对登第与落第的得与丧进行掂量计较；自称“白衣卿相”，也正是不忘朱紫显达的思想流露。柳永把他内心深处的矛盾想法抒写出来，说明落第这件事情给他带来了多么深重的苦恼和多么烦杂的困扰，也说明他为了摆脱这种苦恼和困扰曾经进行了多么痛苦的挣扎。写到最后，柳永好像得出了结论：“青春都一饷。忍把浮名，换了浅斟低唱！”谓青春短暂，怎忍虚掷，为“浮名”（即登第为官）而牺牲赏心乐事。其实，这仍然是他一时的负气之言。但这两句词竟使仁宗耿耿于怀，哂斥柳永“何要浮名”，正是以浮名相要挟，柳永顺势自称“奉旨填词”，其实是对皇帝的大不顺从、大不恭敬，但作为封建社会的知识分子最终还是脱离不开科举功名这条生活道路，后来他改了名字再去应考，才中了进士。

（王双启）

天仙子

张　先

《水调》数声持酒听，午醉醒来愁未醒。送春春去几时回？临晚镜，伤流景，往事后期空记省。　　沙上并禽池上暝，云破月来花弄影。重重帘幕密遮灯，风不定，人初静，明日落红应满径。

赏　析

这是北宋词中名篇之一，也是张先享誉之作。而其所以得名，则由于词中有“云破月来花弄影”之句。据陈师道《后山诗话》及胡仔《苕溪渔隐丛话》所引各家评论，都说到张先所创作的词中以三句带有“影”字的佳句为世所称，人们誉之为“张三影”。

这首词调下有注云：“时为嘉禾小倅，以病眠，不赴府会。”说明词人感到疲怠，百无聊赖，对酣歌妙舞的府会不感兴趣，这首词写的正是这种心情。

其实作者未尝不想借听歌饮酒来解愁。但在这首词里，作者却写他在家里品着酒听了几句曲子之后，不仅没有遣愁，反而心里更烦了。于是在吃了几杯闷酒之后便昏昏睡去。一觉醒来，日已过午，醉意虽消，愁却未曾稍减。冯延巳《鹊踏枝》：“昨夜笙歌容易散，酒醒添得愁无限。”这同样是写“欢乐极兮哀情多，少壮几时兮奈老何”的闲愁。只不过冯是在酒阑人散，舞休歌罢之后写第二天的萧索情怀，而张先则一想到笙歌散尽之后可能愁绪更多，所以根本连宴会也不去参加了。这就逼出下一句“送春春去几时回”的慨叹来。沈祖棻《宋词赏析》说：“张先在嘉禾作判官，约在仁宗庆历元年（1041），年五十二。这首词乃是临老伤春之作，与词中习见的少男、少女的伤春不同。”这话确有见地。但张先伤春的内容却依然是年轻时风流缱绻之事。理由是：一、从“往事后期空记省”一句微逗出个中消息；二、下片特意点明“沙上并禽池上暝”，意思说鸳鸯一类水鸟，天一黑就双栖并宿，燕婉亲昵，如有情人之终成眷属。而自己则是形影相吊，索居块处。因此，“送春春去几时回”的上下两个“春”字，也就有了不尽相同的涵义。上一个“春”指季节，指大好春光；而下面的“春去”，不仅指年华的易逝，还蕴涵着对青春时期风流韵事的追忆和惋惜。这就与下文“往事后期空记省”一句紧密联系起来。作者所“记省”的“往事”并非一般的嗟叹流光的易逝，或伤人事之无凭，而是有其具体内容的。只是作者说得十分含蓄，在意境上留下很多余地让读者凭想象去补充。这大概就是所谓词尚“婉约”的特点吧。

“临晚镜，伤流景”。杜牧《代吴兴妓春初寄薛军事》诗有句云：“自悲临晓镜，谁与惜流年?”张反用小杜诗句，以“晚”易“晓”，主要在于写实。小杜是写女子晨起梳妆，感叹年华易逝，用“晓”字；而此词作者则于午醉之后，又倦卧半晌，此时已近黄昏，总躺在那儿仍不能消愁解忧，便起来“临晚镜”了。这个“晚”既是天晚之晚，当然也隐指晚年之晚，这同上文两个“春”字各具不同涵义是一样的，只是此处仅用了一个“晚”字，而把“晚年”的一层意思通过“伤流景”三字给补充出来罢了。

“往事后期空记省”句中的“后期”一本作“悠悠”。从词意含蓄看，“悠悠”空灵而“后期”质实，前者自有其传神入妙之处。但“后期”二字虽嫌朴拙，却与上文“愁”“伤”等词绾合得更紧密些。“后期”有两层意思。一层是说往事过了时，这就不得不感慨系之，故用了个“空”字；另一层意思则是指失去了机会或错过了机缘。所谓“往事”，可以是甜蜜幸福的，也可以是辛酸哀怨的。前者在多年以后会引起人无限怅惘之情，后者则使人一想起来就加重思想负担。这件“往事”，明明是可以成为好事的，却由于自己错过机缘，把一个预先定妥的期约给耽误了（即所谓“后期”），这就使自己追悔莫及，正如李商隐说的“此情可待成追忆，只是当时已惘然”。随着时光的流逝，往事的印象并未因之淡忘，只能向自己的“记省”中去寻求。但寻求到了，也并不能得到安慰，反而更增添了烦恼。这就是自己为什么连把酒听歌也不能消愁，从而嗟老伤春，即使府中有盛大的宴会也不想去参加的原因了。可是作者偏把这个原因放在上片的末尾用反缴的手法写出，乍看起来竟像是事情的结果，这就把一腔自怨自艾、自甘孤寂的心情写得格外惆怅动人，表面上却又似含而不露，真是极尽婉约之能事了。

上片写作者的思想活动，是静态；下片写词人即景生情，是动态。静态得平淡之趣，而动态有空灵之美。作者未去参加府会，便在暮色将临时到小园中闲步，借以排遣从午前一直滞留在心头的愁闷。天很快就暗下来了，水禽已并眠在池边沙岸上，夜幕逐渐笼罩了大地。这个晚上原应有月的，作者的初衷未尝不想趁月色以赏夜景，才步入园中的。不料云满晴空，并无月色，既然天已昏黑那就回去吧。恰在这时，意外的景色变化在眼前出现了。风起了，刹那间吹开了云层，月光透露出来了，而花被风所吹动，也竟自在月光临照下婆娑弄影。这就给作者孤寂的情怀注入了暂时的欣慰。此句之所以传诵千古，不仅在于修词炼句的功夫，主要还在于词人把经过整天的忧伤苦闷之后，居然在一天将尽时品尝到即将流逝的盎然春意这一曲折复杂的心情，通过生动妩媚的形象给曲曲传绘出来，让读者从而也分享到一点欣悦和无限美感。这才是在张先的许多名句之中唯独这一句始终为读者所爱好、欣赏的主要原因。前人对此句评价极高，如沈际飞《草堂诗余正集》评云："心与景会，落笔即是，着意即非，故当脍炙。"杨慎《词品》云："景物如画，画亦不能至此，绝倒绝倒！"

王国维《人间词话》则就遣词造句评论说："'红杏枝头春意闹'，着一'闹'字而境界全出；'云破月来花弄影'，着一'弄'字而境界全出矣。"这已是带权威性的评语。沈祖棻说："其好处在于'破''弄'两字，下得极其生动细致。天上，云在流；地下，花影在动：都暗示有风，为以下'遮灯''满径'埋下伏线。"拈出"破""弄"两字而不只谈一"弄"字，确有过人之处，然还要注意到一句诗或词中的某一个字与整个意境的联系。即如王国维所举宋祁的"红杏枝头春意闹"，如果没有"红""春"二词规定了当时当地情景，单凭一个"闹"字是不足以见其"境界全出"的。张先的这句词，没有上面的"云破月来"（特别是"破"与"来"这两个动词），这个"弄"字就肯定不这么突出了。"弄"之主语为"花"，宾语为"影"，特别是那个"影"字，也是不容任意更改的。其关键所在，除沈祖棻谈到的起了风这一层意思外，还有好几方面需要补充说明的。第一，当时所以无月，乃云层厚暗所致。而风之初起，自不可能顿扫沉霾而骤然出现晴空万里，只能把厚暗的云层吹破了一部分，在这罅漏处露出了碧天。但云破处却未必正巧是月光所在，而是在过了一会儿之后月光才移到了云开之处。这样，“破”与“来”这两个字就不宜用别的字来代替了。在有月而多云的暮春之夜的特定情景下，由于白天作者并未出而赏花，后来虽到园中，又由于阴云笼罩，暮色迷茫，花的丰姿神采也未必能尽情表现出来。及至天色已暝，群动渐息，作者也意兴阑珊，准备回到室内去了，忽然出人意表，云开天际，大地上顿时呈现皎洁的月光，再加上风的助力，使花在月下一扫不久前的暗淡而使其娇妍丽质一下子摇曳生姿，这自然给作者带来了意外的欣慰。

接下去词人写他进入室中，外面的风也更加紧了，大了。作者先写“重重帘幕密遮灯”而后写“风不定”，倒不是迁就词谱的规定，而是说明作者体验事物十分细致，外面有风而帘幕不施，灯自然会被吹灭，所以作者进了屋子就赶快拉上帘幕，严密地遮住灯焰。但下文紧接着说“风不定”，是表示风更大了，纵使帘幕密遮而灯焰仍在摇摆，这个“不定”是包括灯焰“不定”的情景在内的。“人初静”一句，也有三层意思。一是说由于夜深人静，愈显得春夜的风势迅猛；二则联系到题目的“不赴府会”，作者这里的“人静”很可能是指府中的歌舞场面这时也该散了罢；三则结合末句，见出作者惜花（亦即惜春；忆往，甚且包括了怀人）的一片深情。好景不常，刚才还在月下弄影的姹紫嫣红，经过这场无情的春风，恐怕要片片飞落在园中的小路上了。作者这末一句所蕴涵的心情是复杂的：首先是“林花谢了春红，太匆匆”，春天毕竟过去了；复次，自嗟迟暮的愁绪也更为浓烈了；然而，幸好今天没有去赴府会，居然在园中还欣赏了片刻春光，否则错过时机，再想见到“云破月来花弄影”的动人景象就不可能了。也正是用这末一句衬出了作者在流连光景不胜情的淡淡哀愁中所闪烁出的一星晶莹妍丽的火花——“云破月来花弄影”。

（吴小如）

浣溪沙

晏　殊

一曲新词酒一杯，去年天气旧亭台。夕阳西下几时回？　　无可奈何花落去，似曾相识燕归来。小园香径独徘徊。

赏　析

这是晏殊一首脍炙人口的小令。它语言圆转流利，明白如话，意蕴却虚涵深广，能给人以一种哲理性的启迪。

“一曲新词酒一杯，去年天气旧亭台。”起句写对酒听歌的现境。从复叠错综的句式、轻快流利的语调中可以体味出，词人在面对现境时，开始是怀着轻松喜悦的感情，带着潇洒安闲的意态的。但边听边饮，这现境却又不期然而然地触发了他对“去年”所历类似境界的追忆：也是和今年一样的暮春天气，面对的也是和眼前一样的楼台亭阁，一样的清歌美酒。然而，在似乎一切依旧的表象下又分明感觉到有的东西已经起了难以逆转的变化，这便是悠悠流逝的岁月和与此相关的一系列人事。于是词人不由得从心底涌出这样的喟叹：“夕阳西下几时回？”夕阳西下，是眼前景。但词人由此触发的，却是对美好景物情事的流连，对时光流逝的怅惘，以及对美好事物重现的微茫的希望。这是即景兴感，但所感者实际上已不限于眼前的情事，而是扩展到整个人生，其中不仅有理念活动，而且包含着某种哲理性的沉思。夕阳西下，是无法阻止的，只能寄希望于它的东升再现，而时光的流逝、人事的变更，却再也无法重复。整个上片，实际上和刘希夷《代悲白头翁》“年年岁岁花相似，岁岁年年人不同”的意蕴大体相似，不过表现方式要委婉含蓄得多。

“无可奈何花落去，似曾相识燕归来。”这首词的出名，和这一联工巧而浑成、流利而含蓄的对句很有关系，在用虚字构成工整的对仗、唱叹传神方面表现出词人的巧思深情。但更值得玩索的倒是这一联所含的意蕴。花的凋落，春的消逝，时光的流逝，都是不可抗拒的自然规律，虽然惋惜流连也无济于事，所以说："无可奈何"，这一句承上"夕阳西下"；然而在这暮春天气中，所感受到的并不只是无可奈何的凋衰消逝，而是还有令人欣慰的重现，那翩翩归来的燕子不就像是去年曾在此处安巢的旧时相识吗？这一句应上"几时回"。花落、燕归虽也是眼前景，但一经与"无可奈何""似曾相识"相联系，它们的内涵便变得非常广泛，带有美好事物的象征的意味。在惋惜与欣慰的交织中，蕴含着某种生活哲理：一切必然要消逝的美好事物都无法阻止其消逝，但在消逝的同时仍然有美好事物的再现，生活不会因消逝而变得一片虚无。只不过这种重现毕竟不等于美好事物的原封不动地重现，它只是"似曾相识"罢了。因此，在有所慰藉的同时又不觉感到一丝惆怅。如果说，上片着重抒写了对不变表象下所包含的变化的感喟，那么下片这一联则进一步抒写了消逝中的重现、重现中的变化，以及词人对这种现象的感受与思索。

"小园香径独徘徊。"末句是在惋惜、欣慰、怅惘之余独自的沉思：在小园落英缤纷的小路上，词人独自徘徊着、沉思着，像是要对所见所感所思来一番深沉的反省与思索，对上述现象的底蕴求得一个答案。或以为这个结尾艺术上不及另一首《浣溪沙》的结尾"不如怜取眼前人"，但那一句是即转即收，这一句却是上文的余波，作用不同，写法也就有别。

（刘学锴）

蝶恋花

晏 殊

槛菊愁烟兰泣露，罗幕轻寒，燕子双飞去。明月不谙离恨苦，斜光到晓穿朱户。 昨夜西风凋碧树，独上高楼，望尽天涯路。欲寄彩笺兼尺素，山长水阔知何处！

赏 析

在婉约派词人许多伤离怀远之作中，这是一首颇负盛名的词。它不仅具有情致深婉的共同点，而且具有一般婉约词少见的境界寥廓高远的特色。它不离婉约词，却又在某些方面超越了婉约词。

起句写秋晓庭圃中的景物：菊花笼罩着一层轻烟薄雾，看上去似乎在脉脉含愁；兰花上沾有露珠，看起来又像在默默饮泣。兰和菊本就含有某种象喻色彩（象喻品格的幽洁），这里用“愁烟”“泣露”将它们人格化，将主观感情移于客观景物，透露女主人公自己的哀愁。“愁”“泣”二字，刻画痕迹较显，与大晏词珠圆玉润的语言风格有所不同，但在借外物抒写心情、渲染气氛、塑造主人公形象方面自有其作用。

“罗幕轻寒，燕子双飞去。”新秋清晨，罗幕之间荡漾着一缕轻寒，燕子双双穿过帘幕飞走了。这两种现象之间本不一定存在联系，但在充满哀愁、对节候特别敏感的主人公眼中，那燕子似乎是因为不耐罗幕轻寒而飞去。这里，与其说是写燕子的感觉，不如说是写帘幕中人的感觉——不只是在生理上感到初秋的轻寒，而且在心理上也荡漾着因孤孑凄清而引起的寒意。燕的双飞，更反托出人的孤独。这两句只写客观物象，不着有明显感情色彩的词语，表情非常委婉含蓄。

接下来两句“明月不谙离恨苦，斜光到晓穿朱户。”从今晨回溯昨夜，明点“离恨”，情感也从隐微转为强烈。明月本是无知的自然物，它不了解离恨之苦，而只顾光照朱户，原很自然；既如此，似乎不应怨恨它。但却偏要怨。这种仿佛是无理的埋怨，却正有力地表现了女主人公在离恨的煎熬中对月彻夜无眠的情景和外界事物所引起的枨触。后来苏轼的《水调歌头》：“转朱阁，低绮户，照无眠，不应有恨，何事长向别时圆?”机杼相类。但苏词清疏豪宕，晏词深婉含蕴，风调自不相同。

“昨夜西风凋碧树，独上高楼，望尽天涯路。”过片承上“到晓”，折回写今晨登高望远。“独上”应上“离恨”，反照“双飞”，而“望尽天涯”正从一夜无眠生出，脉理细密。“西风凋碧树”，不仅是登楼即目所见，而且包含有昨夜通宵不寐卧听西风飘落树叶情景的回忆。碧树因一夜西风而尽凋，足见西风之劲厉肃杀，“凋”字正传出这一自然界的显著变化给予主人公的强烈感受。景既萧索，人又孤独，似乎接着抒写的只能是忧伤低回之音，但却出人意料地展现出一片无限广远寥廓的境界——“独上高楼，望尽天涯路”。这里固然有凭高望远的苍茫百感，也有不见所思的空虚怅惘，但这所向空阔、毫无窒碍的境界却又给主人公一种精神上的满足，使其从狭小的帘幕庭院的忧伤愁闷转向对广远境界的骋望，这是从“望尽”一词中可以体味出来的。所以这三句尽管包含望而不见的伤离意绪，但感情是悲壮的，没有纤柔颓靡的气息；语言也洗净铅华，纯用白描。气象阔大，境界高远，成为全词的警句。

高楼骋望，不见所思，因而想到音书寄远：“欲寄彩笺兼尺素，山长水阔知何处!”彩笺，这里指题诗的诗笺；尺素，指书信。两句一纵一收，将主人公音书寄远的强烈愿望与音书无寄的可悲现实对照起来写，更加突出了“满目山河空念远”的悲慨，词也就在这渺茫无着落的怅惘中结束。“山长水阔”和“望尽天涯”相应，再一次展示了令人神远的境界，而“知何处”的慨叹则更增加摇曳不尽的情致。

这首词的上下片之间，在境界、风格上是有区别的。上片取境较狭，风格偏于柔婉；下片境界开阔，风格近于悲壮。但上片于深婉中见含蓄，下片于广远中有蕴涵，前者由于表现手法的婉曲，后者由于艺术的概括，全篇仍贯串着意象虚涵这一总的特点。王国维借用词中“昨夜”三句来描述古今成大事业、大学问的第一种境界，虽与词作的原意了不相涉，却和这三句意象特别虚涵，便于借题发挥分不开。

（刘学锴）

踏莎行

晏　殊

细草愁烟，幽花怯露，凭栏总是销魂处。日高深院静无人，时时海燕双飞去。　　带缓罗衣，香残蕙炷，天长不禁迢迢路。垂杨只解惹春风，何曾系得行人住！

赏　析

晏殊的词一般都写得凄婉而且温润，不为激言烈响的劲切之辞，而却极其富于深微幽隐的感发之作用，这首《踏莎行》词，便是颇能表现出此种特色的一首好词。

开端"细草愁烟，幽花怯露"，表面上看来只是景物的叙写：小草上的烟霭迷蒙，花蕊上的露珠泫照，所写都是外在的景象，而内含的却是极锐敏的感受。他所用的"愁"字和"怯"字，表现了晏殊极细腻的情思，且与细密的对偶形式完美地结合为一体。你看，春天里，那细草在烟霭之中仿佛是一种忧愁的神态，那幽花在露水之中仿佛有一种战惊的感觉。用"愁"来表达草在烟霭中的感受，用"怯"来描写花在晨露中的感受，表面上说的是花和草的心情，实际上是通过草与花的人格化，来表明人的心情，亦物亦人，物即是人。晏殊另一首《蝶恋花》之"槛菊愁烟兰泣露"句，可以与此相参看，境界相同，只是一个是秋景，一个是春景，但同样是在细小的形象中，表现了晏殊观察之纤细、幽微。敏锐和善感的诗人特质，投注了他细腻幽深的情思。

下面一个七字长句"凭栏总是销魂处"，是前两个四字短句的总结，是感情上的一个总的叙述。这个结句告诉你，"细草愁烟，幽花怯露"，是词人靠在栏干上所见到的景物。凭栏远眺是常人的习惯，但人人都凭栏，人人都看风雨，人人都看江山，人人都看草，人人都看花，却唯有晏殊看到了细草在那春天的烟霭中有忧愁的意味，小花在晨露中有寒怯的感觉，并且竟能使他感到“销魂”。你说“销魂”，不是悲哀愁苦才销魂吗？可是晏殊却只因草上的丝丝烟霭的迷蒙，花上的点点露珠的泫照，就能使他“销魂”，这才更见出词人之情意的幽微深婉。后面紧连两个七字句把上片总结起来：“日高深院静无人，时时海燕双飞去。”前面由写景转而写人，这两句则是以环境的衬托，进一步写人。“静无人”是别无他人，唯有一个凭栏销魂的我在。“日高深院静无人”的环境，衬托着人的寂寥。“时时海燕双飞去”，则是以“海燕双飞”反衬人的孤独，海燕是双双飞去了，给孤独的人却留下了一缕绵绵无尽的情思，在“日高深院”里萦回盘旋，渲染出一种孤寂之中的深沉的怅惘。

下片“带缓罗衣，香残蕙炷”，由上片的室外转向室内，仍在写人。《古诗十九首》曾云“相去日已远，衣带日已缓”，写因怀念远去的人而消瘦、憔悴，这里的“带缓罗衣”，以衣服宽大写人的消瘦，也暗示着离别。“香残蕙炷”，“蕙”是蕙香，一种以蕙草为香料制成的熏香，古代女子室内常用。“残”是一段段烧残。“炷”是香炷，即我们常说的“一炷香”的“炷”。“香残蕙炷”是写室内点的蕙香，一段段烧成残灰。这又暗示着室内之人心绪的黯淡。秦观《减字木兰花》上片云：“天涯旧恨，独自凄凉人不问。欲见回肠，断尽金炉小篆香。”以香炉里烧成一段一段的篆字形的熏香的残灰，比拟自己内心千回百转的愁肠已然断尽，比拟自己的情绪的冷落哀伤，可以为这里作注。但晏殊并没有像秦观以“篆香”比“回肠”这样清楚地表明自己内心之情，他只是客观地写出“带缓罗衣，香残蕙炷”，不明显、不激动，很含蓄。一般人念起来，因为很容易读懂，所以会一带而过，不再去作深一步体会。但晏殊的词是非细心体会不能得其妙处的。一读而过，他有多少离别相思怀念的情意，因为没有直说，便会被你所忽略了，岂不是入宝山而空手归的憾事？《古诗十九首》所说的离别相思，秦观《减字木兰花》所写的愁肠断尽，都说出了各自的原因，《古诗十九首》里是因为离别的人“相去日已远”，结果才“衣带日已缓”；秦观是因为“天涯旧恨，独自凄凉人不问”，结果才断尽了回肠。晏殊却没有说。那么，他那一份怅惘怀思的情意，就果真是指现实的人与人的离别、怀念、相思吗？晏殊唯其不直说出来，所以才不受个别情事的拘限，才会使你想到整个人生该有多少值得你相思怀念的美好的情事，该有多少美好的人、事、物值得你交托，投注你的感情！这二句给人无限深远的想象与联想。

我们再接着看下一句的“天长不禁迢迢路”，这仍是一个长句，为上二句作结，与上片的前三句句式相同，两个对偶的双式紧接一个单句，严密而完整。“不禁”是不能阻拦。“天长”与“迢迢路”，是上面天长，下边路远，二者结合得很好，天长路远，这是没有什么办法阻拦的。“不禁”二字，所表现的是对已消逝的远去的一切无法挽回的哀伤。紧接在“带缓罗衣”的思念与“香残蕙炷”的销磨之后，更增加了对于已经失落的无可奈何之感。然后在结尾的两句写出“垂杨只能惹春风，何曾系得行人住！”以感叹的口吻出之，留下了无尽的情意。杨柳柔条随风摆动，婀娜多姿，在晏殊看来，这多情、缠绵的垂柳，不过是在那里牵惹春风罢了，千条万缕的杨柳柔条，虽然从早到晚不住地摆动，但它哪一根柔条能把那要走的人留住？哪一根柔条能把那消逝的美好的往事挽回？这里象征着对整个人生的无可奈何的深刻感受，其中寄托有极深远的一片怀思怅惘之情，是要仔细吟味，才能体会得出的。

可能会有人认为，晏殊这里无非是表现了一种伤春的情绪，欣赏起来，于现实并无怎样重大深远的意义。当然，我们这里欣赏晏殊的词，并非是要大家同去伤春落泪，而是在晏殊的伤春情绪中，实在是有一种对时光年华流逝的深切慨叹和惋惜存在，而且更在极幽微的情思的叙写中，流露出了很深挚又很高远的一份追寻向往的心意。这种情意，虽然表面看来也许只不过是伤春怀人之情而已，但是隐然间却可以使读者的心灵感情感受到一种提升的作用，这种言外的引人感发联想的作用，正是词这种韵文所最值得注意的一种特质和成就。而五代时南唐的冯正中，和北宋初年的大晏、欧阳，则是在这方面表现得最富于高远深厚之含蕴的几位作者。

（叶嘉莹）

破阵子

晏　殊

燕子来时新社，梨花落后清明。池上碧苔三四点，叶底黄鹂一两声，日长飞絮轻。　　巧笑东邻女伴，采桑径里逢迎。疑怪昨宵春梦好，原是今朝斗草赢，笑从双脸生。

赏　析

二十四节气，春分连接清明——这正是一年春光最堪留恋的时节。春已中分，新燕将至，此时恰值社日也将到来，古人称燕子为社燕，以为它常是春社来，秋社去。词人所说的新社，指的即是春社了。那时每年有春秋两个社日，而尤重春社，邻里大聚会，来行祀社（大地之神也）之礼，酒食分餐，赛会腾欢，极一时一地之盛。闺中少女，也“放”了“假”，正所谓“问知社日停针线”，连女红也是可以放下的，呼姊唤妹，许可门外游观。词篇开头一句，其精神全在于此。

我们的民族“花历”，又有二十四番花信风，自小寒至谷雨，每五日为一花信，每节应三信有三芳开放；按春分节的三信，正是海棠花、梨花、木兰花。梨花落后，清明在望。词人写时序风物，一丝不走。当此季节，气息芳润，池畔苔生鲜翠，林丛鹂啭清音。——春光已是苒苒而近晚了，神情更在言外。清明的花信三番又应在何处？那就是桐花、麦花与柳花。——所以词人接着写的就是“日长——飞絮”。古有句云：“落尽海棠飞尽絮，困人天气日初长”，可以合看。文学评论家于此必曰：写景，写景；状物，状物！而不知时序推迁，光风流转，触人思绪之闲情婉致也。

当此良辰佳节之际，则有二少女，出现于词人笔下，言动于吾人目前：在采桑的路上，她们正好遇着；一见面，西邻女就问东邻女："你怎么今天这么高兴？——夜里做了什么好梦了吧？快告诉人听听！……"东邻女笑道："莫胡说！人家刚才和她们斗草来着，得了彩头呢！"

"笑从双脸生"五字，再难另找一句更好的写少女笑吟吟的句子来替换。何谓双脸？盖脸本从眼际得义，而非后人混指"嘴巴"也。故此词之美，美在情景，其用笔，明丽清婉，秀润无伦，而别无奇特可寻之迹；迨至末句，收足全篇，神理尽出，此虽非奇，岂为常笔？天时人事，物态心情，全归于一切。若无神力，能到此境乎？

古代词曲，写妇女者多；写少女者少。写少女而似此明快活泼、天真纯洁者更少。然而，不知缘何，我读大晏的"池上碧苔三四点，叶底黄鹂一两声"，不自禁地联想到老杜的"映阶碧草自春色，隔叶黄鹂空好音"；它们之间，分明存在着共鸣之点。此岂为写景而设乎？我则以为正用景光以传心绪。其间隐隐约约，有一种寂寞难言之感，而此寂寞感，古来诗人无不有之，盖亦时代之问题，人生之大事，本非语言文字间可了，而又不得不一抒写，其为无可如何之意，灼然可见，但老杜为托之于丞相祠堂，大晏则移之于女郎芳径耳。倘若依此而言，上文才说的明快活泼云云，竟是只见它一个方面，究其真际，也是深深隐藏着复杂的情感的吧。

（周汝昌）

玉楼春

晏　殊

绿杨芳草长亭路，年少抛人容易去。楼头残梦五更钟，花底离愁三月雨。　　无情不似多情苦，一寸还成千万缕。天涯地角有穷时，只有相思无尽处。

赏　析

本词写闺怨，颇具婉转流利之致，词中不事藻饰，没有典故，除首两句为叙述，其余几句不论是用比喻，还是用反语，用夸张，都是通过白描手段反映思妇的心理活动，亦即难以言宣的相思之情。

上片一开始是写景。时间是绿柳依依的春天，地点在古道长亭，这是旅客小休之所，也是两人分别之处。“年少”句叙述临行之际，她是泪眼相看，无语凝咽，感到他轻易地撇下我就走了。年少，是指思妇的“所欢”，也即“恋人”，据赵与时《宾退录》记载，晏几道曾为其父辩解，说本词中的“年少”是“年轻”之意：“晏叔原见蒲传正曰：‘先君平日小词虽多，未尝作妇人语也。’传正曰：‘绿杨芳草长亭路，年少抛人容易去，岂非妇人语乎？’叔原曰：‘公谓年少为所欢乎，因公言，遂解得乐天诗两句：欲留所欢待富贵，富贵不来所欢去。’传正笑而悟。余按全篇云云，盖真谓所欢者，与乐天‘欲留年少待富贵，富贵不来年少去’之句不同，叔原之言失之。”本词写思妇闺怨，也的确是“妇人语”，晏几道为父辩解之言缺乏说服力量。

“楼头”两句，即自上面“年少抛人”引出，把她的思念之意生动地描绘出来，从相反方面说明“抛人去”者的薄情。白昼逝去，黑夜降临，她辗转反侧，很久之后才悠悠进入睡乡，但很快就被五更钟声惊破了残梦，使她重又陷入无边的失望。窗外，飘洒着雾也似的春雨，那些花瓣像是承受不住恨别的泪水，带着离愁纷纷落下。李白《大堤曲》有句云："春风复无情，吹我梦魂散。不见眼中人，天长音信断"，是说无情春风吹散梦魂，使她在白天和梦中都见不到音书已绝的恋人。王安国《清平乐》曰："满地残红宫锦(指落花)污，昨夜南园风雨。小怜初上琵琶，晓来思绕天涯。"形容思妇见雨后落花而引起遐思。可见"残梦"和"落花"在这里都是用来曲折地抒发怀人之情，语言工致匀称。陈廷焯《白雨斋词话》称其"婉转缠绵，深情一往，丽而有则，耐人寻味"。

下片两用反语，先以无情与多情作对比，继而以具体比喻从反面来说明。"无情"两句，从"楼头"两句生发而来，用反语以加强语意。先说无情则无烦恼，因此多情还不如无情，从而反托出"多情自古伤离别"的深衷；"一寸"指心，柳丝缕缕，拂水飘绵，最识离怀别苦。两句意思是说，无情，怎似得多情之苦，那一寸芳心，化成了千丝万缕，蕴含着千愁万恨。词意来自李煜"一片芳心千万绪，人间没个安排处"(《蝶恋花》)，与冯延巳"心若垂杨千万缕，水阔花飞，梦断巫山路"(《蝶恋花》)，意思亦相接近。

末两句含意深婉。天涯地角，昔人以为是天地之尽头，所以说是"有穷时"。然而，别离之后的相思之情，却是无穷无尽，即所谓"无穷无尽是离愁"。这是通过比较来体现出因"多情"而受到的精神折磨，感情真切而含蓄，对于那个"抛人"而去的薄幸年少，却毫无埋怨之语，所以《蓼园词选》说："末二句总见多情之苦耳。妙在意思忠厚，无怨怼口角。"

(潘君昭)

木兰花

宋 祁

东城渐觉风光好，縠[1]皱波纹迎客棹。绿杨烟外晓寒轻，红杏枝头春意闹。　　浮生长恨欢娱少，肯爱千金轻一笑。为君持酒劝斜阳，且向花间留晚照。

【注】

① 縠：有皱纹的纱。

赏 析

宋子京因此词而得名，正如秦少游之为"山抹微云学士"，他则人称"红杏尚书"。古人极善于把事物"诗化"，连一个仕宦职衔也可以化为非常风雅的称号，传为佳话，思之良可粲然，——这佳话指的就是此词的上阕歇拍之句了。但吾人学文，不可贵耳贱目，切须自具心眼，即如本篇传颂千载，究竟好在哪里？难道只一个"闹"字便作成了一段故事？倘如此，"红杏尚书"者，为何不径呼他"闹尚书"，岂不更为一矢中的，直截了当？大约古往今来，落于"字障"的学子，半为此等浅见俗说引错了路头。

要赏此词，须看他开头两句，是何等地光景气象。不从这里说起，直是舍本而逐末。

且道词人何以一上来便说东城？普天下时当艳阳气候，莫非西城便不可入咏？有好事者答辩说：当时当地，确实以东城为美。又有的说，只因宋尚书住在东城，所以他不写西城。……这自然都言之成理。然而，寒神退位，春自东来，故东城得气为先——正如写梅花，必曰"南枝"，亦正因它南枝向阳，得气早开；此皆词人诗客，细心敏感，体察物情、含味心境，而后有此诗心诗笔，岂真为“地理考证”而设置字样哉。古代春游，踏青寻胜，必出东郊，民族的传统认识，从来如此也。

真正领起全篇精神的，又端在“风光”二字。

何谓风光？词书词典上说就是“风景”。科学家若来解释，定然说，就是“空气和阳光”。这原本不错，只是忘记了我们的语文特色，它比“物理化学名词定义”包含的要丰富得多。风光，其实概括了天时、地利、人和三方面的关系；它不但是自然景色，也包含着世事人情。正古人所谓“天气澄和，风物闲美”，还须加上人意欣悦。没有了后者，也就什么都没有了。

一个“渐”字，最为得神。说是“渐觉”，其实那芳春美景，说到就到，越看越是好上来了。

这美好的风光，分明又有层次。它从何处而“开始”呢？词人答曰：“我的感受首先就眼见那春波绿水，与昨不同；它发生了变化，它活起来；风自东来，波面生纹，如同纱縠细皱，粼粼拂拂，漾漾溶溶——招唤着游人的画船。春，是从这儿开始的。”

然后，看见了柳烟；然后，看见了杏火。

这毕竟是“渐”的神理，一丝不走。晓寒犹轻，是一步；春意方闹，是又一步。风光在逐步开展。

把柳比作“烟”，实在很奇。“桃似火，柳如烟”，这译成外文，无论如何引不起西方读者的“美学享受”。然而在我们感受上，这种文学语言，这种想象和创造，很美，美在哪里？美在传神，美在造境。盖柳之为烟，写其初自冬眠而醒，嫩黄浅碧，遥望难分枝叶，只见一片轻烟薄雾，笼罩枝梢——而非呛人的黑烟也。桃杏之为火，写其怒放盛开，生气勃发，如火如荼，“如喷火蒸雾”，全是形容一个“盛”的境界气氛——而非炙热灼烫的为灾之火也。

领会了这，或者不难进而领会“闹”字矣。

闹，安静、萧寂之反词。词人用它，写尽那一派盎然的春意，蓬勃的生机。王静安论词主“境界”之说，曾言“看一闹字而境界全出”。但也有学者强烈反对这个闹字，说：闹并非好字，亦非佳事（如吵闹、闹事……），写良辰而用此等字眼,无理甚矣。这就是忘记了“闹元宵”,连那头上戴的也叫“闹蛾儿”呢!风光大好,但看不得“闹”字,其理自当有在。

上阕写尽风光,下阕转出感慨。

人生一世,艰难困苦,不一而足;欢娱恨少,则忧患苦多,岂待问而后知。难得开口一笑,故愿为此一掷千金亦所不惜。正见欢娱之难得也。欢娱恨少,至于此极。书生无力挥鲁阳之戈,使日驭倒退三舍,只能说劝斜阳,且莫急急下山,留晚照于花间,延欢娱于一晌!读词至此,哀耶乐耶?喜乎悲乎?论者或以为此宋祁者肠肥脑满,庸俗浅薄,只一味作乐寻欢,可谓无聊之尤,允须“严肃批判”。嗟嗟,使举世而皆如是读文论艺,岂复有真文艺可存乎?

红杏尚书——莫当他是一个浅人不知深味者流。大晏曾云:“一曲新词酒一杯……夕阳西下几时回?”面目不同,神情何其相似:岂恋物之作,实伤心之词也。

(周汝昌)

采桑子

欧阳修

轻舟短棹西湖好，绿水逶迤，芳草长堤，隐隐笙歌处处随。　无风水面琉璃滑，不觉船移，微动涟漪，惊起沙禽掠岸飞。

赏　析

欧阳修《采桑子》共十三首，其中联章歌咏颍州西湖景物者十首。颍州治所汝阴，在今安徽阜阳。北宋仁宗皇祐元年(1049)，欧公四十三岁时曾移知颍州，“爱其民淳讼简而物产美，土厚水甘而风气和，于时慨然已有终焉之意也”(《思颍诗后序》)。二十二年之后，神宗熙宁四年(1071)，欧公六十五岁，以观文殿学士、太子少师致仕，归颍州私第居住，果如所愿。颍州西湖在北宋时曾是清澈幽美的。据明代《正德颍州志》卷一：“西湖在州西北二里外。湖长十里，广三里。相传古时水深莫测，广袤相齐。……湖南有欧阳文忠公书院基。”熙宁五年，“正值柳绵飞似雪”的暮春季节，老同事赵概由南京应天府(今河南商丘)远道相访，高谊雅兴，传为文坛佳话。《蔡宽夫诗话》云：“文忠与赵康靖公概同在政府，相得欢甚。康靖先告老，归睢阳(商丘)；文忠相继谢事，归汝阴(颍州)。康靖一日单车特往过之，时年几八十矣。留剧饮逾月，日于汝阴纵游而后返。前辈挂冠后，能从容自适，未有若此者。”(《苕溪渔隐丛话后集》卷二十三引)欧公这一组十首《采桑子》，从内容看非写一时之景；词前《西湖念语》云“并游或结于良朋，乘兴有时而独往”，盖是通其前后诸胜游的感受以入词，又不止与赵概同乐之事了。词成，并在盛大的宴会上令官妓歌唱以佐清欢。此词就是这组歌词的第一阕。

作者用轻松淡荡的笔调，描绘了在春色怀抱中的西湖。轻舟短棹，一开头就给人以悠然自在的愉快感觉。不仅是“春草碧色，春水渌波”，跟绵长的堤影掩映着，看到的是一幅淡远的画面；而且在短棹轻纵的过程里，随船所向，都会听到柔和的笙箫，隐隐地在春风中吹送。这些乐曲处处随着词人的船，仿佛是为着词人而歌唱。这么短短的几笔，就把读者带进了一个可爱的冶春季节的气氛中。下片着重描写湖上行舟、波平如镜的景色。西湖是上下空明，水天一色的，用琉璃来比拟它的滑溜和澄澈，再也贴切不过。“不觉船移”四字，更是语妙天下。正因为春波之滑，所以不待风吹，而船儿已自在地漾去。联系上片的“笙歌处处随”来看，船是不断地在前移，歌声也就不住地在后随，词人是觉到的，偏说是不觉，就有力地显示了水面琉璃之滑。但船移毕竟不可能绝不触动水波，于是，下文就递到“微动涟漪”，词人的观察力和艺术构思，可算是细入毫芒。最后，“惊起沙禽掠岸飞”这一动态，划破了境界的宁静，使全幅画面都跳动起来，更显得词心的活泼泼地。

北宋前半时期的小令，语言比较清新自然。这词清空一气，正如素面佳人，不施粉黛，便能动人。南宋后期那些用浓艳的藻彩去涂抹湖山的作品，倒不免是唐突西施了。

（钱仲联）

踏莎行

欧阳修

候馆梅残，溪桥柳细，草薰风暖摇征辔。离愁渐远渐无穷，迢迢不断如春水。　　寸寸柔肠，盈盈粉泪，楼高莫近危阑倚。平芜尽处是春山，行人更在春山外。

赏 析

在婉约派词人抒写离情的小令中，这是一首情深意远、柔婉优美的代表性作品。

上片写离家远行的人旅途中所见所感。开头三句是一幅洋溢着春天气息的溪山行旅图：旅舍旁的梅花已经开过了，只剩下几朵残英，溪桥边的柳树刚抽出细嫩的枝叶。暖风吹送着春草的芳香，远行的人就在这美好的环境中摇动马缰，赶马行路。梅残、柳细、草薰、风暖，暗示时令正当仲春。这正是最易使人动情的季节。在这种环境下行路，不但看到春的颜色，闻到春的气味，感到春的暖意，而且在心里也荡漾着一种融怡的醉人的春意。从“摇征辔”的“摇”字中可以想象行人骑着马儿顾盼徐行的情景。

融怡明媚的仲春风光，既令征人欣赏流连，却又很容易触动离愁。因为面对芳春丽景，不免会想到闺中人的青春芳华，想到自己孤身跋涉，不能与对方共赏春光。而梅残、柳细、草薰、风暖等物象又或隐或显地联系着别离，因此三、四两句便由丽景转入对离情的描写：“离愁渐远渐无穷，迢迢不断如春水。”因为所别者是自己深爱的人，所以这离愁便随着分别时间之久、相隔路程之长越积越多，就像眼前这伴着自己的一溪春水一样，来路无穷，去程不尽。上文写到“溪桥”，可见路旁就有清流。这“迢迢不断如春水”的比喻，妙在即景设喻，触物生情，亦赋亦比亦兴，是眼中所见与心中所感的悠然神会。从这一点说，它比李煜的“问君能有几多愁？恰似一江春水向东流”显得更加自然。

“寸寸柔肠，盈盈粉泪。”过片两对句，似乎由陌上行人转笔写楼头思妇。其实，整个下片，都是行人对居者的想象。上下片的关系不是并列，而是递进。上片结尾已经讲到自己的离愁迢迢不断，无穷无尽，于是这位深情的主人公便不由得进而想象对方此刻也正在凭高远望，思念旅途中的自己。这正是所谓透过一层，从对面写来的手法。“柔肠”而说“寸寸”，“粉泪”而说“盈盈”，显示出女子思绪的缠绵深切。从“迢迢春水”到“寸寸肠”“盈盈泪”，其间又有一种自然的联系。

接下来一句“楼高莫近危阑倚”，是行人在心里对泪眼盈盈的闺中人深情的体贴和嘱咐。你那样凭高倚阑远望，又能望得见什么呢？这就很自然地引出了结拍两句。

“平芜尽处是春山，行人更在春山外。”补足“莫近危阑倚”之故，也是行人想象闺中人凭高望远而不见所思的情景：展现在楼前的，是一片杂草繁茂的原野，原野的尽头是隐隐春山，所思念的行人，更远在春山之外，渺不可寻。这两句不但写出了楼头思妇凝目远望、神驰天外的情景，而且透出了她的一往情深，正越过春山的阻隔，一直伴随着渐行渐远的征人飞向天涯。行者不仅想象到居者登高怀远，而且深入到对方的心灵对自己的追踪。这正是一个深刻理解所爱女子心灵美的男子，用体贴入微的关切怀想描绘出来的心画。

这首词所写的是一个常见的题材，但却展现出一片情深意远的境界，让人感到整首词本身就具有一种“迢迢不断如春水”式的含蓄蕴藉，令人神远。这固然首先取决于感情本身的深挚，但和构思的新颖、比喻的自然、想象的优美也分不开。上片写行者的离愁，下片写行者的遥想，这遥想实际上是离愁的深化，它使整个词境更加深远。而上下片结尾的比喻和想象所展示的情意和境界，更使人感到词中所展示的画面虽然有限，情境却是无限的。俞平伯说下片结尾两句“似乎可画，却又画不到”（《唐宋词选释》），这画不到处不只是春山外的行人，更是那悠远的情境。

（刘学锴）

生查子

欧阳修

去年元夜时，花市灯如昼。月上柳梢头，人约黄昏后。　　今年元夜时，月与灯依旧。不见去年人，泪满春衫袖。

赏　析

此词作者，或作朱淑真，或作秦观。但南宋初曾慥所编《乐府雅词》作欧阳修，当较为可信。词作通过主人公对去年今日的往事回忆，写物是人非之感，其语言通俗可谓到口即消，其内容情事几乎一目了然，但构思巧妙，饶有新意，这集中表现在词的分片上。

词的上片写"去年元夜"情事。"元夜"今称元宵节，自唐时起即有观灯闹夜的风俗："谁家见月能闲坐？何处闻灯不看来？"（崔液《上元夜》）"火树银花合，星桥铁锁开"，"金吾不禁夜，玉漏莫相催"（苏味道《正月十五夜》）。这些诗句正是写"花市灯如昼"的情景，此"花"乃"火树银花"之"花"。这金吾不禁之夜，不但是观灯赏月的好时节，也给予恋爱的青年男女以良好时机。或于人众稠密处眉目传情，或在灯光阑珊处秘密相会。此处所写的大抵属于后一种情况。"月上柳梢头"分明不像闹市区，"人约黄昏后"是观花灯去么？这一结恰如水穷云起，言有尽而意无穷。虽未像下片那样明确表情，一种"月出皎兮，佼人僚兮"（《诗·陈风·月出》）的甜情蜜意却溢于言表。在禁锢很严的封建时代，这实在是难得的一个机会，它在情人们心中会留下永不磨灭的记忆。下片写"今年元夜"情景。"月与灯依旧"虽只举月与灯，实应包括上片二、三句花、柳、灯、月而言，是说闹市佳节良宵与去年完全一样。言景物"依旧"，暗逗下句"不见去年人"，"泪满春衫袖"，表情极明显，与上片对比更觉有味。一个"满"

字,将物是人非、旧情难续的感伤表现得很充分。

上片说去年,下片说今年,元夜、灯、月、人等字面互相关照。两片文义并列,基本重叠,但颇寓变化。诗歌重叠方式运用于全章的,《诗经》国风比比皆是,每章字句大同小异,或易词申意(如《郑风·褰裳》),或循序递进(如《周南·芣苢》),回旋往复的音节对于简朴的歌词颇有增强表情的功用。双调的词有重头(不换头)与换头之分,重头的词上下片字句调式全同,《生查子》即属此类。作者根据词调特点采取文义并列的分片结构,就形成章的重叠,颇类歌曲反复一遍,有回旋咏叹之致。

作者大约受到唐人崔护《题都城南庄》诗的启发。此后词人亦多效此法。如王迈《南歌子》上片写"家里逢重九",下片写"官里逢重九";吕本中《采桑子》上片说"恨君不似江楼月",下片说"恨君却似江楼月";辛弃疾《采桑子》上片写"少年不识愁滋味",下片写"而今识尽愁滋味":均是此法的运用或翻新。而此词具有风诗那种明快、浅切、自然的民歌风味,则为诸词所未备的。

(周啸天)

玉楼春

欧阳修

尊前拟把归期说，欲语春容先惨咽。人生自是有情痴，此恨不关风与月。　　离歌且莫翻新阕，一曲能教肠寸结。直须看尽洛城花，始共春风容易别。

赏析

北宋初年的一些名臣，如范仲淹及晏殊、欧阳修等人，除德业文章以外，他们也都喜欢填写一些温柔旖旎的小词，而且在小词的锐感深情之中，更往往可以见到他们的某些心性品格甚至学养襟抱的流露。就欧阳修而言，则他在小词中所经常表现出来的意境，可以说乃是一方面既对人世间美好的事物常有着赏爱的深情，而另一方面则对人世间之苦难无常也常有着沉痛的悲慨。这一首《玉楼春》词，可以说就正是表现了其词中此种意境的一首代表作。

这首词开端的"尊前拟把归期说，欲语春容先惨咽"两句，表面看来固仅是对眼前情事的直接叙写，但在其遣辞造句的选择与结构之间，欧阳修却已于无意间显示出了他自己的一种独具的意境。首先就其所用之语汇而言，第一句的"尊前"，原该是何等欢乐的场合，第二句的"春容"又该是何等美丽的人物，而在"尊前"所要述说的却是指向离别的"归期"，于是"尊前"的欢乐与"春容"的美丽，乃一变而为伤心的"惨咽"了。在这种转变与对比之中，虽然仅只两句，我们却隐然已经能够体会出欧阳修词中所表现的对美好事物之爱赏与对人世无常之悲慨两种情绪相对比之中所形成的一种张力了。

其次再就此二句叙写之口吻而言，欧阳修在"归期说"之前，所用的乃是"拟把"两个字；而在"春容""惨咽"之前，所用的则是"欲语"两个字。曰"拟"、曰“欲”，本来都是将然未然之辞；曰“说”、曰“语”，本来都是言语叙说之意。表面虽似乎是重复，然而其间却实在含有两个不同的层次，“拟把”仍只是心中之想，而“欲语”则已是张口欲言之际。二句连言，不仅不是重复，反而更可见出对于指向离别的“归期”，有多少不忍念及和不忍道出的宛转的深情。其间固有无穷曲折吞吐的姿态和层次，而欧阳修笔下写来，却又表现得如此真挚，如此自然，如此富于直接感发之力，所以即此二句，实在便已表现了欧词的一种特美。

至于下面二句“人生自是有情痴，此恨不关风与月”，则似乎是由前二句所写的眼前的情事，转入了一种理念上的反省和思考，而如此也就把对于眼前一件情事的感受，推广到了对于整个人世的认知。所谓“人生自是有情痴”者，古人有云“太上忘情，其下不及情，情之所钟，正在我辈”。所以况周颐在其《蕙风词话》中就曾说过“吾观风雨，吾览江山，常觉风雨江山之外，别有动吾心者在”。这正是人生之自有情痴，原不关于风月。李后主之《虞美人》词曾有“春花秋月何时了，往事知多少？小楼昨夜又东风，故国不堪回首月明中”之句，夫彼天边之明月与楼外之东风，固原属无情，何干人事？只不过就有情之人观之，则明月东风遂皆成为引人伤心断肠之媒介了。所以说“人生自是有情痴，此恨不关风与月”，此二句虽是理念上的思索和反省，但事实上却是透过了理念才更见出深情之难解。而此种情痴则又正与首二句所写的“尊前”“欲语”的使人悲惨呜咽之离情暗相呼应。所以下半阕开端乃曰“离歌且莫翻新阕，一曲能教肠寸结”，再由理念中的情痴重新返回到上半阕的尊前话别的情事。“离歌”自当指尊前所演唱的离别的歌曲，所谓“翻新阕”者，殆如白居易《杨柳枝》所云“古歌旧曲君休听，听取新翻杨柳枝”，与刘禹锡同题和白氏诗所云“请君莫奏前朝曲，听唱新翻杨柳枝”。欧阳修《采桑子》组词前之《西湖念语》，亦云“因翻旧阕之词，写以新声之调”。盖如《阳关》旧曲，已不堪听，离歌新阕，亦“一曲能教肠寸结”也。前句“且莫”二字的劝阻之辞写得如此叮咛恳切，正以反衬后句“肠寸结”的哀痛伤心。

写情至此，本已对离别无常之悲慨陷入极深，而欧阳修却于末二句突然扬起，写出了“直须看尽洛城花，始共春风容易别”的遣玩的豪兴，这正是欧阳修词风格中的一个最大的特色，也是欧阳修性格中的一个最大的特色。我以前在《灵溪词说》中论述冯延巳与晏殊及欧阳修三家词风之异同时，就曾指出过他们三家词虽有继承影响之关系，然而其词风则又在相似之中各有不同之特色，而形成其不同之风格特色的缘故，则主要在于三人性格方面的差异。冯词有热情的执着，晏词有明澈的观照，而欧词则表现为一种豪宕的意兴。欧阳修这一首《玉楼春》词，明明蕴含有很深重的离别的哀伤与春归的惆怅，然而他却偏偏在结尾写出了"直须看尽洛城花，始共春风容易别"的豪宕的句子。在这二句中，不仅其要把"洛城花"完全"看尽"，表现了一种遣玩的意兴，而且他所用的"直须"和"始共"等口吻也极为豪宕有力。然而"洛城花"却毕竟有"尽"，"春风"也毕竟要"别"，因此在豪宕之中又实在隐含了沉重的悲慨。所以王国维在《人间词话》中论及欧词此数句时，乃谓其"于豪放之中有沉着之致，所以尤高"。其实"豪放之中有沉着之致"，不仅道中了《玉楼春》这一首词这几句的好处，而且也恰好说明了欧词风格中的一点主要的特色，那就是欧阳修在其赏爱之深情与沉重之悲慨两种情绪相摩荡之中，所产生出来的要想以遣玩之意兴挣脱沉痛之悲慨的一种既豪宕又沉着的力量。在他的几首《采桑子》小词中，都体现出此一特色。不过比较而言，则这一首《玉楼春》词，可以说是对此一特色最具代表性的作品而已。

（叶嘉莹）

蝶恋花

欧阳修

庭院深深深几许？杨柳堆烟，帘幕无重数。玉勒雕鞍游冶处，楼高不见章台路。　　雨横风狂三月暮。门掩黄昏，无计留春住。泪眼问花花不语，乱红飞过秋千去。

赏　析

这首词亦见于冯延巳的《阳春集》。清人刘熙载说："冯延巳词，晏同叔得其俊，欧阳永叔得其深。"（《艺概·词曲概》）在词的发展史上，宋初词风径承南唐，没有太大的变化，而欧与冯俱仕至宰执，政治地位与文化素养基本相似。因此他们两人的词风大同小异，有些作品，往往混淆在一起。此词据李清照《临江仙》词序云："欧阳公作《蝶恋花》，有'深深深几许'之句，予酷爱之，用其语作'庭院深深'数阕。"李清照去欧阳修未远，所云当不误。

此词写闺怨。词风深稳妙雅。所谓深者，就是含蓄蕴藉，婉曲幽深，耐人寻味。此词首句"深深深"三字，前人尝叹其用叠字之工；兹特拈出，用以说明全词特色之所在。不妨说这首词的景写得深，情写得深，意境也写得深。

先说景深。词人像一位舞台美术设计大师一样，首先对女主人公的居处作了精心的安排。我们读着"杨柳堆烟，帘幕无重数"这两句，似乎在眼前出现了一组电影摇镜头，由远而近，逐步推移，逐步深入。随着镜头所指，我们先是看到一丛丛杨柳从眼前移过。"杨柳堆烟"，说的是早晨杨柳笼上层层雾气的景象。着一"堆"字，则杨柳之密，雾气之浓，宛如一幅水墨画。随着这一丛丛杨柳过去，词人又把镜头摇向庭院，摇向帘幕。这帘幕不是一重，而是过了一重又是一重。究竟多少重，他不作琐屑的交代，一言以蔽之曰"无重数"。"无重数”，即无数重。秦观《踏莎行》“驿寄梅花，鱼传尺素，砌成此恨无重数”，与此同义。一句“无重数”，令人感到这座庭院简直是无比幽深。可是词人还没有让你立刻看到人物所在的地点。他先说一句“玉勒雕鞍游冶处”，宕开一笔，把你的视线引向她丈夫那里；然后折过笔来写道：“楼高不见章台路”。原来这词中女子正独处高楼，她的目光正透过重重帘幕，堆堆柳烟，向丈夫经常游冶的地方凝神远望。这种写法叫做欲扬先抑，做尽铺排，造足悬念，然后让人物出场，如此便能予人以深刻的印象。

再说情深。词中写情，通常是和景结合，即景中有情，情中有景，但也有所侧重。此词将女主人公的感情层次挖得很深，并用工笔将抽象的感情作了细致入微的刻画。词的上片着重写景，但“一切景语，皆情语也”（王国维《人间词话》），在深深庭院中，人们仿佛看到一颗被禁锢的与世隔绝的心灵。词的下片着重写情，雨横风狂，催送着残春，也催送着女主人公的芳年。她想挽留住春天，但风雨无情，留春不住。于是她感到无奈，只好把感情寄托到命运同她一样的花上：“泪眼问花花不语，乱红飞过秋千去。”这两句包含着无限的伤春之感。清人毛先舒评曰：“词家意欲层深，语欲浑成。作词者大抵意层深者，语便刻画；语浑成者，意便肤浅，两难兼也。或欲举其似，偶拈永叔词云：‘泪眼问花花不语。乱红飞过秋千去’，此可谓层深而浑成。”（王又华《古今词论》引）他的意思是说语言浑成与情意层深往往是难以兼具的，但欧词这两句却把它统一起来。所谓“意欲层深”，就是人物的思想感情要层层深入，步步开掘。且看这两句是怎样进行层层开掘的。第一层写女主人公因花而有泪。见花落泪，对月伤情，是古代女子常有的感触。此刻女子正在忆念走马章台（汉长安章台街，后世借以指游冶之处）的丈夫，可是望而不可见，眼中唯有在狂风暴雨中横遭摧残的花儿，由此联想到自己的命运，不禁伤心泪下。第二层是写因泪而问花。泪因愁苦而致，势必要找个发泄的对象。这个对象此刻已幻化为花，或者说花已幻化为人。于是女主人公向着花儿痴情地发问。第三层是花儿竟一旁缄默，无言以对。是不理解她的意思呢，还是不肯给予同情，殊令人纳闷。紧接着词人写第四层，花儿不但不语，反而像故意抛舍她似地纷纷飞过秋千而去。人儿走马章台，花儿飞过秋千，有情之人，无情之物对她都报以冷漠，她怎能不伤心呢？这种借客观景物的反应来烘托、反衬人物主观感情的写法，正是为了深化感情。毛先舒评曰："人愈伤心，花愈恼人，语愈浅而意愈入，又绝无刻画费力之迹，谓非层深而浑成耶？然作者初非措意，直如化工生物，笋未出而苞节已具，非寸寸为之也。"（引同上）词人一层一层深挖感情，并非刻意雕琢，而是像竹笋有苞有节一样，自然生成，逐次展开。在自然浑成、浅显易晓的语言中，蕴藏着深挚真切的感情，这是本篇一大特色。

最后是意境深。词中写了景，写了情，而景与情又是那样的融合无间，浑然天成，构成了一个完整的意境。我们读此词，总的印象便是意境幽深，不徒名言警句而已。词人刻画意境也是有层次的。从环境来说，它是由外景到内景，以深邃的居室烘托深邃的感情，以灰暗凄惨的色彩渲染孤独伤感的心情。从时间来说，上片是写浓雾弥漫的早晨，下片是写风狂雨暴的黄昏，由早及晚，逐次打开人物的心扉。过片三句，近人俞平伯评曰："'三月暮'点季节，'风雨'点气候，'黄昏'点时刻，三层渲染，才逼出'无计'句来。"（《唐宋词选释》）暮春时节，风雨黄昏；闭门深坐，情尤怛恻。个中意境，仿佛是诗，但诗不能写其貌；是画，但画不能传其神；唯有通过这种婉曲的词笔才能恰到好处地勾画出来。尤其是结句，更臻于妙境："一若关情，一若不关情，而情思举荡漾无边。"（沈际飞《草堂诗余正集》）近人王国维认为这是一种"有我之境"。所谓"有我之境"，便是"以我观物，故物皆著我之色彩"（《人间词话》）。也就是说，花儿含悲不语，反映了词中女子难言的苦痛；乱红飞过秋千，烘托了女子终鲜同情之侣、怅然若失的神态。而情思之绵邈，意境之深远，尤令人神往。

（徐培均）

桂枝香

王安石

登临送目，正故国晚秋，天气初肃。千里澄江似练，翠峰如簇。征帆去棹残阳里，背西风酒旗斜矗。彩舟云淡，星河鹭起，画图难足。　念往昔，繁华竞逐，叹门外楼头，悲恨相续。千古凭高对此，谩嗟荣辱。六朝旧事随流水，但寒烟衰草凝绿。至今商女，时时犹唱，《后庭》遗曲。

赏　析

古来有学识、有抱负的文士，一旦登高望远，便兴起了满怀愁绪，那愁又不是区区个人私情，而常常是日月之迁流，世途之坎壈，家国之忧患，人生之苦辛……一齐涌上心头，奔赴笔下，遂而写成了名篇佳作，历久长新，此等例真是举之不尽，而王半山的这一阕《桂枝香》，实为个中翘楚。

作者这次是在南朝古都，金陵胜地，而时值深秋，天色傍晚，他在此意境之间，临江揽胜，凭高吊古。他开门见山，表明时地。试看他虽以登高望远为主题，却是以故国晚秋为眼目。一个“正”字领起，一个“初”字吟味，一个“肃”字点醒。笔力遒举，精神振敛，无限涵咏，皆从此始。

以下两句，已尽胜概，然而如此江山，如何“刻画”？不过一借六朝谢家名句——“解道‘澄江净如练’，令人长忆谢玄晖”；一出自家随手拈举。即一个“似练”，一个“如簇”，形胜已赫然，全是大方家数，盖在此间容不得半点描眉画鬓。然后即遗山光而专江色——纵目一望，只见斜阳映照之下，数不清的帆风樯影，交错于闪闪江波之上。更一凝睛细审，却又见西风紧处，那酒肆青旗高高挑起，因风飘拂。帆樯为广景，为“宏观”；酒旗为细景，为“微象”；而皆江上水边之人事也。故词人之领受，自以风物为导引，而以人事为着落。然而，学文之士，却莫忘他一个“背”字，一个“矗”字，又是何等神采，何等警策！

写景至此，全是白描高手。为文采计，似宜稍稍刷色。于是乃有“彩舟”“星河”两句一联，顿增明丽。然而词拍已到上片歇处，故而笔亦就此敛住，以“画图难足”一句，抒赞美嗟赏之怀，仍归于大方家数，不肯入于镂镌饾饤一路；虽曰“刷色”，亦非外铄之比。即如“彩舟云淡”，写日落之江天；“星河鹭起”，状夕夜之洲渚：仍是来自实景，而非但凭虚想也。

词至下片，便另换一幅笔墨，感叹六朝皆以荒乐而相继亡覆。其间说到了悲恨荣辱，空贻后人凭吊之资；往事无痕，唯见秋草凄碧，触目惊心而已。“门外韩擒虎(敌已逼门)，楼头张丽华(犹恋美色)”，用杜牧《台城曲》句以为点染，亦简净之法则所在。

词人走笔至此，辞意实已两尽。我们且看他王介甫又以何等话语收束全篇。不意他却写道：时至今日，六朝已远，但其遗曲，往往犹似可闻——“商女不知亡国恨，隔江犹唱《后庭花》！”此唐贤小杜于“烟笼寒水月笼沙，夜泊秦淮近酒家”时所吟之名句也，词人复加运用，便觉尺幅千里，饶有有余不尽之情致，而嗟叹之意，于以弥永。

王介甫只此一词，已足千古，其笔力之清遒，其境界之朗肃，两宋名家竟无二手，真不可及也！

(周汝昌)

千秋岁引

王安石

别馆寒砧，孤城画角，一派秋声入寥廓。东归燕从海上去，南来雁向沙头落。楚台风，庾楼月，宛如昨。　　无奈被些名利缚，无奈被他情担阁。可惜风流总闲却。当初谩留华表语，而今误我秦楼约。梦阑时，酒醒后，思量着。

赏　析

作为一代风云人物的政治家，王安石也并未摆脱旧时知识分子的矛盾心理：在兼济天下与独善其身两者中间徘徊。他一面以雄才大略、执拗果断著称于史册；另一面，在激烈的政治漩涡中也时时泛起激流勇退、功名误身的感慨。这首小词便是他后一方面思想的表露。

词的上片以写景为主，是一篇凄清哀婉的秋声赋，一幅岑寂冷隽的秋光图。旅舍客馆本已令羁身异乡的客子心中抑郁，而砧上的捣衣之声表明天时渐寒，已是"寒衣处处催刀尺"的时分了。古人有秋夜捣衣、远寄边人的习俗，因而寒砧上的捣衣之声便成了离愁别恨的象征。"孤城画角"则是以城头角声来状秋声萧条。画角是古代军中的乐器，其音哀厉清越，高亢动人，在诗人笔下常作为悲凉之声来描写。"孤城画角"四字便唤起了人们对空旷寥阔的异乡秋色的联想。下面接着说："一派秋声入寥廓"，"一派"本应修饰秋色、秋景，而借以形容秋声，正道出了秋声的悠远哀长，给人以空间的广度感，"入寥廓"的"入"字更将无形的声音写活了。开头三句以极凝练的笔墨绘写秋声，它不同于欧阳修《秋声赋》里描绘的自然肃杀之气，而完全是人为的声响。寒砧、画角的背后自有捣衣人与吹角人在，所以这里的秋声，也纯然是愁人客子耳际心头的秋声。

上三句是耳之所闻，下两句便是目之所见。燕子东归，大雁南飞，都是秋日寻常景物，而燕子飞往那苍茫的海上，大雁落向平坦的沙洲，都寓有久别返家的寓意，自然激起了词人久客异乡、身不由己的思绪，于是很自然地过渡到下面两句的忆旧。

宋玉《风赋》中说：楚王游于兰台，有风飒然而飒至，王乃披襟而当之曰："快哉此风！""楚台风"即用此典。《世说新语·容止》中说：庾亮在武昌，与诸佐吏殷浩之徒上南楼赏月，据胡床咏谑。"庾楼月"即用此典。这里以清风明月指昔日游赏之快，而于"宛如昨"三字中表明对于往日的欢情与佳景未尝一刻忘怀。

下片即景抒怀，也道出了感秋的原因：无奈名缰利锁，缚人手脚；世情俗态，耽搁了自在的生活。风流之事可惜总被抛在一边。"当初"以下便从"风流"二字铺展开去，说当初与心上之人海誓山盟，密约私诺，然终于辜负红颜，未能兑现当时的期约。"华表语"用了《搜神后记》中的故事：辽东人丁令威学仙得道，化鹤归来，落在城门华表柱上，唱道："有鸟有鸟丁令威，去家千年今来归。城廓如故人民非，何不学仙冢累累。"这里的"华表语"就指"去家来归"云云。"秦楼"本指妇女的居处，汉乐府《陌上桑》中说："日出东南隅，照我秦氏楼。"秦氏楼即为美貌坚贞的女子罗敷的居处。李白的《忆秦娥》中说："箫声咽，秦娥梦断秦楼月。"也以秦楼为思妇伤别之处。因而此处的"秦楼约"显系男女私约。这里王安石表面上写的是思念昔日欢会，空负情人期约。其实是借以抒发自己对政治的厌倦之情，对无羁无绊生活的留恋与向往。因而这几句可视为美人香草式的比兴，其意义远在一般的怀恋旧情之外，故《蓼园词选》中说此词"意致清迥，翛然有出尘之想"。词意至此也已发挥殆尽。然末尾三句又宕开一笔作结，说梦回酒醒的时候，每每思量此情此景。

梦和酒，令人浑浑噩噩，暂时忘却了心头的烦乱，然而梦终究要做完，酒也有醒时。一旦梦回酒醒，那忧思离恨岂不是更深地噬人心胸吗？这里的梦和酒也不单纯是指实在的梦和酒。人生本是一场大梦，《庄子·齐物论》上说只有从梦中醒来的人才知道原先是梦。而世情浑沌，众人皆醉，只有备受艰苦如屈原才自知独醒。因而，此处的“梦阑酒醒”正可视为作者历尽沧桑后的憬然反悟。

统观全词，作者用了虚实相间的手法，如“别馆寒砧，孤城画角”只是泛写秋声，未必是他一时一地的见闻。“楚台风”“庾楼月”借前人典故道出昔日风情，但也只是虚写，不必究其何事何人。“华表语”“秦楼约”写得若即若离，未知何语何约。总之，此词意在表达作者的一种情感，写来空灵回荡，真如空中之色，镜中之像，然情意真挚，恻恻动人。这正是词这一艺术所特有的表现手段与意象境界。王安石的诗中不乏功名误身、及时隐退的感叹，如：“少狂喜文章，颇复好功名；稍知古人心，始欲老蚕耕。”（《少狂喜文章》）又如：“归欤今可矣，何以长人为？”（《中书偶成》）其实都与此词的主旨相同，但写得质直畅达，与词中空灵婉曲的表现方法迥然有别，这也正是宋诗与宋词在表现方法上的区别之一吧。

（王镇远）

临江仙

晏几道

梦后楼台高锁，酒醒帘幕低垂。去年春恨却来时。落花人独立，微雨燕双飞。　　记得小蘋初见，两重心字罗衣。琵琶弦上说相思。当时明月在，曾照彩云归。

赏析

这是晏几道词的代表作。在内容上，它写的是《小山词》中最习见的题材，对过去欢乐生活的追忆，并寓有“微痛纤悲”的身世之感；在艺术上，它表现了《小山词》特有的深婉沉着的风格。可以说，这首词代表了作者在词的艺术上的最高成就，堪称婉约词中的绝唱。

本词当是别后怀思歌女小蘋之作。上片用两个六言句对起。午夜梦回，只见四周的楼台已闭门深锁；宿酒方醒，那重重的帘幕正低垂到地。“梦后”“酒醒”二句互文，写眼前的实景。对偶极工，意境浑融。“楼台”，当是昔时朋游欢宴之所，而今已人去楼空。词人独处一室，在阒寂的阑夜，更感到格外的孤独与空虚。企图借醉梦以逃避现实痛苦的人，最怕的是梦残酒醒，那时更是忧从中来，不可断绝了。《小山词》中常见“梦”“酒”等语，多有深意，这里的“梦”字，语意相关，既可能是真有所梦，重梦到当年听歌笑乐的情境，也可指“悲欢合离之事，如幻如电，如昨梦前尘”(《小山词·自序》)。如作者《踏莎行》词云：“从来往事都如梦，伤心最是醉归时”。也许，此时已是“君龙疾废卧家，廉叔下世”之后了。起二句情景，非一时骤见而得之，而是词人经历过许多寥寂凄凉之夜，或残灯独对，或酽酒初醒，遇诸目中久矣，忽于此时炼成此十二字，始如弥勒弹指，得现“华严境界”(《艺蘅馆词选》引康有为评)。所谓“华严境界”，是说它已进入佛家的空寂之境，这种空寂，正是词人内心世界的反映，是真正的“伤心人”的感受。

“去年春恨却来时”，一句承上启下，转入追忆。“春恨”，因春天的逝去而产生的一种莫名的怅惘。点出“去年”二字，说明这春恨的由来已非一朝一夕的了。同样是这春残时节，同样恼人的情思又涌上心头——“落花人独立，微雨燕双飞”！孤独的词人，久久地站立庭中，对着飘零的片片落英；又见双双燕子，在霏微的春雨里轻快地飞去飞来。“落花”“微雨”，本是极清美的景色，在本词中，却象征着芳春过尽，美好的事物即将消逝，有着至情至性的词人，怎能不黯然神伤？燕子双飞，反衬愁人独立，因而引起了绵长的春恨，以至在梦后酒醒时回忆起来，仍令人惆怅不已。这种韵外之致，荡气回肠，真教后世的读者也不能自持，溺而难返了。

谭献谓“落花”二语“名句千古，不能有二”（《谭评词辨》卷一），颇引起近人议论。论者谓此二语出自五代翁宏《宫词》（一作《春残》）：“又是春残也，如何出翠帏？落花人独立，微雨燕双飞。寓目魂将断，经年梦亦非。那堪愁向夕，萧飒暮蝉辉。”其实，宋词袭用前人成句，已成惯例，毋须指摘。好句，往往是要与全篇融浑在一起的。翁诗全首平庸，“落花”二语在其中殊不特出。小晏一把它化入词中，妙手天然，构成一凄艳绝伦的意境。以故为新，点铁成金，具见词家手段。

换头一句，是全词关键。“记得”，那是比“去年”更为遥远的回忆，是词人“梦”中所历，也是“春恨”的原由。小蘋，歌女名，是《小山词·自跋》中提到的“莲、鸿、蘋、云”中的一位。小晏好以属意者的名字入词，以纪其坠欢零绪之迹，而小蘋更是他所深深眷恋的：“小蘋若解愁春暮，一笑留春春也住”（《木兰花》）、“小蘋微笑尽妖娆”（《玉楼春》），可想见她是个天真烂漫、娇美可人的少女。本词中特标出“初见”二字，用意尤深。也许，尔后的许多情事，都会随着岁月的流逝而逐渐淡忘，而相识时的第一印象却是永志于心的。梦后酒醒，首先浮现在脑海中的依然是小蘋初见时的形象——“两重心字罗衣，琵琶弦上说相思。”她穿着薄罗衫子，上面绣有双重的“心”字。宋代妇女衣裙上每有“ϒ”形图案，类似小篆的“心”字（见宋画《女孝经图》），欧阳修《好女儿令》词也有

“一身绣出，两同心字”之语。小晏词中的“两重心字”，还暗示着两人一见钟情，日后心心相印。小蘋也由于初见羞涩，爱慕之意欲诉无从，唯有借助琵琶美妙的乐声，传递胸中的情愫。弹者脉脉含情，听者知音沉醉，与白居易《琵琶行》“低眉信手续续弹，说尽心中无限事”同意。“琵琶”句，既写出小蘋乐技之高，也写出两人感情上的交流已大大深化，不仅是目挑眉语了。也许小晏的文名，使小蘋在见面之前已暗暗倾心了吧。

“当时明月在，曾照彩云归。”一切见诸形相的描述都是多余的了。不再写两人的相会、幽欢，不再写别后的思忆。词人只选择了这一特定镜头：在当时皎洁的明月映照下，小蘋，像一朵冉冉的彩云飘然归去。李白《宫中行乐词》：“只愁歌舞散，化作彩云飞。”又，白居易《简简吟》：“大都好物不坚牢，彩云易散琉璃脆。”彩云，因以指美丽而薄命的女子，其取义仍从《高唐赋》“旦为朝云”来，亦暗示小蘋歌妓的身份。结两句因明月兴感，与首句“梦后”相应。如今之明月，犹当时之明月，可是，如今的人事情怀，已大异于当时了。梦后酒醒，明月依然，彩云安在？在空寂之中仍旧是苦恋，执着到了一种“痴”的境地，这正是小晏词艺术的深度和广度上远胜于“花间”之处。

在结构上，本词也颇具特色。上半阕写“春恨”，梦后酒醒，落花微雨，皆春恨来时的情境；下半阕写“相思”，追忆“初见”及“当时”的情况，表现词人苦恋之情、孤寂之感。过片二句是全词枢纽，最为吃紧，虽与首二句对称，字数、平仄俱同，而作法各别：起处用对偶，辞语致密；过片却用散行，辞旨疏宕，另起新意。全词以虚笔作结，自有无穷感喟蕴蓄其中，情深意厚，耐人寻味。《白雨斋词话》评此词曰：“既闲雅，又沉着，当时更无敌手。”其实何止当时，恐百世之后亦难乎为继了。

（陈永正）

鹧鸪天

晏几道

彩袖殷勤捧玉钟，当年拚却醉颜红。舞低杨柳楼心月，歌尽桃花扇影风。　　从别后，忆相逢，几回魂梦与君同？今宵剩把银釭照，犹恐相逢是梦中。

赏　析

这首词是晏几道与一个相熟的女子久别重逢之作。这个女子可能是晏几道自撰《小山词序》中所提到的他的朋友沈廉叔、陈君龙家歌女莲、鸿、蘋、云诸人中的一个。晏几道经常在这两位朋友家中饮酒听歌，与这个女子是很熟的而且有相当爱惜之情的，离别之后，时常思念，哪知道现在忽然不期而重遇，又惊又喜，所以作了这首词。上半阕写当年相聚时欢乐之况，下半阕写今日重逢时惊喜之情。

上半阕叙写当年欢聚之时，歌女殷勤劝酒，自己拼命痛饮，歌女在杨柳围绕的高楼中翩翩起舞，在摇动绘有桃花的团扇时缓缓而歌，直到月落风定，真是豪情欢畅，逸兴遄飞。词中用了许多漂亮的颜色字面，如"彩袖""玉钟""醉颜红""杨柳楼""桃花扇"等，写得非常绚烂。但是，所有这一切并不是作词时当前的情况，乃是追忆往事，似实而却虚，所以它不像一幅固定的图画，而像一幕电影，在眼前一现，又化为乌有。

下半阕叙写久别重逢的惊喜之情。"银釭"即是银灯；"剩"，只管。末二句虽是从杜甫《羌村》诗"夜阑更秉烛，相对如梦寐"两句脱化而出，但是表达得更为轻灵婉折，不像杜甫诗那样悲怆沉重。这是因为杜甫作此诗时是在战乱期间，而久别重逢的对象则是妻子儿女，晏几道作此词是在承平之世，而久别重逢的对象则是相爱的歌女，情况不同，则情致各异，而词体与诗体也是有所区别的。词中说，在别离之后，回想欢聚时（即是上半阕所写情况），常是梦中相见，而今番真的相遇了，反倒疑是梦中。情思委婉缠绵，辞句清空如话，而其妙处更在于能用声音配合之美，造成一种迷离惝恍的梦境，有情文相生之妙。下半阕共计二十七个字，其中有十六个字是阳声（凡字尾带 m、n、ng 等鼻音者为阳声），即是“从”“相”“逢”“魂”“梦”“君”“同”“今”“剩”“银”“釭”“恐”“相”“逢”“梦”“中”等，而在这十六个阳声字中，收尾是 ong 韵母者有八个字，即是“从”“逢”“梦”“同”“恐”“逢”“梦”“中”。这八个 ong 韵母的字，分散在这几句中，反复出现，使我们读起来，仿佛是听一个谐美的乐曲，其中经常有嗡嗡的声音，引入一种似梦非梦的境界，恰好与词中所要表达的情思相配合，而增强其感染力。

总之，晏几道这首词的艺术手法，上半阕是利用彩色字面，描摹当年欢聚情况，似实而却虚，宛如银幕上的电影，当前一现，倏归乌有；下半阕抒写久别相思不期而遇的惊喜之情，似梦而却真，利用声韵的配合，宛如一首乐曲，使听者也仿佛进入梦境。全词不过五十几个字，而能造成两种境界，互相补充配合，或实或虚，既有彩色的绚烂，又有声音的谐美，这就是晏几道词艺高妙之处。

文学与艺术意境是可以相通的。苏轼说王维“诗中有画”，“画中有诗”。这是说，诗与画的意境可以相通，读诗时仿佛是欣赏一幅画，而观画时又好像是吟诵一首诗。由此意推而广之，我们在读古人诗词时，不但常是如同观画，而且有时仿佛是看到一幕电影，或是聆听一曲乐歌，晏几道这首《鹧鸪天》词即是如此。

晏几道是晏殊之幼子。晏殊久居相位，其门生故吏，多据要津，晏几道如果想仕宦腾达，是很有机会的。但是晏几道为人耿介恬淡，厌恶仕途混浊，“仕宦连蹇，而不能一傍贵人之门”（黄庭坚《小山词序》）。他只作过监颍昌许田镇的小官，旋即退居京都私第。晏几道既不肯与达官贵人往还，而出身于贵公子，又不能到社会下层中去，于是他觉得，在相知友好家中所遇到的几个歌女，如“莲、鸿、蘋、云”等，倒还天真淳朴，不似官场中人之混浊鄙俗，所以愿意和她们相处，而寄予爱赏与同情。其《小山词》中所抒写的多是这一类的情事，这首《鹧鸪天》词也是一个例证。近来论词者有人认为，晏几道的为人很像《红楼梦》小说中的人物贾宝玉，这个意见是相当有道理的。

（缪　钺）

卜算子

王 观

送鲍浩然之浙东

水是眼波横，山是眉峰聚。欲问行人去那边？眉眼盈盈处。 才始送春归，又送君归去。若到江南赶上春，千万和春住。

赏 析

王观的作品，风趣而近于俚俗，时有奇想。王灼说他“新丽处与轻狂处皆足惊人”（《碧鸡漫志》）。这首《卜算子》，俏皮话说得新鲜，毫不落俗，颇受选家的注意。它是一首送别词。

友人鲍浩然大抵是浙东（宋代“两浙东路”的简称，今浙江省衢江、富春江、钱塘江以东地区）人，同王观的交情似乎不很深。这次分别，是鲍浩然从客途返家（但也可能他有个爱姬在浙东，这回是去探望她）。这类事情极为寻常，而王观却运用风趣的笔墨，把寻常的生活来个“化腐朽为神奇”，设想了一套不落俗的构思：先从游子归家这件事想开去，想到朋友的妻妾一定是日夜盼着丈夫归家，由此设想她们在想念远人时的眉眼，再联系着“眉如远山”（《西京杂记》：“文君姣好，眉色如望远山。时人效画远山眉。”）“眼如秋水”（李贺《唐儿歌》：“一双瞳人剪秋水”。）这些习用的常语，又把它们同游子归家所历经的山山水水来个拟人化，于是便得出了“水是眼波横，山是眉峰聚”。它是说，当这位朋友归去的时候，路上的一山一水，对他都显出了特别的感情。那些清澈明亮的江水，仿佛变成了他所想念的人的流动的眼波；而一路上团簇纠结的山峦，也似乎是她们蹙损的眉峰了。山水都变成了有感情之物，正因为鲍浩然在归途中怀着深厚的怀人感情。

从这一构思向前展开，于是就点出行人此行的目的：他要到哪儿去呢？是“眉眼盈盈处”。“眉眼盈盈”四字有两层意思。一层意思是：江南的山水，清丽明秀，有如女子的秀眉和媚眼。又一层意思是：有着盈盈眉眼的那个人。（古诗：“盈盈楼上女”。盈盈，美好貌。）因此“眉眼盈盈处”，既写了江南山水，也同时写了他要见到的人物。语带双关，扣得又是天衣无缝，实在是高明的手法。

上片既着重写了人，下片便转而着重写季节。而这季节又是同归家者的心情配合得恰好的。那还是暮春天气，春才归去，鲍浩然却又要归去了。作者用了两个“送”字和两个“归”字，把季节同人轻轻搭上，一是“送春归”，一是“送君归”；言下之意，鲍浩然此行是愉快的，因为不是“燕归人未归”，而是春归人也归。然后又想到鲍浩然归去的浙东地区，一定是春光明媚，更有明秀的山容水色，越显得阳春不老。因而便写出了“若到江南赶上春，千万和春住”。也许是从唐诗人韦庄的《古别离》“更把玉鞭云外指，断肠春色在江南”得到启发吧，春色既然还在江南，所以是能够赶上的。赶上了春，那就不要辜负这大好春光，一定要同它住在一起了。但这只是表面一层意思，它还有另外一层。这个“春”，不仅是季节方面的，而且又是人事方面的。所谓人事方面的“春”，便是与家人团聚，是家庭生活中的“春”。这样的语带双关，当然也聪明，也俏皮。

通看整首词，轻松活泼，比喻巧妙，耐人体味；几句俏皮话，新而不俗，雅而不谑。比起那些敷衍应酬之作，显然是有死活之别的。

（刘逸生）

水龙吟

苏　轼

次韵章质夫杨花词

似花还似非花，也无人惜从教坠。抛家傍路，思量却是，无情有思。萦损柔肠，困酣娇眼，欲开还闭。梦随风万里，寻郎去处，又还被、莺呼起。

不恨此花飞尽，恨西园、落红难缀。晓来雨过，遗踪何在，一池萍碎。春色三分，二分尘土，一分流水。细看来，不是杨花，点点是离人泪。

赏　析

“眼前有景道不得，崔颢题诗在上头。”此李白有感于崔颢《黄鹤楼》诗也。而今，面对“曲尽杨花妙处”（魏庆之《诗人玉屑》）的章质夫杨花词，苏轼又待如何争而胜之呢？唯有另辟新境，自出新意。综观全词，其新有二：一、避开章词的实写杨花，而从虚处着笔，即化“无情”之花为“有思”之人；二、“直是言情，非复赋物”（沈谦《填词杂说》）。有此二端，遂使通篇不胜幽怨缠绵，又空灵飞动。从而，诚如王国维《人间词话》所言，苏词“和韵而似原唱”，章词则“原唱而似和韵”了。

“似花还似非花”，看其出手便自不凡，已定一篇咏物宗旨：既咏物象，又写人言情。刘熙载称起句“可作全词评语，盖不离不即也”（《艺概·词曲概》）。即谓人与花、物与情当在“不离不即”之间。唯其“不离”，方能使种种比兴想象切合本体，有迹可求，此词家所谓“不外于物”；唯其“不即”，方能不囿本体，神思飞越，展开想象，此词家所谓“不滞于物”。如果纯以咏杨花而论，则这一句又准确地把握住了杨花那“似花非花”的独特“风流标格”。说它“非花”，它却名为“杨花”，与百花同开同落，共同装饰春光，又一起送走春色。说它“似花”，它色淡无香，形态碎小，隐身枝头，向不为人注目爱怜。

次句承以“也无人惜从教坠”。一个“坠”字，赋杨花之飘落；一个“惜”字，有浓郁的感情色彩。“无人惜”，是说天下惜花者虽多，惜杨花者却少。然细加品味，亦反衬法，词人用笔之妙，正是于“无人惜”处，暗暗逗出缕缕怜惜杨花的情意，并为下片雨后觅踪伏笔。

“抛家傍路，思量却是，无情有思”三句承上“坠”字，写杨花离枝坠地、飘落无归情状。不说“离枝”，而言“抛家”，貌似“无情”，犹如韩愈所谓“杨花榆荚无才思，惟解漫天作雪飞”(《晚春》)，实则“有思”，一似杜甫所称“落絮游丝亦有情”(《白丝行》)。咏物至此，已见拟人端倪，亦为下文花人合一张本。

“萦损柔肠，困酣娇眼，欲开还闭”，这三句紧承“有思”而来，咏物而“不滞于物”，大胆驰骋想象，将抽象的“有思”的杨花，化作了具体的有生命的人——一位春日思妇的形象。她那寸寸柔肠受尽了离愁的痛苦折磨，她的一双娇眼因春梦缠绕而困极难开。此处明写思妇而暗赋杨花，花人合一，无疑是苏词有别于章词的一种新的艺术创造。

以下“梦随”数句妙笔天成，既摄思妇之神，又摄杨花之魂，二者正在“不即不离”之间。从思妇来说，那是由怀人不至而牵引起的一场恼人春梦。她神魂飘扬，万里寻郎；但这里未至郎边，那边却早已啼莺惊梦。此化用唐人金昌绪《春怨》诗意：“打起黄莺儿，莫教枝上啼。啼时惊妾梦，不得到辽西。”但苏轼写来备觉缠绵哀怨而又轻灵飞动。就咏物象而言，描绘杨花那种随风飘舞、欲起旋落、似去又还之状，亦堪称生动真切，绝不亚于章词的“傍珠帘散漫，垂垂欲下，依前被、风扶起”。篇首所言“似花还似非花”，正可于此境界中心领神会。

张炎《词源》评此词“后段愈出愈奇”。奇在何处？奇在承上片“惜”字意脉，借追踪杨花，抒发了一片惜春深情。缘物生情，以情映物，使情物交融而至浑化无迹之境。

“不恨此花飞尽，恨西园、落红难缀。”词人在这里是以落红陪衬杨花，盖无论万红凋零，抑或杨花飞尽，都意味着花事已尽，春色将逝。“不恨”者，乃是承上片“非花”、“无人惜”而言。其实，正如“无人惜”实即“有人惜”一样，说“不恨”者，实即“有恨”，是所谓曲笔传情。

以下由“晓来雨过”而问询杨花遗踪，真是痴人痴语。春水觅踪，可谓一往情深；但杨花不见，唯有一池浮萍在目，这就进一步加深了人的春恨。苏轼自注云：“杨花落水为浮萍，验之信然。”此说自然不合科学，但作为文学特别是作为抒情诗词，本来无须拘泥。无理有情，这里主要藉以表达一种浓郁的惜花之情和春去之恨。

情不足，恨未尽，于是继之以“春色三分，二分尘土，一分流水”。“春色”居然可以“分”，这是一种想象奇妙而兼以极度夸张的手法。这种手法其来有自，如唐诗人徐凝的《忆扬州》云：“天下三分明月夜，二分无赖是扬州。”宋初词人叶清臣的《贺圣朝》更说：“三分春色二分愁，更一分风雨。”苏词的“春色三分”，显然以叶词为蓝本。而从全篇词脉来考察，则“二分尘土”与上片“抛家傍路”相呼应，“一分流水”与上文“一池萍碎”一意相承。总之，花尽难觅，春归无迹。至此，杨花的最终归宿，和词人的满腔惜春之情水乳交融，将咏物抒情的题旨推向顶峰。

正因为咏物抒情已臻顶峰，所以词的煞拍尤为吃紧。写好了，画龙点睛，全篇生辉；写不好，画蛇添足，功亏一篑。此词的煞拍不愧为“点睛”之笔：“细看来，不是杨花，点点是离人泪。”情中景，景中情，总收上文，既干净利索，又余味无穷。词由眼前的流水，联想到思妇的泪水；又由思妇的点点泪珠，映带出空中的纷纷杨花。是离人泪似的杨花，还是杨花般的离人之泪？看其虚中有实，实中见虚，总在虚实相间、似与不似之间，“盖不离不即也”。再回顾篇首，令人欣然有悟，情趣倍生。不是吗？词人开宗明义，原本说得清楚：“似花还似非花”。

（朱德才）

水调歌头

苏　轼

丙辰中秋，欢饮达旦，大醉，作此篇。兼怀子由。

明月几时有？把酒问青天。不知天上宫阙，今夕是何年。我欲乘风归去，又恐琼楼玉宇，高处不胜寒。起舞弄清影，何似在人间！　转朱阁，低绮户，照无眠。不应有恨，何事长向别时圆？人有悲欢离合，月有阴晴圆缺，此事古难全。但愿人长久，千里共婵娟。

赏　析

本篇长调词，作于宋神宗熙宁九年(1076)，即丙辰年的中秋节日。时作者正任密州(今山东诸城)知州。从题序来看，这首词盖为醉后抒情，怀念兄弟(子由)之作。古人评论说："此词前半自是天仙化人之笔"(清程洪、先著《词洁》)。今天看来，本词通篇风调，又何尝不是这样。至于明卓人月把本词比为"画家大斧皴，书家擘窠体"，则是囿于"苏词粗豪"的传统之见。揆诸实际，本篇除具苏词一般共有的豪迈清雄特色之外，它还有其飘逸空灵以及韶秀方面的特点。与"粗"则是毫无关涉的。

这首中秋词作，主旨在于抒发作者外放无俚的茕独情怀。词中杂用道家思想，观照世界，并且自为排遣。作者俯仰古今变迁，感慨宇宙流转，厌薄险恶的宦海风涛，揭示睿智的人生理念。运用直接描绘的形象范畴，勾勒出一种皓月当空、美人千里、孤高旷远的境界氛围，把自己遗世独立意绪和往昔神话传说融合一起，在月的阴晴圆缺当中，渗进浓厚的哲学意味，是一首自然与社会高度契合的感喟作品。此种思想蕴涵，是至为明显的。

苏轼一生，是以崇尚儒学，讲究实务为主。但他也“龆龀好道”，中年以后，又曾表示“皈依佛僧”，是经常处在儒释道纠葛当中的。尤其是每当挫折失意，则老庄思想上升，以帮助自己解释穷通进退的困惑。这在苏轼一生中是数见不鲜的事。熙宁四年(1071)，他以开封府推官通判杭州，是为了权且避开汴京政争旋涡。熙宁七年调知密州，虽曰出于自愿，实质上仍是处于外放冷遇地位。尽管他当时是“面貌加丰”，颇有一些旷达表现，也难以掩饰深藏内心的幽愤。这首中秋词，正是此种宦途险恶体验的升华与总结。“大醉”遣怀是主；“兼怀子由”是辅。对于一贯秉持“尊主泽民”节操的作者来说，手足分离的私情，比起内忧边患的国势来，毕竟是属于次要的伦理负荷。此点在题序中并有明确揭举。

本词通篇咏月，月是词的中心形象，却处处关合人事，表现出自然社会契合的特点。它上片借明月自喻清高，下片用圆月衬托离别。开篇“明月几时有”一问，排空直入，笔力奇崛。诸家指出此处词意和屈原《天问》、李白《把酒问月》的传承关系，正可说明作者“奋励有当世志”，而又不谐尘俗的怫郁心理。“不知天上宫阙，今夕是何年”以下数句，笔势夭矫回折，跌宕多彩。它说明作者在“出世”与“入世”，亦即“退”与“进”、“仕”与“隐”之间抉择上的深自徘徊困惑心态。李泽厚在阐述苏轼诗文的美学观时说：“苏轼把中晚唐开其端的进取与退隐的矛盾双重心理发展到一个新的质变点”，“苏轼一生并未退隐”，“但他通过诗文所表达出来的那种人生空漠之感，却比前人任何口头上或事实上的‘退隐’‘归田’‘遁世’要更深刻更沉重”(《美的历程》)。李氏这些论断，对理解《水调歌头》中秋词，是颇有启示意义的。

“我欲乘风归去，又恐琼楼玉宇，高处不胜寒”几句，把见于《酉阳杂俎》诸书的月的神话传说中“广寒清虚之府”具象化。说入世不易，出世则尤难。言外之意仍是说得在现实社会中好自为之。这里寄寓着作者出世入世的双重矛盾心理，也潜藏着作者对封建秩序的些微怀疑情绪，尽管词的上下衔转处曾经表达自己顾影自怜、径欲遐举之意。苏轼诗文中，很多貌似“出世”的内容思想，实质都是“入世”思想的反拨形式，本篇正复如此。

下片融写实为写意，化景物为情思，一韵一意，一意一转，淋漓挥洒，无往不适。唐圭璋《唐宋词简释》评云："转朱阁，低绮户，照无眠"三句，"实写月光照人无眠。以下愈转愈深，自成妙谛"。"照无眠"者，当兼月照不睡之人与月照愁人使不能入睡这两层意思。作者《永遇乐》(长忆别时)云："别来三度，孤光又满，冷落共谁同醉？卷珠帘，凄然顾影，共伊到明无寐"，即兼具这两层意思，可以参读。"不应有恨，何事长向别时圆"两句，承"照无眠"而下，笔致浏漓顿挫，表面上是恼月照人，增人"月圆人不圆"的怅恨，骨子里是本抱怀人心事，借见月而表达。石曼卿诗"月如无恨月长圆"，说的是月缺示有恨，无恨应长圆；词人糅入人事，谓月圆时，月固无恨矣，而人不圆，见圆月转有恨。又进一步说：月"长向别时圆"，亦"应有恨"。"不应"与"何事"两者抵消，即见此正面之命意。这里把人此时的思想感情移之于月，对石曼卿诗语是发展，对上文月照无眠又是转深一层。"人有悲欢离合，月有阴晴圆缺，此事古难全"三句，又转出一意，从"别时圆"生发而来。知人之离合("悲欢"包含其中)，与月之圆缺("阴晴"，谓月至中秋虽圆，亦有可见与不可见之时，与"圆缺"同等)，实自古而然。(此处偏义于"合"与"圆"，故云"难全"。)既知此理，便不应对圆月而感睽离，生无谓的怅恨。由感情转入理智，化悲怨而为旷达，这三句词意转折较大，而意脉仍承自上文。亲人间的欢聚既不能强求，当此中秋月圆，则唯有"但愿人长久，千里共婵娟"，亦足以慰情。两句据南朝宋人谢庄《月赋》"美人迈兮音尘阙，隔千里兮共明月"，转出更高的思想境界，向世间所有离别的亲人(包括自己的兄弟)，发出深挚的慰问和祝愿，给全词增加了积极奋发的意蕴。作者此后两年有《中秋月寄子由三首》诗云："悠哉四子心，共此千里明"("四子"指友人舒焕、郑仅、顿起、赵杲卿)，所向之祝长久、共婵娟者，更由亲人扩大到朋友了。下片词意三转，愈转愈深。不特意深，情更深，"但愿"二字，感人肺腑。南宋赵彦卫《云麓漫钞》谓曾见苏轼真迹，"但愿"作"但得"，并云"以此知前辈文章为后人妄改亦多矣"。但味词意，用"愿"字，情思实较"得"字为深厚，真迹作"得"者安知非属初稿而后自改为"愿"？说"后人妄改"，是只知其一而不知其二。

《水调歌头》中秋词，是苏词代表性篇章之一。它落想奇拔，蹊径独辟，极富浪漫色彩。格调上，它"一洗绮罗香泽之态，摆脱绸缪宛转之度；使人登高望远，举首高歌”（胡寅《酒边词序》），是历来公认的中秋词中的绝唱。在表现上，本词前半纵写，后半横叙。前半高屋建瓴，后半峰回路转。前半是对古老神话传说、故事笔记的推陈出新，也是对魏晋六朝游仙诗的递嬗发展。后半白描素写，人月双济。它名为演绎物理，实则阐释人生。笔势错综回环，摇曳有力。布局上，本词上片凌空而起，入虚处似；下片波澜层叠，返虚转实。最后虚实相萦，纡徐作结。豪宕中自有谨饬之致。

词中，作者既揭举了“夐绝尘寰的宇宙意识”，又摒弃那种“在神奇的永恒面前的错愕”心态（借用闻一多评《春江花月夜》语）。作者的世界观并非是完全超然地对待自然界的变化发展，而是努力从自然规律中寻求“随缘自娱”的生活意义。所以，尽管本词基本上是一种情怀寥落的秋的吟咏，读来却并不缺乏“触处生春”（赵翼）的韵味。

（徐翰逢　陈长明）

念奴娇

苏　轼

赤壁怀古

大江东去，浪淘尽、千古风流人物。故垒西边，人道是、三国周郎赤壁。乱石崩云，惊涛裂岸，卷起千堆雪。江山如画，一时多少豪杰！
遥想公瑾当年，小乔初嫁了，雄姿英发。羽扇纶巾，谈笑间、樯橹灰飞烟灭。故国神游，多情应笑我、早生华发。人间如梦，一樽还酹江月。

赏　析

清代词论家徐釚谓东坡词"自有横槊气概，固是英雄本色"(《词苑丛谈》卷三)。在《东坡乐府》中，最具有这种英雄气格的代表作，恐怕要首推这篇被誉为"千古绝唱"的《赤壁怀古》了。这篇词是北宋词坛上最为引人注目的作品之一。它写于宋神宗元丰五年(1082)七月。当时，由于苏轼诗文讽喻新法，为新派官僚罗织论罪贬谪到黄州，这首词是他游赏黄冈城外的赤壁矶时写下的。

此词上阕，先即地写景，为英雄人物出场铺垫。开篇从滚滚东流的长江着笔，随即用"浪淘尽"，把倾注不尽的大江与名高累世的历史人物联系起来，布置了一个极为广阔而悠久的空间时间背景。它既使人看到大江的汹涌奔腾，又使人想见风流人物的卓荦气概，更可体味到作者兀立江岸凭吊胜地才人所诱发的起伏激荡的心潮，气魄极大，笔力非凡。接着"故垒"两句，点出这里是传说中的古代赤壁战场。在苏轼写此词的八百七十多年前，东吴名将周瑜曾在长江南岸，指挥了以弱胜强的赤壁之战。当年的战场究竟在哪儿？向来众说纷纭，东坡在此不过是聊借怀古以抒感，读者不必刻舟求剑。"人道是"，下字极有分寸。“周郎赤壁”，既是拍合词题，又是为下阕缅怀公瑾预伏一笔。以下“乱石”三句，集中描写赤壁雄奇壮阔的景物：陡峭的山崖散乱地高插云霄，汹涌的骇浪猛烈地搏击着江岸，滔滔的江流卷起千万堆澎湃的雪浪。这种从不同角度而又诉诸于不同感觉的浓墨健笔的生动描写，一扫平庸萎靡的气氛，把读者顿时带进一个奔马轰雷、惊心动魄的奇险境界，使人心胸为之开阔，精神为之振奋！煞拍二句，总束上文，带起下片。“江山如画”，这明白精切、脱口而出的赞美，应是作者和读者从以上艺术地提供的大自然的雄伟画卷中自然而然地得出的结论。“地灵人杰”，锦绣山河，必然产生、哺育和吸引无数出色的英雄，三国正是人才辈出的时代：横槊赋诗的曹操、驰马射虎的孙权、隆中定策的诸葛亮、足智多谋的周公瑾……真可说是“一时多少豪杰”！

上片重在写景，将时间与空间的距离紧缩集中到三国时代的风云人物身上。但苏轼在众多的三国人物中，尤其向往那智破强敌的周瑜，故下片由“遥想”领起五句，集中腕力塑造青年将领周瑜的形象。作者在历史事实的基础上，挑选足以表现人物个性的素材，经过艺术集中、提炼和加工，从几个方面把人物刻画得栩栩如生。据史载，建安三年东吴孙策亲自迎请二十四岁的周瑜，授予他“建威中郎将”的职衔，并同他一齐攻取皖城。周瑜娶小乔，正在皖城战役胜利之时，而后十年他才指挥了有名的赤壁之战。此处把十年间的事集中到一起，在写赤壁之战前，忽插入“小乔初嫁了”这一生活细节，以美人烘托英雄，更见出周瑜的丰姿潇洒、韶华似锦、年轻有为，足以令人艳羡。同时也使人联想到：赢得这次抗曹战争的胜利，乃是使东吴据有江东、发展胜利形势的保证，否则难免出现如杜牧《赤壁》诗中所写的“铜雀春深锁二乔”的严重后果。这可使人意识到这次战争的重要意义。“雄姿英发，羽扇纶巾”，是从肖像仪态上描写周瑜束装儒雅，风度翩翩。纶巾，青丝带头巾，“葛巾毛扇”，是三国以来儒将常有的打扮，着力刻画其仪容装束，正反映出作为指挥官的周瑜临战潇洒从容，说明他对这次战争早已成竹在胸、稳操胜券。“谈笑间、樯橹灰飞烟灭”，抓住了火攻水战的特点，精切地概括了整个战争的胜利场景。据《三国志》引《江表传》，当时周瑜指挥吴军用轻便战舰，装满燥荻枯柴，浸以鱼油，诈称请降，驶向曹军，一时间“火烈风猛，往船如箭，飞埃绝烂，烧尽北船”。词中只用

"灰飞烟灭"四字，就将曹军的惨败情景形容殆尽。试看，在滚滚奔流的大江之上，一位卓异不凡的青年将军周瑜，谈笑自若地指挥水军，抗御横江而来不可一世的强敌，使对方的万艘舳舻，顿时化为灰烬，这是何等的气势！苏轼为什么如此向慕周瑜？这是因为他觉察到北宋国力的软弱和辽夏军事政权的严重威胁，他时刻关心边庭战事，有着一腔报国疆场的热忱。面对边疆危机的加深，目睹宋廷的萎靡慵懦，他是多么渴望有如三国那样称雄一时的豪杰人物，来扭转这很不景气的现状呵！这正是作者所以要缅怀赤壁之战，并精心塑造导演这一战争活剧的中心人物周瑜的思想契机。

然而，眼前的政治现实和词人被贬黄州的坎坷处境，却同他振兴王朝的祈望和有志报国的壮怀大相抵牾，所以当词人一旦从"神游故国"跌入现实，就不免思绪深沉、顿生感慨，而情不自禁地发出自笑多情、光阴虚掷的叹惋了。仕路蹭蹬，壮怀莫酬，使词人过早地自感苍老，这同年华方盛即卓有建树的周瑜适成对照。然而人生几何，何苦让种种"闲愁"萦回我心，还是放眼大江、举酒赏月吧！"一樽还酹江月"，玩味着这言近意远的诗句，一位襟怀超旷、识度明达、善于自解自慰的诗人，仿佛就浮现在我们眼前。词的收尾，感情激流忽作一跌宕，犹如在高原阔野中奔涌的江水，偶遇坎谷，略作回旋，随即继续流向旷远的前方。这是历史与现状，理想与实际经过尖锐的冲突之后在作者心理上的一种反映，这种感情跌宕，更使读者感到真实，从某种意义上说，更能引起读者的思考。

这首词从总的方面来看，气象磅礴，格调雄浑，高唱入云，其境界之宏大，是前所未有的。通篇大笔挥洒，却也衬以谐婉之句，英俊将军与妙龄美人相映生辉，昂奋豪情与感慨超旷的思绪迭相递转，做到了庄中含谐，直中有曲。特别是它第一次以空前的气魄和艺术力量塑造了一个英气勃发的人物形象，透露了作者有志报国、壮怀难酬的感慨，为用词体表达重大的社会题材，开拓了新的道路，产生了重大影响。据俞文豹《吹剑录》记载，当时有人认为此词须关西大汉手持铜琵琶、铁绰板进行演唱，虽然他们囿于传统观念，对东坡词新风不免微带讥诮，但也从另一方面说明，这首词的出现，对于仍然盛行缠绵悱恻之调的北宋词坛，确有振聋发聩的作用。

（刘乃昌）

临江仙

苏　轼

夜饮东坡醒复醉，归来仿佛三更。家童鼻息已雷鸣。敲门都不应，倚杖听江声。　　长恨此身非我有，何时忘却营营？夜阑风静縠纹平。小舟从此逝，江海寄余生。

赏　析

宋神宗元丰三年（1080），苏轼因乌台诗案，谪贬黄州（今湖北黄冈），住在城南长江边上的临皋亭。后来，又在不远处开垦了一片荒地，种上庄稼树木，名之曰东坡，自号东坡居士。还在这里筑屋名雪堂。对于经受了一场严重政治迫害的苏轼来说，此时是劫后余生，内心是忿懑而痛苦的。但他没有被痛苦压倒，而是表现出一种超人的旷达，一种不以世事萦怀的恬淡精神。有时布衣芒屩，出入于阡陌之上，有时月夜泛舟，放浪于山水之间，他要从大自然中寻求美的享受，领略人生的哲理。

据叶梦得《避暑录话》记载，东坡在黄州时，“与数客饮江上，夜归，江面际天，风露浩然，有当其意，乃作歌辞，所谓‘夜阑风静縠纹平，小舟从此逝，江海寄余生’者，与客大歌数过而散。翌日，喧传子瞻夜作此辞，挂冠服江边，拏舟长啸去矣。郡守徐君猷闻之，惊且惧，以为州失罪人，急命驾往谒，则子瞻鼻鼾如雷，犹未兴也。然此语卒传至京师，虽裕陵（神宗）亦闻而疑之”。可见上面这首《临江仙》在当时就很有名。

这首词写于元丰五年九月，记叙深秋之夜词人在东坡雪堂开怀畅饮，醉后返归临皋的情景。“夜饮东坡醒复醉”，一开始就点明了夜饮的地点和醉酒的程度。醉而复醒，醒而复醉，当他回临皋寓所时，自然很晚了。“归来仿佛三更”,“仿佛”二字,传神地画出了词人醉眼蒙眬的情态。这开头两句,先一个“醒复醉”,再一个“仿佛”,就把他纵饮的豪兴淋漓尽致地表现出来了。

接着,下面三句,写词人已到寓所、在家门口停留下来的情景:“家童鼻息已雷鸣。敲门都不应,倚杖听江声。”人们读到这里,眼前就好像浮现出一位风神萧散的人物形象,一位襟怀旷达、遗世独立的“幽人”。你看,他醉复醒,醒复醉,恣意所适;时间对于他来说,三更,四更,无所不可;深夜归来,敲门不应,坦然处之。总的展示出一种达观的人生态度,一种超旷的精神世界,一种独特的个性和真情。

词的上片还创造了一个极其安恬的静美境界。因为夜阑更深,万籁俱寂,所以伫立门外,能听到门里家僮的鼾声;也正因为四周的极其静谧,所以词人在敲门不应的时候,能够悠悠然“倚杖听江声”。以动衬静,以有声衬无声,是常用的诗家手法,从写家僮“鼻息如雷”到进而写谛听江声,就把夜之深、夜之静完全衬托出来了,使人有身临其境之感。

清代王夫之《薑斋诗话》说:“情景名为二,而实不可离。神于诗者,妙合无垠。”而这首词更做到了情、景、理三者的妙合无垠。上片这段文字,看起来只是记叙词人夜饮归来的情形,没有一句直接抒情,然而,它却使你感到词人在“倚杖听江声”时,心中会有无限感慨。词中抒情主人公风神萧散的形象,还使人感受到有一种超然物外的理趣。这里面有许多没有说出来的话,留给读者去想象、去补充。对于历尽宦海风波、九死一生的苏东坡来说,现在置身于这宁静、旷阔的大自然中,会感到一种精神上的解脱,白天的忧愁和烦恼,人世的得失荣辱,刹那间被一笔勾销,进而想追求一种新的人生。

“倚杖听江声”,这个富有启发性的句子很自然地引出下片的内容。下片一开始,词人便慨然长叹道:“长恨此身非我有,何时忘却营营?”这突兀而起的喟叹,是词人长期孤愤心情的喷发,正反映了他在“听江声”时心境之不平静。妙在这两句直抒胸臆的议论中充满着哲理意味。

“长恨此身非我有”,是化用《庄子·知北游》“汝身非汝有也”句。“何时忘却营营”,也是化用《庄子·庚桑楚》“全汝形,抱汝生,无使汝思虑营营”。本是说,一个人的形体精神是天地自然所付与,此身非人所自有。为人当守本分,保其生机，不要因世事而思虑百端，随其周旋忙碌。苏轼政治上受大挫折，忧惧苦恼，向道家思想寻求超脱之方。这两句颇富哲理的议论，饱含着词人切身的感受，带有深沉的感情，一任情性，发自衷心，因而自有一种感人的力量。以议论为词，化用哲学语言入词，冲破了传统词的清规戒律，扩大了词的表现力。这种语言上的特色正表现出词人的独特个性。正如前人所说，东坡"横放杰出，自是曲子中缚不住者"。

词人静夜沉思，豁然有悟，既然自己无法掌握命运，就当全身远祸。顾盼眼前江上景致，是"夜阑风静縠纹平"，心与景会，神与物游，为如此静谧美好的大自然深深陶醉了。于是，他情不自禁地产生脱离现实社会的浪漫主义的遐想，唱道："小舟从此逝，江海寄余生。"他要趁此良辰美景，驾一叶扁舟，随波流逝，任意东西，他要将自己的有限生命融化在无限的大自然之中。

"夜阑风静縠纹平"，表面上看来只是一般写景的句子，其实不是纯粹写景，而是词人主观世界和客观世界相契合的产物。它意蕴丰富，富有启迪、暗示作用，象征着词人追求的宁静安谧的理想境界，接以"小舟"两句，自是顺理成章。苏东坡政治上受到沉重打击之后，思想几度变化，由积极用世转向消极低沉，又转而追求一种精神自由的、合乎自然的人生理想。在他复杂的人生观中，由于杂有某些老庄思想，因而在痛苦的逆境中形成了旷达不羁的性格。"小舟从此逝，江海寄余生"，写得多么飘逸，又多么富有浪漫情调，这样的诗句，也只有从东坡磊落豁达的襟怀才能流出。

这首词写出了谪居中的苏东坡的真性情，反映了他的生活理想和精神追求，表现出他的独特性格。历史上的成功之作，无不体现作者的鲜明个性，因此，作为文学作品写出真情性是最难能可贵的。元好问评论东坡词说："唐歌词多宫体，又皆极力为之。自东坡一出，情性之外，不知有文字，真有'一洗万古凡马空'气象。"元好问道出了东坡词的总的特点：文如其人，个性鲜明。也是恰好指出了这首《临江仙》词的最成功之处。

（高　原）

定风波

苏　轼

三月七日沙湖道中遇雨。雨具先去，同行皆狼狈，余独不觉。已而遂晴，故作此。

莫听穿林打叶声，何妨吟啸且徐行。竹杖芒鞋轻胜马，谁怕？一蓑烟雨任平生。　　料峭春风吹酒醒，微冷，山头斜照却相迎。回首向来萧瑟处，归去，也无风雨也无晴。

赏　析

此词作于宋神宗元丰五年(1082)，贬谪黄州后的第三年。写眼前景，寓心中事；因自然现象，谈人生哲理。属于即景生情，而非因情造景。作者自有这种情怀，遇事便触发了。《东坡志林》说："黄州东南三十里为沙湖，亦曰螺师店，予买田其间，因往相田。"途中遇雨，便写出这样一首于简朴中见深意、寻常处生波澜的词来。

首句"莫听穿林打叶声"，只"莫听"二字便见性情。雨点穿林打叶，发出声响，是客观存在，说"莫听"，就有外物不足萦怀之意。那么便怎样？"何妨吟啸且徐行"，是前一句的延伸。在雨中照常舒徐行步，呼应小序"同行皆狼狈，余独不觉"，又引出下文"谁怕"即不怕来。徐行而又吟啸，是加倍写；"何妨"二字逗出一点俏皮，更增加挑战色彩。首两句是全篇主脑，以下词情都是从此生发。

"竹杖芒鞋轻胜马"。先说竹杖芒鞋与马。前者是步行所用，属于闲人的。作者在两年后离开黄州量移汝州，途经庐山，有《初入庐山》诗云："芒鞋青竹杖，自挂百钱游；可怪深山里，人人识故侯。”用到竹杖芒鞋，即他所谓“我是世间闲客此闲行”（《南歌子》）者。而马，则是官员或忙人的坐骑，即俗所谓“行人路上马蹄忙”者。两者都从“行”字引出，因而具有可比性。前者胜过后者在何处？其中道理，用一个“轻”字点明，耐人咀嚼。竹杖芒鞋诚然是轻的，轻巧，轻便，然而在雨中行路用它，拖泥带水的，比起骑马的便捷来又差远了。那么，这“轻”字必然另有含义，分明是有“无官一身轻”的意思。

何以见得？封建士大夫总有这么一项信条，是达则兼济天下，穷则独善其身。苏轼因反对新法，于元丰二年被人从他的诗中寻章摘句，硬说成是“谤讪朝政及中外臣僚”，于知湖州任上逮捕送御史台狱；羁押四月余，得免一死，谪任黄州团练副使，本州安置。元丰三年到黄州后，答李之仪书云：“得罪以来，深自闭塞，扁舟草屦，放浪山水间，与樵渔杂处，往往为醉人所推骂，辄自喜渐不为人识。”被人推搡谩骂，不识得他是个官，却以为这是可喜事；《初入庐山》诗的“可怪深山里，人人识故侯”，则是从另一面表达同样的意思。这种心理是奇特的，也可见他对于做官表示厌烦与畏惧。“官”的对面是“隐”，由此引出一句“一蓑烟雨任平生”来，是这条思路的自然发展。

关于“一蓑烟雨任平生”，流行有这样一种解释：“披着蓑衣在风雨里过一辈子，也处之泰然。（这表示能够顶得住辛苦的生活。）”（胡云翼《宋词选》）从积极处体会词意，但似乎没有真正触及苏轼思想的实际。这里的“一蓑烟雨”，我以为不是写眼前景，而是说的心中事。试想此时“雨具先去，同行皆狼狈”了，哪还有蓑衣可披？“烟雨”也不是写的沙湖道中雨，乃是江湖上烟波浩渺、风片雨丝的景象。苏轼是想着退隐于江湖！他写这首《定风波》在三月，到九月作《临江仙》词，又有“小舟从此逝，江海寄余生”之句，使得负责管束他的黄州知州徐君猷听到后大吃一惊，以为这个罪官逃走了（叶梦得《避暑录话》卷二）；结合答李之仪书中所述的“扁舟草屦，放浪山水间，与樵渔杂处”而自觉可喜，他的这一种心事，在黄州的头两三年里一而再、再而三地表白出来，用语虽或不同，却可以彼此互证。再看看别人对“一蓑”的用法，如陆游《题绣川驿》的“会买一蓑来钓雨”和《舟过小孤有感》的“商略人生为何事，一蓑从此入空蒙”，不俨然是苏轼“一蓑烟雨任平生”“小舟从此逝，江海寄余生”那几句的翻版吗？

陆游也是个宦途不得志的诗人，以放翁诗证东坡词，则“一蓑烟雨任平生”之为归隐的含义，也是可以了然的。苏轼对于张志和的《渔父》词“青箬笠，绿蓑衣，斜风细雨不须归”极为称赏，恨其曲调不传，曾改写为《浣溪沙》入歌（吴曾《能改斋漫录》卷十六）。江湖上的“斜风细雨”既令他如此向往，路上遭遇的几点雨自然就不觉得什么了。

下片到“山头斜照却相迎”三句，是写实，不须作过深的诠解；不过说“斜照相迎”，也透露着喜悦的情绪。词序说：“已而遂晴，故作此。”七个字闲闲写下，却是点睛之笔。没有这个“已而遂晴”，这首词他是不一定要写的。写晴，仍牵带着原先的风雨。他对于这一路上的雨而复晴，引出了怎样的感触来呢？

这就是接下去的几句：“回首向来萧瑟处，归去，也无风雨也无晴。”萧瑟，风雨声。“夜雨何时听萧瑟”，是苏轼的名句。天已晴了，回顾来程中所经风雨，自有一番感触。自然界阴晴圆缺的循环，早已惯见，毋庸怀疑；宦途中风雨的袭来，却很难料定何时能有转圜，必定有雨过天青的遭际吗？既然如此，则如黄庭坚所说的，“病人多梦医，囚人多梦赦”（《谪居黔南十首》），遭受风吹雨打的人那是要望晴的吧，苏轼于此想得更深，他说无风雨最好。无风雨，则盼晴、喜晴的心事也不需有了，这便是“也无风雨也无晴”的真谛。如何到得政治上“也无风雨也无晴”的境界？是“归去”！这个词汇从陶渊明的“归去来兮”取来，照应上文“一蓑烟雨任平生”。在江湖上，即使是烟雨迷蒙，也比宦途的风雨好多了。

（陈长明）

望江南

苏　轼

超然台作

春未老，风细柳斜斜。试上超然台上看，半壕春水一城花。烟雨暗千家。　　寒食后，酒醒却咨嗟。休对故人思故国，且将新火试新茶。诗酒趁年华。

赏　析

这首词作于熙宁九年(1076)暮春，在密州(今山东诸城县)任上。作者于熙宁七年十一月至密州，“处之期年”，即八年底，动工修葺园北旧台，并由其弟苏辙命其名曰“超然”，这就是超然台(据苏轼《超然台记》)。作者登超然台，眺望满城烟雨，触动乡思，写下了这首词。

这首词为双调，比原来的单调《望江南》增加了一叠。上片写登台时所见城中景象，包括三个层次。首先以春柳在春风中的姿态——“风细柳斜斜”，点明当时的季节特征：春已暮而未老。其次，以“试上”二句，直说登临远眺，而“半壕春水一城花”，在句中设对，以春水、春花，将眼前图景铺排开来。然后，以“烟雨暗千家”作结。三个层次先是由一个特写镜头导入，再是大场面的铺叙，最后，居高临下，说烟雨笼罩着千家万户。于是，满城风光，尽收眼底。这是上片，写春景。下片写情，乃触景生情，与上片所写之景，关系紧密。“寒食后，酒醒却咨嗟”。进一步将登临的时间点明。寒食，在清明前二日，相传为纪念介子推，从这一天起，禁火三天；寒食过后，重新点火，称为“新火”。此处点明“寒食后”，揣其用意：一是说，寒食过后，可以另起“新火”，二是说，寒食过后，正是清明节，应当返乡扫墓。但是，此时却欲归而归不得：一是因为公务在身，二是因为想继续进取，希望实现其“致君尧舜”的宏大志愿。此时，作者的思想处于极端矛盾的状态之中。既由眼前之景触动思归之欲望，而这种欲望又不可能得到满足，因此，他只好自我开解，进行一番自我安慰。“休对故人思故国，且将新火试新茶。”“休对”“且将”，这是最好的解脱办法，也是最切实的解脱办法。这一办法，虽十分勉强，无可奈何，但毕竟使思想上的矛盾，暂时得到了解决。于是，“诗酒趁年华”，便进一步申明：必须超然物外，忘却尘世间一切，而抓紧时机，借诗酒以自娱。“年华”，指好时光，与开头所说“春未老”相应合。全词所写，紧紧围绕着“超然”二字，至此，即进入了“超然”的最高境界。这一境界，便是苏轼在密州时期心境与词境的具体体现。当然，细心玩味，似也不尽如此。这首词从“春未老”说起，既是针对时令，谓春风、春柳、春水、春花尚未老去，仍然充满春意，生机蓬勃，同时也是针对自己老大无成而发的，所谓春未老而人空老，可见心里是不自在的。从这个意义上看，苏东坡实际上并不真能“超然”。这种似是非是的境界，正是东坡精神世界的真实体现。

在作法上，作者按谱填词，也颇为讲究。《望江南》词，以单调为多，宋人喜作双调，《全宋词》中存词一百五十多首(不包括残篇)。宋人所作，成功例子并不多，而苏轼此词，却堪称典范。《望江南》词，上下两片居中两个七字句，通常是对仗句。苏轼这首词，上片两个七字句，上一句是散文句式，与下一句并不对，但下一句，“半壕春水一城花”，“半壕”对“一城”，“春水”对“(春)花”，却很工整，同样收到铺排场景的艺术效果。下片两个七字句，天设地造，不仅字面对得工，而且辞义也对得工。这组对句，道出了全词的中心意思。两组对句，一组写景，一组抒情，两相照应，两相关联。上一组对句，写的是异乡之景，下一组对句，抒的是故乡之情；上下合在一起看，可知上片所写之景乃由异乡人眼中看出，而下片所抒之情则由眼前之景所触发，景与情已经融为一体。令词小调，作得如此天衣无缝，实在难得。可见，苏轼并非豪放而不拘格律的词作者。

(施议对)

卜算子

苏　轼

黄州定慧院寓居作

缺月挂疏桐，漏断人初静。谁见幽人独往来，缥缈孤鸿影。　　惊起却回头，有恨无人省。拣尽寒枝不肯栖，寂寞沙洲冷。

赏　析

这首词是元丰五年(1082)十二月苏轼在黄州所作(王文诰《苏诗总案》)。先是熙宁中，苏轼与王安石政见不合，出补外官，他看到当时地方官吏执行新法多扰民者，心中不满，发抒于诗中，因此激怒新党，说苏轼诽谤朝政，遂逮捕下狱，百端罗织，必欲置之死地，即所谓“乌台诗案”。幸而神宗还算明白，终于释放苏轼出狱，贬为黄州团练副使。苏轼自元丰三年(1080)二月至黄州，至元丰七年六月乃量移汝州，在黄州贬所居住四年多。

定慧院在黄州东南。此词是苏轼在贬所抒怀之作。上半阕叙写寓居定慧院时的寂静情况。“漏”指漏壶，是古人计时的器具，从壶中滴水计算时间，夜深时，壶中滴水减少，仿佛断了，故“漏断”即指夜深。这段词意是说，在院中夜深人静，月挂疏桐之时，仿佛有个幽人独自往来，如同孤鸿之影。这个“幽人”，可能是想象的，也可能是苏轼自指。下半阕承接上文而专写孤鸿，说这个孤鸿惊恐不安，心怀幽恨，拣尽寒枝，都不肯栖息，只得归宿于荒冷的沙洲。这正是苏轼贬居黄州时心情与处境的写照，用比兴之法，借孤鸿衬托，正足以表达其“幽约怨悱不能自言之情”(张惠言《词选序》语)。“拣尽寒枝不肯栖”句，南宋时曾有人认为：“鸿雁未尝栖宿树枝，惟在田野苇丛间，此亦语病也。”(《苕溪渔隐丛话前集》卷三十九）这种看法未免拘泥。金王若虚《滹南诗话》说："东坡雁词云'拣尽寒枝不肯栖'，以其不栖木，故云尔。盖激诡之致，词人正贵其如此。而或者以为语病，是尚可与言哉！"这是通达之见。

这首词虽是苏轼经历乌台诗案之后，贬居黄州，发抒其个人幽愤寂苦之情的作品，但是也曲折地反映了封建社会文字冤狱对人才的摧残，还是有一定的社会意义的。至于后人或谓此词为王氏女子而作（《能改斋漫录》卷十六），或谓为温都监女而作（《野客丛书》卷二十四），都是好事者附会之辞，不足凭信。

这首词的艺术是很高妙的。黄庭坚评此词说："语意高妙，似非吃烟火食人语，非胸中有万卷书，笔下无一点尘俗气，孰能至此！"（《豫章黄先生文集》卷二十六《跋东坡乐府》）评价可谓甚高。尤其"胸中有万卷书，笔下无一点尘俗气"二语，能说出苏词的真实本领，苏轼其他好词亦常有此种境界。陈廷焯评此词说："寓意高远，运笔空灵，措语忠厚，是坡仙独至处，美成、白石亦不能到也。"（《词则·大雅集》）也推崇备至。至于这首词的章法也很奇特，前人已有道出者。胡仔说："此词本咏夜景，至换头但只说鸿。正如《贺新郎》词'乳燕飞华屋'，本咏夏景，至换头但只说榴花。盖其文章之妙，语意到处即为之，不可限以绳墨也。"（《苕溪渔隐丛话前集》卷三十九）这也可以看出苏轼在作词上的创新之处。

晚近人论词多以"豪放"为贵，而推苏轼为豪放之宗。这实在是一种偏见。宋词仍是以"婉约"为主流，而苏轼词的特长是"超旷"，"豪放"二字不足以尽之。这首《卜算子》词以及《水调歌头》（明月几时有）、《八声甘州》（有情风万里卷潮来）、《永遇乐》（明月如霜）、《定风波》（莫听穿林打叶声）等佳什，都是超旷之作，同时也不失词的传统的深美闳约的特点。这是评赏苏词时所极应注意的。

（缪　钺）

江城子

苏　轼

密州出猎

老夫聊发少年狂，左牵黄，右擎苍，锦帽貂裘，千骑卷平冈。为报倾城随太守，亲射虎，看孙郎①。　　酒酣胸胆尚开张，鬓微霜，又何妨。持节云中，何日遣冯唐？会挽雕弓如满月，西北望，射天狼②。

【注】

① 孙郎：即孙权。《三国志·吴志》载："权将如吴，亲乘马射虎于庱亭，马为虎所伤，权投以双戟，虎却废。"

② 天狼：星名，一名犬星，主侵掠，这里代指辽和西夏。

赏　析

苏东坡是北宋词坛的大革新家，他作词时，正当柳永词风靡一世之际。他有志于改变花间以来柔媚的词风，就以柳永为对手。宋神宗熙宁八年，东坡任密州知州，曾因旱去常山祈雨，归途中与同官梅户曹会猎于铁沟，写了一首出猎词。他致书鲜于子骏说："近却颇作小词，虽无柳七郎风味，亦自是一家，呵呵。数日前猎于郊外，所获颇多。作得一阕，令东州壮士抵掌顿足而歌之，吹笛击鼓以为节，颇壮观也。"他树起了"自是一家"的旗帜，并对于自己的词有别于"柳七郎风味"，颇为得意。

出猎，对于东坡这样的文人来说，或许是偶然的一时豪兴，所以开篇便曰："老夫聊发少年狂。"狂者，豪情也。这首词通篇纵情放笔，气概豪迈，一个"狂"字贯穿全篇。看，今日词人左手牵黄犬，右臂架苍鹰，好一副出猎的雄姿！随从武士个个也是“锦帽貂裘”，打猎装束。“千骑卷平冈”，千骑奔驰，腾空越野，好一幅壮观的出猎场面！“为报倾城随太守，亲射虎，看孙郎”，更是显出东坡“狂”劲儿来了。“太守”，东坡也。他说：快告诉全城的人，跟随我去打猎，看我像当年孙郎那样，亲自弯弓射虎吧！如此声情口吻，可见他何等豪兴！射虎，壮举也，孙郎，三国时代的孙权，曹操就曾称赞说：“生子当如孙仲谋！”孙权射虎，在风华正茂之年，词人如今也要“亲射虎”，可见其英雄豪气，不减当年孙郎，亦是“聊发少年狂”也。写到这里，我们已经看到一个意气风发的狂飙式的人物形象：太守出猎而须“报”知人民跟随去看，其狂一也；出看而须“倾城”，其狂二也；猎必射虎，其狂三也；自比孙郎，其狂四也。

以上主要写在“出猎”这一特殊场合下表现出来的词人举止神态之“狂”，下片更由实而虚，进一步写词人“少年狂”的胸怀，抒发由打猎激发起来的壮志豪情。“酒酣胸胆尚开张”，东坡为人本来就豪放不羁，再加上“酒酣”，就更加豪情洋溢了。“鬓微霜，又何妨”，鬓边添了几根白发，又有什么要紧？廉颇能饭，就大有可用？此时东坡才四十岁，因反对王安石新法，自请外任。此时西北边事紧张，熙宁三年，西夏大举进攻环、庆二州，四年占抚宁诸城。东坡因这次打猎，小试身手，进而便想带兵征讨西夏了。“持节云中，何日遣冯唐？”就是表达这层意思。汉文帝时云中太守魏尚抗击匈奴有功，但因报功不实，获罪削职。后来文帝听了冯唐的话，派冯唐持节去赦免魏尚，仍叫他当云中太守。这是东坡借以表示希望朝廷委以边任，到边疆抗敌。一个文人要求带兵打仗，并不奇怪，唐代诗人多有此志。东坡同时有《祭常山回小猎》诗说：“圣明若用西凉簿，白羽犹能效一挥。”《乌台诗案》记东坡自云：“意取（晋）西凉州主簿谢艾事。艾本书生也，善能用兵，故以此自比。若用轼为将，亦不减谢艾也。”可见当时东坡这种思想感情是真实的。“会挽雕弓如满月，西北望，射天狼。”词人最后为自己勾勒了一个挽弓劲射的英雄形象，英武豪迈，气概非凡。

这首词上片出猎，下片请战，场面热烈，情豪志壮，大有“横槊赋诗”的气概，把词中历来香艳软媚的儿女情，换成了报国立功，刚强壮武的英雄气了。这是东坡对温（庭筠）柳（永）为代表的传统词风的挑战，他以“揽辔澄清”之志，写慷慨豪雄之词，提高了词品，扩大了词境，打破了“词为艳科”的范围，把词从花间柳下、浅斟低唱的靡靡之音中解放出来，走向广阔的生活天地。凡是可以写诗的内容，无一不可以入词。词至东坡，其体始尊，从此词与诗并驾齐驱的地位逐渐得到了确认。从这个角度看，东坡这首《江城子》在词的发展史上有着里程碑的意义。

（高　原）

江城子

苏　轼

乙卯正月二十日夜记梦

十年生死两茫茫。不思量，自难忘。千里孤坟，无处话凄凉。纵使相逢应不识，尘满面，鬓如霜。　　夜来幽梦忽还乡，小轩窗，正梳妆。相顾无言，惟有泪千行。料得年年肠断处：明月夜，短松冈。

赏　析

苏东坡十九岁时，与年方十六的王弗结婚。王弗年轻美貌，侍翁姑恭谨，对词人温柔贤惠，恩爱情深。可惜恩爱夫妻不到头，王弗活到二十七岁就年轻殂谢了。东坡丧失了这样一位爱侣，心中的沉痛，精神上所受到的打击，是难以言说的。父亲对他说："妇从汝于艰难，不可忘也。"（《亡妻王氏墓志铭》）熙宁八年（1075），东坡来到密州，这一年正月二十日，他梦见爱妻王氏，便写下了这首传诵千古的悼亡词。

文学史上，悼亡诗写得最好的有潘安仁与元微之，他们的作品悲切感人。前者状写爱侣去后，处孤室而凄怆，睹遗物而伤神；后者呢，已富且贵，追忆往昔，真是贫贱夫妻百事哀呵，读之令人心痛。同是一个题目，东坡这首词的表现艺术却另具特色。这首词是"记梦"，而且明确写了做梦的日子。我们确认作者的"梦"是真实的，不是假托的。说是"记梦"，其实只有下片五句是记梦境，其他都是抒胸臆，诉悲怀的。写得真挚朴素，沉痛感人。

开头三句，单刀直入，概括性强，感人至深。如果是活着分手，即使山遥水阔，世事茫茫，总有重新晤面的希望；而今是隔着生死的界线，死者对人间世是茫然无知了，而活着的对逝者呢，不也是同样的吗？恩爱夫妻，撒手永诀，时间倏忽，转瞬十年。人虽云亡，而过去美好的情景“自难忘”呵！可是为什么在“自难忘”之上加了“不思量”？这不显得有点矛盾吗？然而并不，相反是觉得加得好，因为它真实。王弗逝世这十年间，东坡因反对王安石的新法，在政治上受压制，心境是悲愤的；到密州后，又逢凶年，忙于处理政务，生活上困苦到食杞菊以维持的地步，而且继室王润之（王弗堂妹）及儿子均在身边，哪能年年月月，朝朝暮暮都把逝世已久的妻子老记挂心间呢？不是经常悬念，但决不是已经忘却！十年忌辰，正是触动人心的日子，往事蓦然来到心间，久蓄心怀的情感潜流，忽如闸门大开，奔腾澎湃而不可遏止。如是乎有梦，是真实而又自然的。想到爱侣的死，感慨万千，远隔千里，无处可以话凄凉，话说得沉痛。如果坟墓近在身边，隔着生死，就能话凄凉了吗？这是抹煞了生死界线的痴语、情语，所以觉得格外感动人。“纵使相逢应不识，尘满面，鬓如霜。”这三个长短句，又把现实与梦幻混同了起来，把死别后的个人种种忧愤，包括在容颜的苍老，形体的衰败之中，这时他才四十岁，已经“鬓如霜”了。明明她辞别人世已经十年之久了，却要“纵使相逢”，要爱侣起死回生，这是不可能的假设，感情是深沉的也是悲痛的，表现了对爱侣的深切怀念，也把个人的变化做了形象的描绘，使这首词的意义更加深了一层。

对“记梦”来说，下片的头五句，才入了题。飘泊在外，雪泥鸿爪，凭借梦幻的翅膀忽然回到了时在念中的故乡。故乡，与爱侣共度甜蜜岁月的地方，那小室的窗前，亲切而又熟习，她呢，情态容貌，依稀当年，正在梳妆打扮。夫妻相见了，没有出现久别重逢、卿卿我我的亲昵之态，而是“相顾无言，惟有泪千行”！“无言”，包括了万语千言，表现了“此时无声胜有声”的沉痛之感，如果彼此申诉各自的别后种种，相忆相怜，那将从何说起？一个梦，把过去拉了回来，但当年的美好情景，并不存在。这是把现实的感受融入了梦中，使这个梦境也令人感到无限凄凉。

结尾三句，又从梦境落到现实上来。“明月夜，短松冈”，多么凄清幽独的环境呵。作者料想长眠地下的爱侣，在年年伤逝的这个日子，为了眷恋人世、难舍亲人，该是柔肠寸断了吧？这种表现手法，有点像杜工部的名作《月夜》。不说自己如何，反说对方如何，使得诗词意味，更加蕴蓄有味。

（臧克家）

蝶恋花

苏　轼

花褪残红青杏小。燕子飞时，绿水人家绕。枝上柳绵吹又少，天涯何处无芳草！　　墙里秋千墙外道。墙外行人，墙里佳人笑。笑渐不闻声渐悄，多情却被无情恼。

赏　析

在词史上，苏轼是豪放派的代表作家。他的词横放杰出，清旷雄奇，“歌之曲终，觉天风海雨逼人”（陆游《跋东坡七夕词后》）。然而这样的作品不多，就数量而言，大都比较婉约。所以南宋王灼在《碧鸡漫志》中说：“东坡先生以文章余事作诗，溢而作词曲，高处出神入天，平处尚临镜笑春。”这两种风格似乎都融合在这首词中，它清婉雅丽，深笃超迈，具有一种扣人心弦的艺术魅力。

此词上阕写暮春景色与伤春情绪，然却作旷达之语。这在一般的婉约词或豪放词中是看不到的。夫伤春与旷达，本是互不相关，甚至是相互对立的两种感情，然而词人却通过一系列艺术形象和流利的音律把它们统一起来。起句“花褪残红青杏小”，既写了衰亡，也写了新生，是对立的统一。残红褪尽，青杏初生，反映了自然界的新陈代谢，但它给予人的艺术感染却有几分悲凉。二、三两句则把视线离开枝头，移向广阔的空间，心情也自然随之轩敞。晏殊《破阵子》云：“燕子来时新社，梨花落后清明。”此处“燕子飞时”一语，正点明了节序是在春社（立春后第五个戊日），与起句所写的景色恰相符合。燕子在村头盘旋飞舞，给画面带来了盎然春意，增添了动态美。于是起句投下的悲凉阴影，似乎被冲淡了一些。“绿水人家”，于幽静之中带有富贵气象。这句中的“绕”一作“晓”，明人俞仲茅《爰园词话》说：“余谓‘绕’字虽平，然是实境；‘晓’字无皈着。

试通咏全章便见。”沈际飞也说：“合用‘绕’字，若‘晓’字，少着落。”但《诗人玉屑》卷二十一引《词话》却以为“晓”字好，与“绕”字相比，有“霄壤”之别。其实就词意而言，“晓”字虽虚，仅能点明时间；“绕”字虽实，却描绘了具体的形象，令人产生优美的联想；而村上人家，绿水环抱，也于中可见。所以这个字万万改它不得。

“枝上”二句先一跌，后一扬，在跌宕腾挪之中，表现了深挚的感情，旷达的襟抱。“枝上柳绵吹又少”，与起句“花褪残红青杏小”，本应同属一组，但如果接连描写，不用“燕子”二句穿插，则词中的音调和感情将一直在低旋律上进行。现在把它分开来，便可以在伤感的调子中注入疏朗的气氛。絮飞花落，最易撩人愁绪。这里不是说枝上柳絮被吹得满天飞扬，也不是说柳絮已被吹尽，而是说越吹越少。着一“又”字，则又表明词人之看絮飞花落，非止一次。伤春之感，惜春之情，自然见于言外。因此清人王士禛评曰：“‘枝上柳绵’，恐屯田（柳永）缘情绮靡，未必能过。”（《花草蒙拾》）可见这是道地的婉约风格。相传苏轼谪居惠州（今属广东省），一年深秋，命侍儿朝云歌此词。朝云歌喉将啭，泪满衣襟。东坡问其故，回答说：“奴所不能歌者，是‘枝上柳绵吹又少，天涯何处无芳草’也。”东坡翻然大笑曰：“是吾政悲秋，而汝又伤春矣。”（《词林纪事》引《林下偶谈》）这则故事，再一次证明了这两句写得多么深婉感人。

下阕写人，“尤为奇情四溢”（《蓼园词选》评）。如果说上阕是在写景中寄托伤春之感，那么下阕则是通过人的关系、人的行动，表现对爱情以至整个人生的看法。“墙里秋千”，自然是指上面所说的那个“绿水人家”。由于绿水之内，环以高墙，所以墙外行人只能看到露出的秋千。不难想象，此刻发出笑声的佳人是在荡着秋千。在艺术描写上有一个藏和露的关系。如果把墙里女子荡秋千的欢乐场面写得袒露无遗，势必索然寡味。现在词人只露出墙头的秋千架，露出佳人的笑声，而佳人的容貌与动作，则全部隐藏起来，让“行人”与读者一起去想象，在想象中产生无穷意味。可以说，一堵围墙，挡住了视线，却挡不住姑娘们的笑声，挡不住行人的感情。词人（还有读者）想象的翅膀，更可以飞越围墙，创造出一个瑰丽的诗的境界。这种写法，可谓绝顶高明。自“花间”以来，写女性的小词，或写其体态妖娆、服饰华丽，或写其相悦相思、离愁别恨；然而“类不出乎绮怨”。东坡此词同样是写女性，情景生动而不流于艳，感情真率而不落于轻，在词史上是难能可贵的。从结构来看，下阕从第一句到第四句，词意流走，一气呵成，直到结尾，才作一停顿。诚如作者平时所说的“大略如行云流水，初无定质，但常行于所当行，常止于不可不止，文理自然，姿态横生”(《答谢民师书》)。其具体方法则是用的“顶真格”，即过片第二句的句首“墙外”，紧接第一句句末的“墙外道”，第四句句首的“笑”，紧接前一句句末的“笑”，这样就像火车之有挂钩一般，车头一动，后面的各节车厢便滚滚向前，不可遏止。其实按照词律，《蝶恋花》本为双叠，上下阕各四仄韵，字数相同，节奏相等。东坡此词，前后感情色彩不同而节奏有异，不能算是当行本色，一定是受到移诗律以填词的影响。因此清人先著批评说：“坡公于有韵之言，多笔走不守之憾。后半手滑，遂不能自由。少一停思，必无此失。”(《词洁》卷二)可见词人才华横溢，文思畅达，信笔直书，无法控制。晁补之所谓“自是曲子中缚不住者”，盖即指此类而言。

这首词中充满了矛盾：一是思想与现实的矛盾，二是情与情的矛盾，三是情与理的矛盾。而上下句之间、上下阕之间，往往体现出这种错综复杂的矛盾。例如上片结尾二句，“枝上柳绵吹又少”，感情极为低沉；“天涯何处无芳草”，则又表现得颇为乐观。这就反映出情与情的矛盾。“天涯”一句，语本屈原《离骚》“何所独无芳草兮，尔何怀乎故宇”，是卜者灵氛劝屈原的话，其思想与词人在《定风波》中所说的“此心安处是吾乡”是一致的，可是在现实中，词人却屡遭迁谪，此语仅足自慰而已。这里则反映出思想与现实的矛盾。这种矛盾在胸怀旷达的词人来说能够泰然处之，而侍儿朝云则不能忍受，所以她唱到这里就情不自禁地掉下泪来。上阕侧重哀情，下阕侧重欢乐，这也是情与情的矛盾。下结“多情却被无情恼”，不仅写出了情与情的矛盾，也写出了情与理的矛盾。佳人欢笑，行人多情，结果是佳人洒下一片笑声，杳然而去；行人凝望秋千，烦恼顿生。俞陛云《宋词选释》评此段曰：“多情而实无情，是色是空，公其有悟耶?”所云切中肯綮。词人虽然写的是感情，但其中也渗透着人生哲理，这些都是值得我们仔细吟味的。

（徐培均）

浣溪沙

苏　轼

游蕲水清泉寺，寺临兰溪，溪水西流。

山下兰芽短浸溪，松间沙路净无泥，萧萧暮雨子规啼。　　谁道人生无再少？门前流水尚能西，休将白发唱黄鸡。

赏　析

这首小词是苏轼贬居黄州时期，于元丰五年(1082)三月游蕲水清泉寺时所作。蕲水，县名，即今湖北浠水县，距黄州不远。《东坡志林》卷一云："黄州东南三十里为沙湖，亦曰螺师店，予买田其间，因往相田得疾。闻麻桥人庞安常善医而聋，遂往求疗。……疾愈，与之同游清泉寺。寺在蕲水郭门外二里许，有王逸少洗笔泉，水极甘，下临兰溪，溪水西流。余作歌云。"这里所指的歌，即这首《浣溪沙》，除第五句"门前"作"君看"外，其余文字完全相同。

东坡为人胸襟坦荡旷达，善于因缘自适。他因诗中有所谓"讥讽朝廷"语，被罗织罪名入狱，"乌台诗案"过后，于元丰三年二月贬到黄州。初时虽也吟过"饮中真味老更浓，醉里狂言醒可怕"(《定惠院寓居月夜偶出》)那样惴惴不安的诗句，但当生活安顿下来之后，樵夫野老的帮助，亲朋故旧的关心，州郡长官的礼遇，山川风物的吸引，促使他拨开眼前的阴霾，敞开了超旷爽朗的心扉。这首乐观的呼唤青春的人生之歌，当是在这种心情下吟出的。

上阕三句，写清泉寺幽雅的风光和环境。山下小溪潺湲，岸边的兰草刚刚萌生娇嫩的幼芽。松林间的沙路，仿佛经过清泉冲刷，一尘不染，异常洁净。傍晚细雨潇潇，寺外传来了杜鹃的啼声。这一派画意的光景，涤去官场的恶浊，没有市朝的尘嚣。它优美，洁净，潇洒……充满诗的情趣，春的生机。它爽人耳目，沁人心脾，诱发诗人爱悦自然、执着人生的情怀。

环境启迪，灵感生发，风水相遭，兴会飙举。于是词人在下阕迸发出使人感奋的议论。这种议论不是抽象的，概念化的，而是即景取喻，以富有情韵的语言，摅写有关人生的哲理。“谁道”两句，以反诘唤起，以借喻回答。“人生长恨水长东”，光阴犹如昼夜不停的流水，匆匆向东奔驶，一去不可复返，青春对于人只有一次，正如古人所说：“花有重开日，人无再少时。”这是不可抗拒的自然规律。然而，在某种意义上讲，人未始不可以老当益壮，自强不息的精神，往往能焕发出青春的光彩。谁说青春不能回复呢？你看门前的流水不是也能向西奔流吗！东坡在作此词稍后就吟过“我老多遗忘，得君如再少”（《吊李台卿》）的诗句。可见在特定的条件下，人是未尝不可以“再少”的。

人们惯用“白发”“黄鸡”比喻世事匆促，光景催年，发出衰飒的悲吟。白居易当年在《醉歌》中唱道：“谁道使君不解歌，听唱黄鸡与白日。黄鸡催晓丑时鸣，白日催年酉前没。腰间红绶系未稳，镜里朱颜看已失。”苏轼也曾化用乐天诗，吟过“试呼白发感秋人，令唱黄鸡催晓曲”（《与临安令宗人同年剧饮》）之句。此处作者反其意而用之，希望人们不要徒发自伤衰老之叹。“谁道人生无再少？”“休将白发唱黄鸡！”这与另一首《浣溪沙》中所云“莫唱黄鸡并白发”，用意相同。这并非仅为自我宽慰。应该说，这是不伏衰老的宣言，这是对生活、对未来的向往和追求，这是对青春活力的召唤。在贬谪生活中，能一反感伤迟暮的低沉之调，唱出如此催人自强的爽健歌曲，这体现出苏轼执着生活、旷达乐观的性格。

（刘乃昌）

浣溪沙

苏　轼

簌簌衣巾落枣花，村南村北响缫车，牛衣古柳卖黄瓜。　酒困路长惟欲睡，日高人渴漫思茶，敲门试问野人家。

赏　析

词者，具名曲子词，即今日所说的“唱词儿”是也。初起民间，后落于文士之手，遂为雅制。然而花间酒畔，艳丽为多。创新境者，李后主、柳耆卿、苏东坡，皆另辟鸿蒙，沾溉百世。然能创新境犹易，创奇境更难。所谓奇，非荒诞怪谲之义，但出人意表，全在常流想外，使人击赏赞叹，此即奇境。在词境中夐乎未有，乍开耳目，不禁称奇叫绝者，如坡公此作，可谓奇甚。

常说天风海雨，一洗绮罗香泽之习，足令诵者胸次振爽，为之轩朗寥廓——此犹是不寻常之为奇者也。若坡公此等词，则唯以最寻常最普通最不“值得”入咏的景物风光写之为词，此真奇外之奇！

可知千古未有之奇境，正在无奇之中。

试看他首句即奇：花落衣上，簌簌有声，何花也而具此斤两？曰：枣花。枣花者，无丽色，无浓馨，形状屑细，最不惹人注目，而经东坡一写，其体琐而质重，纷纷而飘落于过路人，使之衣巾皆满，飒飒如闻声响。此境已极可喜矣。此簌簌之枣花声，旋即为另一嘈嘈之妙音所夺——又何音也？曰缫车。昔者农家，耕织两重，盖衣食双营，皆由己手，而采桑育蚕，缫丝纺织，则妇女之重要功课。当枣花洒落之时，正缫丝忙迫之际，家家户户，响彻村周，范石湖所谓“缫车嘈嘈似风雨”，足资想象。行人至此，不禁驻足。为欲追凉，先寻老柳——却见绿荫复地，早有著牛衣之卖瓜人占尽清凉福地矣。

以上，写尽农村风物。

过片以下，便笔端一换，专属行人。农家缫丝，时在初夏，时大麦已然登场，天已甚热。酒困，途长，日高人倦，触暑烦劳之状跃然纸上。看来，古柳下之黄瓜，早已试过，了不济事，唯念茶浆，方能解渴。然而又何处可得甘露？当此之时，乃知农野之人家，远胜于大士之洞府，于是叩其门而求焉——古所谓“乞浆”，正此义此情也。

在《全宋词》中，月露风花，比比皆是，寻此奇境，唯有坡公，所以为千古独绝。

然而，东坡又何为而写此词耶？盖他自家那时正做“使君”——元丰元年，东坡在知徐州任上，地方春旱，因至城东二十里石潭乞雨；既得喜雨，故复至石潭谢焉，于路中作此等小词五章，此其第四也。一片为民忧喜之心情，于此写之。其境之奇，其笔之奇，方知并非无故。

然而又有一义，亦复不可不知：东坡口不明言，却笔笔是赞美野人，句句是感叹自己。东坡之意若曰：野人家尚能赐我一杯粗茗，缓我渴苦；而我可以赐农家者又何物耶！？岂不愧煞，岂不痛煞。

有如此胸襟，方写得如此词曲。至于文辞音节之美，尚待细究乎？

（周汝昌）

卜算子

李之仪

我住长江头，君住长江尾。日日思君不见君，共饮长江水。　　此水几时休，此恨何时已。只愿君心似我心，定不负相思意。

赏析

李之仪这首《卜算子》，明白如话，复叠回环，深得民歌的神情风味，同时又具有文人词构思新巧、深婉含蕴的特点，可以说是一种提高和净化了的通俗词。

词以长江起兴。开头两句，“我”“君”对起，而一住江头，一住江尾，见双方空间距离之悬隔，也暗寓相思之情的悠长。重叠复沓的句式，加强了咏叹的情味，仿佛可以感触到女主人公深情的思念与叹息，而江山万里的悠远广阔背景，和在遥隔中翘首思念的女子形象也宛然在目。

三、四两句，从前两句直接引出。江头江尾的万里遥隔，引出了“日日思君不见君”这一全词的主干；而同住长江之滨，则引出了“共饮长江水”。如果各自孤立起来看，每一句都不见出色，但联起来吟味，便觉笔墨之外别具一段深情妙理。这就是两句之间含而未宣、任人体味的那层转折。可以理解为这样一种转折关系：日日思君而不得见，却又共饮一江之水。这“共饮”不免更反托出离隔之恨，相思之苦。也可以理解为另一种转折关系：尽管思而不见，毕竟还能共饮长江之水。这“共饮”又似乎多少能稍慰相思离隔之恨。两种看来矛盾的理解，实际上恰恰是怀着远隔之恨的双方在“共饮长江水”时可以次第浮现的想法。词人只淡淡道出“不见”与“共饮”的事实，隐去它们之间的转折关系的内涵，任人揣度吟味，反使词情分外深婉含蕴。毛晋盛赞这几句为“古乐府俊语”(《姑溪词跋》),当是有感于其清俊中见深婉含蕴的特点。诗词意蕴的不确定性和多向性,往往是使它耐人寻味的一个原因,而这种不确定性和多向性,又往往是生活本身的丰富性的反映。

“此水几时休,此恨何时已。”换头仍紧扣长江水,承上“思君不见”进一步抒写别恨。长江之水,悠悠东流,不知道什么时候才能休止,自己的相思离别之恨也不知道什么时候才能停歇。用“几时休”“何时已”这样的口吻,一方面表明主观上祈望恨之能已,另一方面又暗透客观上恨之无已。江水永无不流之日,自己的相思隔离之恨也永无销歇之时。古乐府《上邪》说:“山无陵,江水为竭,冬雷震震夏雨雪,天地合,乃敢与君绝。”敦煌曲子词《菩萨蛮》说:“要休且待青山烂,水面上秤锤浮,直待黄河彻底枯,白日参辰现,北斗回南面。”都是用一系列绝不可能发生的事来强调分离之绝不可能,其中包括“江水为竭”“黄河彻底枯”这样的“条件”。李词这两句正师其遗意,却以祈望恨之能已反透恨之不能已,变民歌、民间词之直率热烈为深挚婉曲,变重言错举为简约含蓄,这和作者论词“自有一种风格,稍不如格,便觉龃龉”的主张是一致的。

写到这里,似乎只能慨叹“人生长恨水长东”了。但词人却从“此恨何时已”中翻出一层新的意蕴:“只愿君心似我心,定不负相思意。”恨之无已,正缘爱之深挚。“我心”既是江水不竭,相思无已,自然也就希望“君心似我心”,我定不负我相思之意。江头江尾的阻隔纵然不能飞越,而两相挚爱的心灵却一脉遥通;单方面的相思便变为双方的期许,无已的别恨便化为永恒的相爱与期待。这样,阻隔的双方在心灵上便得到了永久的滋润与慰藉。从“此恨何时已”翻出“定不负相思意”,是感情的深化与升华。江头江尾的遥隔在这里反而成为感情升华的条件了。词人主张写词要“妙见于卒章,语尽而意不尽,意尽而情不尽”,这首词的结拍正是写出了隔绝中的永恒之爱,给人以江水长流情长在的感受。

全词以长江水为贯串始终的抒情线索,以“日日思君不见君”为主干。分住江头江尾,是“不见君”之因;“此恨何时已”,是“不见君”之果;“君心似我心”“不负相思意”是虽有恨而无恨,有恨者“不见君”,无恨者不相负。悠悠长江水,既是双方万里阻隔的天然障碍,又是一脉相通、遥寄情思的天然载体;既是悠悠相思、无穷别恨的触发物与象征,又是双方永恒相爱与期待的见证。随着词情的发展,它的作用也不断变化,可谓妙用无穷。这样新巧的构思,和深婉的情思、明净的语言、复沓的句法的结合,构成了这首词特有的灵秀隽永、玲珑晶莹的风神。

(刘学锴)

一落索

舒　亶

蒋园和李朝奉

正是看花天气，为春一醉。醉来却不带花归，诮不解看花意。　试问此花明媚，将花谁比？只应花好似年年，花不似人憔悴。

赏　析

这首词写春日赏花。一起开门见山，点出题意："正是看花天气。"与此类题材的通常写法不同，这句略无修饰，纯用白描，看似朴拙，其实巧妙。这是因为看花经验，人皆有之，读者完全可以根据它所规定的情景，辅以自己的生活体验，在眼前描绘出一幅繁花似锦、春光宜人的美丽图画。次句由景及人："为春一醉。"对此良辰美景，陶然一醉，诚为赏心乐事。这一句既是写看花人的感受，也从侧面进一步烘托出春景的迷人。至此，不须多费笔墨，已将赏花情景交代明白。接下去便宕开笔锋，将语意一转："醉来却不带花归。"一个"却"字，顿起波澜。"为春一醉"，即为花一醉，足见对花爱之深，迷之切。既然如此，在留连花丛兴犹未尽之时，便该带花而归才是，为什么偏偏度越常情"不带花归"？自不免令人费解。对此，作者也不禁自己笑自己："诮不解看花意。""诮"，浑也，直也。前人有云："好花堪折直须折，莫待无花空折枝。"而今赏花却不折花而归，岂非全然不解看花之意？这是就常人的心理而言，正话反说。作者自己的"看花意"究竟是什么？没有明说。细细体味，便知是惜花而不折。这样，作者高于俗人的爱花、惜花的一片深情，便委婉曲折地表达出来了。

下片转为对自己"看花意"的申述，却又不明白说出来，先设一问："此花明媚,将花谁比?”言外之意是无人可比。再进一层说:“只应花好似年年,花不似,人憔悴。”就是说花之好,是年年如此,便该让它留在枝头,保持年年如此的明媚之姿,因为花不似人之随着年光过往会渐趋憔悴呵!至此,因惜年华而惜春、因惜春而惜花的主意便曲折透出。“不带花归”之意既明,上下片浑成一体,词的意味也就隽永。

此词写惜花,却又不止于惜花,从下片将花比人,可以看出作者有所寄托。以花喻人,本是诗词中常用的手法,因为二者确有许多相似之处,不仅盛开的鲜花与人的青春有着同样的美丽,而且又都容易随着时光的流逝而凋零、衰老。此词借鉴了这一传统手法而能翻出新意,先是反问:“将花谁比?”后又指出:“花不似,人憔悴。”这就是说,自然界的花朵固然有时凋谢,但年年重开;人的盛年一去,却再也不会回来。这几句极易使人想起唐代诗人刘希夷《代悲白头翁》中的名句:“年年岁岁花相似,岁岁年年人不同。”两者都包含着对花开盛衰有时而人生青春难驻的感慨和愁怨。不过,这一情绪在词中表达得更含蓄不露罢了。只有弄懂了这一点,才算真正懂得了作者的“看花意”。

这首词紧扣赏花来写,句句有花,实则句句写人,惜花亦即惜人。作者既不雕章琢句,也不刻画景物,只以自然质朴的语言抒写自己从赏花中悟出的生活哲理,立意既新,理趣尤富。全词以议论为主,但由于手法的曲折委婉,语气的跌宕起伏,读来丝毫不觉板滞。结处尤弦外有音、味外有味。总之,这是一首别具一格、饶有情致的小词。

（张明非）

清平乐

黄庭坚

春归何处？寂寞无行路。若有人知春去处，唤取归来同住。　　春无踪迹谁知？除非问取黄鹂。百啭无人能解，因风飞过蔷薇。

赏析

对黄庭坚的词，历代毁誉不一。宋代陈师道说："今代词手，惟秦七、黄九耳，唐诸人不逮也。"(《苕溪渔隐丛话后集》卷三十二引)晁补之说："黄鲁直间作小词，固高妙，然不是当家语，自是着腔子唱好诗。"(同上)清代陈廷焯更指斥说："黄九于词，直是门外汉。"(《白雨斋词话》卷一)这些话虽各执一端，但都有一定的道理。因为黄庭坚现存近两百首词中，品类很杂，高下悬殊，不可一概而论。只是这首《清平乐》，传诵至今，向来获得好评。

在古代诗词中，以"惜春"为主题的作品何止千百篇。因此词人写这类作品，必须取新的角度和用新的手法方能取胜。

此词好就好在写得新颖、曲折，风格清奇，语言轻巧，词味隽永。它赋予抽象的春以具体的人的特征。词人因春天的消逝而感到寂寞，感到无处觅得安慰，像失去了亲人似的。这样通过词人的主观感受，反映出春天的可爱和春去的可惜，给读者以强烈的感染。

若词人仅限于这样点明惜春的主题，那也算不了什么高手。此词高妙处，在于它用曲笔渲染，跌宕起伏，饶有变化。好像荡秋千，既跌得深、猛，又荡得高、远。此词先是一转，希望有人知道春天的去处，唤她回来，与她同住。这种奇想，表现出词人对美好事物的执着和追求。

下片再转。词人从幻想中回到现实世界里来，察觉到无人懂得春天的去向，春天不可能被唤回来。但词人仍存一线希望，希望黄鹂能知道春天的踪迹。为什么呢？因为黄鹂常和春天一同出现，它也许能得知春的讯息。这样，词人又跌入幻觉的艺术境界里去了。

末两句写黄鹂不住地啼叫着。它宛转的啼声，打破了周围的寂静。但词人从中仍得不到解答，心头的寂寞感更加重了。只见黄鹂趁着风势飞过蔷薇花丛。蔷薇花开，说明夏已来临。词人才终于清醒地意识到：春天确乎是回不来了。

像这样一首短词，几经曲折，含蕴着一层深似一层的感情。词人从惜春到寻春，从希望到失望，从不断追寻到濒于绝望；终于怀着无可告慰的心情，为美好事物的消逝陷入沉思中去了。

黄庭坚在诗词创作中，常喜欢掉书袋，发议论，甚至堆砌典故，化用前人辞句，并自诩为“夺胎换骨”“点铁成金”。这首词却无此类弊病。仅结尾与欧阳修《蝶恋花》(庭院深深深几许)词末句“泪眼问花花不语，乱红飞过秋千去”，意境稍嫌重复。但这充其量只是“偷意”，仍不失为一种高格。

有人认为这首词“结语暗寓身世，大有佳人空谷，自伤幽独之感”，不妨聊备一说。但从全词看，这种说法显然跟通篇的主题不合。一首词不能是上半写“惜春”，下半又变成写“自惜”。如果这样写，势必造成主题的不统一。

读这首词，感情的波澜常会随着词人笔底的波澜一同跳动，一同变化。使人觉得：春天是可爱的，要珍惜春天，别让她轻易流逝！

（蔡厚示）

满庭芳

秦　观

山抹微云，天连衰草，画角声断谯门。暂停征棹，聊共引离尊。多少蓬莱旧事，空回首，烟霭纷纷。斜阳外，寒鸦万点，流水绕孤村。　销魂。当此际，香囊暗解，罗带轻分。谩赢得青楼，薄幸名存。此去何时见也，襟袖上，空惹啼痕。伤情处，高城望断，灯火已黄昏。

赏　析

有不少词调，开头两句八个字，便是一副工致美妙的对联。宋代名家，大抵皆向此等处见工夫，逞文采。诸如“做冷欺花，将烟困柳”，“叠鼓夜寒，垂灯春浅”……一时也举他不尽。这好比名角出台，绣帘揭处，一个亮相，丰采精神，能把全场“笼罩”住。试看那“欺”字“困”字，“叠”字“垂”字……词人的慧性灵心、情肠意匠，早已颖秀葩呈，动人心目。

然而，要论个中高手，我意终推秦郎。比如他的“碧水惊秋，黄云凝暮”，何等神笔！至于这首《满庭芳》的起拍开端“山抹微云，天连衰草”，更是雅俗共赏，只此一个出场，便博得满堂碰头彩，掌声雷动——真好看煞人！

这两句端的好在何处？

大家先就看上了那“抹”字。好一个“山抹微云”！“抹”得奇，新鲜，别有意趣！

“抹”又为何便如此新奇别致，博得喝彩呢？

须看他字用得妙，有人说是文也而通画理。

抹者何也？就是用别一个颜色，掩去了原来的底色之谓。所以，唐德宗在贞元时阅考卷，遇有词理不通的，他便“浓笔抹之至尾”（煞是痛快）！至于古代女流，则时时要“涂脂抹粉”，罗虬写的“一抹浓红傍脸斜”，老杜说的“晓妆随手抹”，都是佳例，其实亦即用脂红别色以掩素面本容之义。

如此说来，秦郎所指，原即山掩微云，应无误会。

但是如果他写下的真是“山掩微云”四个大字，那就风流顿减，而意致无多了。学词者宜向此处细心体味。同是这位词人，他在一首诗中却说：“林梢一抹青如画，知是淮流转处山。”同样成为名句。看来，他确实是有意地运用绘画的笔法而将它写入了诗词，人说他“通画理”，可增一层印证。他善用“抹”字，一写林外之山痕，一写山间之云迹，手法俱是诗中之画，画中之诗，其致一也。只单看此词开头四个字，宛然一幅“横云断岭”图。

出句如彼，且看他对句用何字相敌？他道是：“天连衰草。”

于此，便有人嫌这“连”字太平易了，觉得还要“特殊”一点才好。想来想去，想出一个“黏”字来。想起“黏”字来的人，起码是南宋人了，他自以为这样才“炼字”警策。大家见他如此写天际四垂，远与地平相“接”，好像“黏合”了一样，用心选辞，都不同常俗，果然也是值得击节赞赏！

我却不敢苟同这个对字法。

何以不取“黏”字呢？盖少游时当北宋，那期间，词的风格还是大方家数一派路子，尚无十分刁钻古怪的炼字法。再者，上文已然着重说明：秦郎所以选用“抹”并且用得好，全在用画入词，看似精巧，实亦信手拈来，自然成趣。他断不肯为了“敌”那个“抹”字，苦思焦虑，最后认上一个“黏”，以为“独得之秘”——那就是自从南宋才有的词风，时代特征是不能错乱的。“黏”字之病在于：太雕琢——也就显得太穿凿；太用力——也就显得太吃力。艺术是不以此等为最高境界的。况且，“黏”也与我们的民族画理不相贴切，我们的诗人赋手，可以写出“野旷天低”“水天相接”。这自然也符合西洋透视学；但他们还不致也不肯用一个天和地像是黏合在一起这样的“修辞格”，因为画里没有这样的概念。这其间的分际，是需要仔细审辨体会的：大抵在选字工夫上，北宋词人宁肯失之“出”，而南宋词人则有意失之“入”。后者的末流，就陷入尖新、小巧一路，专门在一二字眼上做扭捏的工夫；如果以这种眼光去认看秦郎，那就南其辕而北其辙了。

以上是从艺术角度上讲根本道理。注释家似乎也无人指出：少游此处是暗用寇準的“倚楼无语欲销魂，长空黯淡连芳草”的那个“连”字。岂能乱改他字乎？

说了半日，难道这个精彩的出场，好就好在一个“抹”字上吗？少游在这个字上享了盛名，那自是当然而且已然，看他的令婿在宴席前遭了冷眼时，便“遽起，叉手而对曰：‘某乃山抹微云女婿也！’”可见其脍炙之一斑。然而，这一联八字的好处，却不会“死”在这一两个字眼上。要体会这一首词通体的情景和气氛，上来的这八个字已然起了一个笼罩全局的作用。

山抹微云，非写其高，写其远也。它与“天连衰草”，同是极目天涯的意思——这其实才是为了惜别伤怀的主旨，而摄其神理。懂了此理，也不妨直截地说极目天涯就是主旨。

然而，又须看他一个山被云遮，便勾勒出一片暮霭苍茫的境界；一个衰草连天，便点明了暮冬景色惨淡的气象：整个情怀，皆由此八个字里而透发，而“弥漫”。学词者于此不知着眼，翻向一二小字上去玩弄，或把少游说成是一个只解“写景”和“炼字”的浅人，岂不是见小而失大乎。

八字既明，下面全可迎刃而解了：“画角”一句，加倍点明时间。盖古代傍晚，城楼吹角，所以报时，正如姜白石所谓“正黄昏，清角吹寒，都在空城”，正写那个时间。“暂停”两句，才点出赋别、饯送之本事。——词笔至此，能事略尽——于是无往不收，为文必转，便有回首前尘、低回往事的三句，稍稍控提，微微唱叹。妙在“烟霭纷纷”四字，虚实双关，前后相顾。——何以言虚实？言前后？试看纷纷之烟霭，直承“微云”，脉络晓然，乃实有之物色也，而昨日前欢，此时却忆，则也正如烟云暮霭，分明如在，而又迷茫怅惘，全费追寻了。此则虚也。双关之趣，笔墨之灵，允称一绝。

词笔至此，已臻妙境，而加一推宕，含情欲见，而无用多申，只将极目天涯的情怀，放在眼前景色之间——就又引出了那三句使千古读者叹为绝唱的“斜阳外，寒鸦万点，流水绕孤村”。又全似画境，又觉画境亦所难到。叹为高手名笔，岂虚誉哉。

词人为何要在上片歇拍之处着此“画”笔？有人以为与正文全“不相干”。

真的吗？其实“相干”得很。莫把它看作败笔泛墨，凑句闲文。读过元人马致远的名曲《天净沙》：“枯藤老树昏鸦；小桥流水人家；古道西风瘦马——夕阳西下：断肠人在天涯”，人人称赏击节，果然名不虚传。但是，不一定都悟到马君暗从秦郎脱化而来。少游写此，全在神理，泯其语言：盖谓，天色既暮，归禽思宿，人岂不然？流水孤村，人家是处，歌哭于斯，亦乐生也。而自家一身微官濩落，去国离群，又成游子，临歧城郊帐饮，哪不执手哽咽乎？

我很小时候，初知读词，便被它迷上了！着迷的重要一处，就是这归鸦万点，流水孤村，真是说不出的美！调美，音美，境美，笔美。神驰情往，如入画中。后来才明白，词人此际心情十分痛苦，他不是死死刻画这一痛苦的心情，却将它写成了一种极美的境界，令人称奇叫绝。这大约就是我国大诗人大词人的灵心慧性、绝艳惊才的道理了吧？

我常说：少游这首《满庭芳》，只须着重讲解赏析它的上半阕，后半阕无须婆婆妈妈，逐句饶舌，那样转为乏味。万事不必“平均对待”，艺术更是如此，倘昧此理，又岂止笨伯之讥而已。如今只有两点该当一说：

一是青楼薄幸。尽人皆知，此是用“杜郎俊赏”的典故：杜牧之，官满十年，弃而自便，一身轻净，亦万分感慨，不屑正笔稍涉宦场一字，只借“闲情”写下了那篇有名的“十年一觉扬州梦，赢得青楼薄幸名”，其词意怨甚，愤甚，亦谑甚矣！而后人不解，竟以小杜为“冶游子”。人之识度，不亦远乎。少游之感慨，又过乎牧之之感慨。少游有一首《梦扬州》，其中正也说是“离情正乱，频梦扬州”，是追忆“殢酒为花，十载因谁淹留？”忘却此义，讲讲“写景”“炼字”以为即是懂了少游词，所失不亦多乎哉。

二是结尾。好一个“高城望断”。“望断”二字是我从一开头就讲了的那个道理，词的上片整个没有离开这两个字。到煞拍处，总收一笔，轻轻点破，颊上三毫，倍添神采。而灯火黄昏，正由山有微云——到“纷纷烟霭”（渐重渐晚）——到满城灯火，一步一步，层次递进，井然不紊，而惜别停杯，流连难舍，维舟不发……也就尽在“不写而写”之中了。

作词不离情景二字，境超而情至，笔高而韵美，涵咏不尽，令人往复低回，方是佳篇。雕绘满眼，意纤笔薄，乍见动目，再寻索然。少游所以为高，盖如此才真是词人之词，而非文人之词、学人之词……所谓当行本色，即此是矣。

有人也曾指出，秦淮海，古之伤心人也。其语良是。他的词，读去乍觉和婉，细按方知情伤，令人有凄然不欢之感。此词结处，点明“伤情处”，又不啻是他一部词集的总括。我在初中时，音乐课教唱一首词，使我十几岁的少小心灵为之动魂摇魄——

> 西城杨柳弄春柔，动离忧，泪难收。犹记多情，曾为系归舟。碧野朱桥当日事——人不见，水空流！……

每一吟诵，追忆歌声，辄不胜情，“声音之道，感人深矣”，古人的话，是有体会的。然而今日想来，令秦郎如此长怀不忘、字字伤情的，其即《满庭芳》所咏之人之事乎？

（周汝昌）

鹊桥仙

秦 观

纤云弄巧，飞星传恨，银汉迢迢暗渡。金风玉露一相逢，便胜却人间无数。　　柔情似水，佳期如梦，忍顾鹊桥归路。两情若是久长时，又岂在朝朝暮暮。

赏 析

“七夕”是一个美好而又充满神话色彩的节日。杜牧《七夕》诗云：“天阶夜色凉如水，卧看牵牛织女星。”相传这天夜晚（阴历七月初七）是分居银河两侧的牛郎织女一年一度相会的日子。织女是织造云锦的巧手，所以，这天夜晚，天空的云彩特别好看。旧时风俗，少女们要于此夜陈设瓜果，朝天礼拜，向织女“乞巧”。这个汉魏以来就流传着的美丽神话，引起了古往今来多少诗人的咏叹。其中能长久地脍炙人口、传诵不衰的绝唱，则要推秦少游这首《鹊桥仙》了。

词一开始即写“卧看牵牛织女星”时初秋夜空美景：“纤云弄巧”，轻柔多姿的云彩，变化出许多优美巧妙的图案，显示出织女的手艺真是精巧无伦啊！可是，这样美好的人儿，却不能与自己心爱的人共同过美好的生活。“飞星传恨”，那些闪亮的星星仿佛都在传递着他们的离愁别恨，正在飞驰长空。这两句写云，写星星，都具有人的情意，那“纤云”着意“弄巧”，似乎为这对爱侣的团聚而高兴；而“飞星”也在为他们传情递意而奔忙，这种写法可谓“化景物为情思”了。

接着写织女渡银河。《古诗十九首》云：“河汉清且浅，相去复几许？盈盈一水间，脉脉不得语。”“盈盈一水间”，近在咫尺，似乎连对方的神情语态都宛然在目。这里，秦观却写道："银汉迢迢暗渡"，以"迢迢"二字形容银河的辽阔，牛女相距之遥远。这样一改，感情深沉了，突出了相思之苦。迢迢银河水，把两个相爱的人隔开，相见多么不容易！"暗渡"二字既点"七夕"题意，同时紧扣一个"恨"字，他们踽踽宵行，千里迢迢来相会，那深情挚意真像长河秋水源远流长啊！

按说接下来就是写牛女相会的场面了。可是高明的词人不作实写，却宕开笔墨，以富有感情色彩的议论赞叹道："金风玉露一相逢，便胜却人间无数！"一对久别的情侣在金风玉露之夜，在碧落银河之畔相会了，这是多么美好幸福的时刻，天上一次相逢，就抵得上人间千遍万遍呀！词人热情歌颂了一种理想的圣洁而永恒的爱情。"金风玉露"用李商隐《辛未七夕》诗："恐是仙家好别离，故教迢递作佳期。由来碧落银河畔，可要金风玉露时。"用以描写七夕相会的时节风光，同时还另有深意，词人把这次珍贵的相会，映衬于金风玉露、冰清玉洁的背景之下，显示出这对爱侣心灵的高尚纯洁。

"相见时难别亦难"，以上写"佳期相会"，下面便是"依依惜别"。"柔情似水"，那两情相会的情意啊，就像悠悠无声的流水，是那样的温柔缠绵。而一夕佳期竟然像梦幻一般倏然而逝，才相见又分离，怎不令人心碎！"柔情似水"，"似水"照应"银汉迢迢"，即景设喻，十分自然。"佳期如梦"，除言相会时间之短，还写出爱侣相会时的复杂心情。平日他俩只有梦中相见，此时真的相会，却又"乍见翻疑梦"了！"忍顾鹊桥归路"，转写分离，刚刚借以相会的鹊桥，转瞬间又成了和爱人分别的归路。不说不忍离去，却说怎忍看鹊桥归路，婉转语意中，含有无限惜别之情，含有无限辛酸眼泪。

作者写这几句词，似乎他的感情已和词中主人公融成一片，进入"不知何者为我，何者为物"的化境了。回顾佳期幽会，疑真疑假，似梦似幻，及至鹊桥言别，恋恋之情，已至于极。词笔至此忽又空际转身，爆发出高亢的音响："两情若是久长时，又岂在朝朝暮暮！"这掷地作金石声的警句，使全篇为之一振。

"多情自古伤离别"，固然是人之常情，而秦观这两句词却揭示了爱情的真谛：爱情要经得起长久分离的考验，只要能彼此真诚相爱，即使终年天各一方，也比朝夕相伴的庸俗情趣可贵得多。这两句又是感情色彩很浓的议论，它与上片的议论遥相呼应，也与上片同样结构，叙事和议论相间，从而形成全篇联绵起伏的情致。而更可贵的是：词的命意超绝。正如明人沈际飞评曰："(世人咏)七夕，往往以双星会少离多为恨，而此词独谓情长不在朝暮，化朽腐为神奇！"诚然，这种正确的恋爱观，这种高尚的精神境界，远远超过了古代同类作品，是十分难能可贵的。

就全篇而言，这首写神话故事的词，句句是天上，句句写双星，而又句句写人间，句句写人情，天人合一，成为千古抒情绝唱。其抒情，悲哀中有欢乐，欢乐中有悲哀，悲欢离合，起伏跌宕。词中有写景，有抒情，有议论，虚实兼顾，熔情、景、理于一炉。有趣的是，婉约词家在写作上常以议论为病，而今作为婉约派大师的秦少游，直接在这篇名作中抒发了议论："金风玉露一相逢，便胜却人间无数"，"两情若是久长时，又岂在朝朝暮暮"。这些自由流畅的句子，近于散文，却更显得婉约蕴藉，余味盎然。这说明议论运用得好，也能赢得极好的艺术效果的。

（高　原）

踏莎行

秦 观

雾失楼台，月迷津渡，桃源望断无寻处。可堪孤馆闭春寒，杜鹃声里斜阳暮。　　驿寄梅花①，鱼传尺素②，砌成此恨无重数。郴江幸自③绕郴山，为谁流下潇湘去？

【注】

① 驿寄梅花：《荆州记》："吴陆凯与范晔善，自江南寄梅花诣长安与晔，并赠诗曰：'折梅逢驿使，寄与陇头人。江南无所有，聊赠一枝春。'"

② 鱼传尺素：古诗《饮马长城窟行》："客从远方来，遗我双鲤鱼，呼儿烹鲤鱼，中有尺素书。"

③ 幸自：本自，本来是。

赏 析

此词毛晋汲古阁本《淮海词》调下附注谓作于郴州旅舍，时间略晚于《阮郎归》(湘天风雨破寒初)，大约作于绍圣四年(1097)春三月，其时，由于新旧党争，秦观先贬杭州通判，再贬监处州酒税，最后又被人罗织罪名，贬徙郴州，并削去了所有的官爵和俸禄。接二连三的贬官，少游内心的悲苦绝望可想而知。他来到郴州后，写下了这首词，以委婉曲折的笔法，抒写了谪居之恨，成为蜚声词坛的千古绝唱。

开篇三句"雾失楼台，月迷津渡，桃源望断无寻处"，写一个意想中的夜雾笼罩一切的凄凄迷迷的世界：楼台在茫茫大雾中消失；渡口被朦胧的月色所隐没；那当年陶渊明笔下的桃花源(在郴州以北的武陵)，更是云遮雾障，无处可寻了。为什么说这是意想中的景象呢？因为紧接着的两句是"可堪孤馆闭春寒，杜鹃声里斜阳暮"。词人闭居孤馆，哪里还能看得到"津渡"呢？而从时间上来看，上句写的是雾濛濛的月夜，怎么到了下句，时间又倒退到“斜阳暮”——残阳如血的黄昏时刻了呢？显然，这两句是实写诗人不堪客馆寂寞，而头三句则是虚构之景了。这里词人运用因情造景的手法，景为情而设。细细体味这开头三句是意味深长的。“楼台”，令人联想到的是一种巍峨美好的形象，而如今被漫天的雾吞噬了；“津渡”，可以使人产生指引道路、走出困境的联想，而如今在朦胧夜色中迷失不见了；“桃源”，令人联想到《桃花源记》中“黄发垂髫，并怡然自乐”的一片乐土，而如今在人间再也找不到了。这开头三句，分别下了“失”“迷”“无”三个否定词，接连写出三种曾经存在过或在人们的想象中存在过的事物的消失，表现了一个屡遭贬谪的失意者的怅惘之情和对前途的渺茫之感。清人黄了翁在《蓼园词话》中说：“雾失月迷，总是被谗写照。”这是深得词人之心的。

正因为词人此时此刻的处境是苦难不可脱，仙境不可期，极端的失望和伤心，因而写下了声情凄厉、感人肺腑的诗句：“可堪孤馆闭春寒，杜鹃声里斜阳暮。”这两句开始正面实写词人羁旅郴州客馆不胜其悲的现实生活。一个“馆”字，已暗示羁旅之愁。说“孤馆”则进一步点明客舍的寂寞和客子的孤单。而这座“孤馆”又紧紧封闭于春寒之中，置身其间的词人其心情之凄苦就可想而知了。此时此刻，又传来杜鹃的阵阵悲鸣；那惨淡的夕阳正徐徐西下，这景象益发逗引起词人无穷的愁绪。杜鹃一声声“不如归去”的鸣声，曾经勾引起多少游子的归思。李白《宣城见杜鹃花》写道：“一叫一回肠一断，三春三月忆三巴。”“斜阳”，在诗词中也是引起乡愁的。崔颢《黄鹤楼》诗云：“日暮乡关何处是？烟波江上使人愁。”以少游一个羁旅之身，所居住的是寂寞孤馆，所感受的是料峭春寒，所听到的是杜鹃啼血，所见到的是日暮斜阳，此情此境，他怎能忍受得了呢？所以，这两句以“可堪”二字领起。“可堪”者，岂堪也，词人被深“闭”在这重重凄厉的氛围中，他实在不堪忍受呀！

王国维评价这两句词说：“少游词境最凄婉，至‘可堪孤馆闭春寒，杜鹃声里斜阳暮’，则变为凄厉矣。”他还认为这两句是一种“有我之境”，就是说，这两句在景物描写上充满了诗人自我的感情色彩，刻画了诗人的自我形象，使人感到其中有诗人自我在，在情与景的结合上是极其自然的。

“驿寄梅花，鱼传尺素，砌成此恨无重数。”过片连用两则友人投寄书信的典故，极写思乡怀旧之情。“驿寄梅花”，见于《荆州记》记载；“鱼传尺素”，是用古乐府《饮马长城窟》诗意，意指书信往来。少游是贬谪之人，北归无望，亲友们的来书和馈赠，实际上并不能给他带来丝毫慰藉，而只能徒然增加他别恨离愁而已。因此，书信和馈赠越多，离恨也积得越多，无数“梅花”和“尺素”，仿佛堆砌成了“无重数”的恨。词人这种感受是很深切的，而表现这种感情的手法又是新颖绝妙的。“砌成此恨无重数”，说恨可以堆砌。有这一“砌”字，那一封封书信，一束束梅花，便仿佛成了一块块砖石，层层垒起，以至于达到“无重数”的极限。这种写法，不仅把抽象的微妙的感情形象化，而且也可使人想象词人心中的积恨也如砖石垒成的城墙那般沉重坚实而无法消解了。

词人正是在如此深重、结郁难排的苦恨中，迸发出结尾二句：“郴江幸自绕郴山，为谁流下潇湘去？”从表面上看，这两句似乎是即景抒情，写词人纵目郴江，抒发远望怀乡之思。郴江，发源于湖南省郴县黄岭山，即词中所写的“郴山”。郴江出山后，向北流入耒水，又北经耒阳县，至衡阳而东流入潇水湘江。本来是自然山川的地理形势，一经词人点化，那山山水水都仿佛活了，具有了人的思想感情。这两句由于分别加入了“幸自”和“为谁”两个字，无情的山水也好像变得有情了，仿佛词人在对郴江说：郴江啊，您本来生活在自己的故土，和郴山欢聚在一起，究竟为了谁而竟自离乡背井，“流下潇湘去”呢？又好像词人面对着郴江自怨自艾，慨叹自己的身世：自己好端端一个读书人，本想出来为朝廷做一番事业，正如郴江原本是绕着郴山转的呀，谁会想到如今竟被卷入一场政治斗争的漩涡中去呢？这结尾两句，意蕴丰富，因为在词人笔下的郴江之水，已经注入了作者对自己离乡远谪的深长怨恨，富有象征性了。词人诘问离开郴山一去不返的郴江江水“为谁流下潇湘去”，可以说正是他对自己的不幸命运的一种反躬自问。

就全篇而论，秦少游这首《踏莎行》词，它的开头三句“雾失楼台，月迷津渡，桃源望断无寻处”和结尾两句“郴江幸自绕郴山，为谁流向潇湘去”都是采用象征性的表现手法，“驿寄梅花，鱼传尺素，砌成此恨无重数”三句，是用典抒情。而从现实的景物正面抒写其贬谪之情的，只有“可堪孤馆闭春寒，杜鹃声里斜阳暮”这两句，王国维在《人间词话》中特别赞赏，因为这两句完全符合他主张的“以自然之眼观物，以自然之舌言情”的鉴赏标准。“郴江幸自绕郴山，为谁流向潇湘去”两句，写得比较隐晦曲折，往往不容易为一般人理解。苏东坡在苏门四学士中，“最善少游”，二人“同升而并黜”，因此，这“郴江幸自绕郴山”两句，最能引起东坡强烈的共鸣，曾叹曰：“少游已矣，虽万人何赎！”以至书于扇面，永志不忘。

王国维和苏东坡对这首词的鉴赏，由于二人看问题的角度不同，各有所爱，却都不失为各有一得。应当看到，正是写实和象征的多种手法的综合运用，才构成这首词凄迷幽怨、含蕴深厚的艺术特色，才使这首词成为一件完美的艺术精品。应该说，词中各句都是写得精彩的，而“可堪孤馆闭春寒，杜鹃声里斜阳暮”两句和“郴江幸自绕郴山，为谁流向潇湘去”两句，更好，各有艺术特点。诗词作法本无定式，少游为表现其内心不能直言的深曲幽微的逐客之恨，使用写实、象征多种手法开拓词的意境，获得了成功。这对词的艺术发展是有意义的，应该肯定的。它正表现了作为北宋一代词手、婉约派大家秦少游高超的艺术才能。

（高　原）

浣溪沙

秦　观

漠漠轻寒上小楼，晓阴无赖似穷秋。淡烟流水画屏幽。　　自在飞花轻似梦，无边丝雨细如愁。宝帘闲挂小银钩。

赏　析

在秦观《淮海词》中，长调应推《满庭芳》（山抹微云）为冠，小令则似应以这首《浣溪沙》为压卷了。论诗要讲境界，论词也应当讲境界。王国维在《人间词话》中说："境界有大小，然不以是而分高下。'细雨鱼儿出，微风燕子斜'，何遽不若'落日照大旗，马鸣风萧萧'；'宝帘闲挂小银钩'，何遽不若'雾失楼台，月迷津渡'也。"他认为此词结句境界虽小，然艺术性却高。其实就通篇来说，何尝不能作如此评价？

这首词的特点就在于描绘了一个精美无比的艺术境界。作者以高超的手法，将自然与艺术巧妙地融合，仿佛在现实社会中另建一个世界，让人们神游其中，流连忘返，得到充分的艺术享受。在这境界之中，仿佛有人。然而词人并未正面刻画这个人物的形象，而是着力于刻画人物的心灵、人物的情绪。在刻画人物心灵和情绪的时候，他也没有具体地描绘人物的思想活动过程，而是借助于气氛的渲染和环境的烘托，让人们通过环境与心灵的结合、情与景的交融，感到其人宛在，感到一种轻轻的寂寞和淡淡的哀愁。

词的起调很轻，恍如风送清歌，悠然而来，把人们不知不觉地引入词中所规定的境界。"漠漠轻寒上小楼"，韵律何其婉妙幽雅！漠漠者，弥漫、轻淡也。李白《菩萨蛮》云："平林漠漠烟如织，寒山一带伤心碧。"韩愈《同水部张员外曲江春游寄白二十二舍人》诗云："漠漠轻阴晚自开，青天白日映楼台。"皆其意，然此词更似韩诗首句。轻寒者，薄寒也，有别于严寒和料峭春寒。无边的薄薄春寒无声无息地侵入了小楼，这是通过居住在楼中的人物感受写出来的，故我们可以感到其人宛在。时届暮春，天气为什么这样冷呢？下一句补充说："晓阴无赖似穷秋。"原来是一大早起来就阴霾不开，所以天气冷得像秋天一般。穷秋者，九月也。南朝鲍照《白纻歌》云："穷秋九月荷叶黄，北风驱雁天雨霜。"唐人韩偓《惜春》诗亦云："节过清明却似秋。"词境似之。春阴寒薄，不能不使人感到抑郁，因诅咒之曰"无赖"。无赖者，令人讨厌、无可奈何之憎语也。南朝徐陵《乌栖曲》云："唯憎无赖汝南鸡，天河未落犹争啼。"以无赖喻节序，亦见于杜甫诗，如《绝句漫兴九首》之一云："无赖春色到江亭。"此词云景色"无赖"，正是人物心情无聊之反映。以上二句，一云"小楼"，一云"晓阴"，时间地点在写景和抒情中自然而然地交代得清清楚楚。至"淡烟流水画屏幽"一句，则专写室内之景。词人枯坐小楼，畏寒不出，举目四顾，唯见画屏上一幅《淡烟流水图》，迷蒙淡远，此又一境界也。楼外天色阴沉，室内光景清幽，在在令人不欢，于是一股淡淡的春愁油然而生。

在轻悠的音乐节奏中，词过渡到下片。明人沈际飞说："后叠精研，夺南唐席。"(《草堂诗余续集》评)也就是说下片写得特别精彩研炼，竟超过了南唐二主。这个评价毫不为过。尤其过片一联，轻灵杳眇，意境不凡。从前片意脉来看，主人公在小楼中坐久，不堪寂寞，于是出而眺望外景。"自在飞花轻似梦，无边丝雨细如愁"，写望中所见所感，境界略近唐人崔橹《过华清宫》诗所写的"湿云如梦雨如尘"。词人在《八六子》中也写过相似的句子："那堪片片飞花弄晚，蒙蒙残雨笼晴。正销凝，黄鹂又听数声。"所不同的是此处以纤细的笔触把不可捉摸的情绪描绘为清幽可感的艺术境界。据梁令娴《艺蘅馆词选》记载，梁启超曾赞之为"奇语"。今人沈祖棻《宋词赏析》分析说："它的奇，可以分两层说。第一，'飞花'和'梦'，'丝雨'和'愁'，本来不相类似，无从类比。但词人却发现了它们之间有'轻'和'细'这两个共同点，就将四样原来毫不相干的东西联成两组，构成了既恰当又新奇的比喻。第二，一般的比喻，都是以具体的事物去形容抽象的事物，或者说，以容易捉摸的事物去比譬难以捉摸的事物。……但词人在这里却反其道而行之。他不说梦似飞花，愁如丝雨，而说飞花似梦，丝雨如愁，也同样很新奇。”分析得非常精辟，确是道出了这一奇语的特点。但从境界着眼，这两句还特别具有一种音乐美、诗意美和画境美。细细吟味，它的音律多么谐婉，诗意多么浓郁，而那画境又是多么清幽。词人正是运用这样谐婉的音律，浓郁的诗意和清幽的画境，构成一个凄清婉美、轻灵杳眇的艺术境界。清人陈廷焯称之曰“宛转幽怨，温韦嫡派”(见《词则·大雅集》卷二眉批)，确为有识之见。

《浣溪沙》一调，下片由两对偶句接一单句结偶句给人以工整稳定之感，而单句则显示出摇曳不定的情韵，因此要写好这个结句是颇费工力的。陈廷焯对此深有体会，他曾说：“《浣溪沙》结句，贵情余言外，含蓄不尽。如吴梦窗之‘东风临夜冷于秋’，贺方回之‘行云可是渡江难’，皆耐人玩味。”(《白雨斋词话》卷一)少游此词的结句亦深得个中妙谛，比吴文英、贺铸的结句似更为轻婉蕴藉，并能变摇曳为稳定，化动态为静态，饶有余味。有人以为“银钩闲挂，表示帘已垂下”，然此句系主动宾结构，“挂”字系被动词，就是说宝帘已被银钩高高挂起，然着一“闲”字、“小”字，便融情入景，韵味悠然。其意境仿佛李璟《摊破浣溪沙》中的“手卷真珠上玉钩”，而闲雅则过之。李词点明人物之动作，秦词则写帘栊自挂，而将人物感情隐于这一静景之中，形成一种恬静悠闲的境界。全词以此境作结，倍觉含蓄有味。

(徐培均)

青玉案

贺　铸

凌波不过横塘路，但目送、芳尘去。锦瑟华年谁与度？月桥花院，琐窗朱户，只有春知处。　　飞云冉冉蘅皋暮，彩笔新题断肠句。若问闲情都几许？一川烟草，满城风絮，梅子黄时雨！

赏　析

这首词说来好笑，原是贺方回退居苏州时，因看见了一位女郎，便生了倾慕之情，写出了这篇名作。这事本身并不新奇，好像也没有“重大意义”，值不得表彰。无奈它确实写来美妙动人，当世就已膺盛名，历代传为佳句，——这就不容以“侧艳之词”而轻加蔑视了。

方回在苏州筑“企鸿居”，大约就也是因此而作。何以言之？试看此词开头就以子建忽睹洛神为比，而《洛神赋》中“翩若惊鸿”之句，脍炙千古，企鸿者，岂不是企望此一惊鸿般的宓妃之来临也？可知他为此人，倾心眷慕，真诚以之，而非轻薄文人一时戏语可以并论。闲话且置，如今只说子建当日写那洛神，道是“凌波微步，罗袜生尘”，其设想异常，出人意表，盖女子细步，轻盈而风致之态如见，所以贺方回上来便用此为比。姑苏本是水乡，横塘恰逢水境——方回在苏州盘门之南十余里处筑企鸿居，其地即是横塘。过，非“经过”“越过”义，在古用“过”，皆是“来到”“莅临”之谓。方回原是渴望女郎芳步，直到横塘近处，而不料翩然径去，怅然以失！——此《青玉案》之所为作也。美人既远，木立如痴，芳尘目送，何以为怀。此芳尘之尘字，仍是遥遥承自“凌波”而来，波者，原谓水面也，而乃美人过处，有若陆行，亦有微尘细馥随之！人不可留，尘亦难驻，目送之劳，惆怅极矣！——全篇主旨，尽于开端三句。

以下全是想象——古来则或谓之“遐思”者是。

义山诗云“锦瑟无端五十弦，一弦一柱思华年”。以锦瑟之音繁，喻青春之岁美(生活之丰盛也)。词人用此，而加以拟想，不知如许华年，与谁同度？以下月桥也，花院也，琐窗也，朱户也，皆外人不可得至之深闺密居，凡此种种，毕竟何似？并想象也无从耳！于是无计奈何，而结以唯有春能知之！可知，不独目送，亦且心随。

下片说来更是好笑：词人一片痴情，只成痴立——他一直呆站在那里，直立到天色已晚，暮霭渐生。这似乎又是暗与“日暮碧云合，佳人殊未来”的江淹名句有脱化关系。本是极可笑的呆事，却写得异样风雅。然后，则自誉“彩笔”，毫不客气，说他自家为此痴情而写出了这断肠难遣的词句。纵笔至此，方才引出全曲煞拍一问三叠答。闲愁，是古人创造的一个可笑也可爱的异名，其意义大约相当或接近于今日的所谓“爱情”。剧曲家写鲁智深，他是“烦恼天来大”，而词人贺方回的烦恼却也曲异而工则同——他巧扣当前的季节风物，一连串举出了三喻，作为叠答：草、絮、雨，皆多极之物，多到不可胜数。方回自问自答说：“我这闲愁闲恨，共有几多？满地的青草，满城的柳絮，满天的梅雨——你去数数看倒是有多少吧！”这已巧妙地答毕，然而尚有一层巧妙，同时呈现，即词人也是在说：我这愁恨，已经够多了，偏又赶上这春末夏初草长絮飞、愁霖不止的时节，越增我无限的愁怀恨绪！你看，词人之巧，一至于此。若识此义，也就不怪词人自诩为“彩笔”“新题”了。

贺方回因此一词而得名“贺梅子”。看来古人原本风趣开明。若在后世，一定有人又出而“批判”之，说他种种难听的话，笑骂前人，显示自己的“正派”与“崇高”。晚近时代，似乎再也没有听说哪位诗人词人因哪个名篇名句而得享别名，而传为佳话——这难道不也是令人深思的一个文坛现象吗？

（周汝昌）

六州歌头

贺 铸

少年侠气，交结五都[①]雄。肝胆洞，毛发耸。立谈[②]中，死生同。一诺千金重。推翘勇，矜豪纵。轻盖拥，联飞鞚，斗城[③]东。轰饮酒垆，春色浮寒瓮，吸海垂虹[④]。间呼鹰嗾犬，白羽[⑤]摘雕弓，狡穴[⑥]俄空。乐匆匆。 似黄粱梦。辞丹凤[⑦]，明月共，漾孤篷。官冗从，怀倥偬，落尘笼。簿书丛，鹖弁[⑧]如云众，供粗用，忽奇功。笳鼓动，渔阳弄[⑨]，思悲翁。不请长缨，系取天骄种[⑩]，剑吼西风。恨登山临水，手寄七弦桐[⑪]，目送归鸿。

【注】

① 五都：此泛指北宋的各大都市。

② 立谈：谓站立而谈，喻时间短暂。

③ 斗城：汉长安城的俗呼，因其城按南斗、北斗形状设计建筑，故名。

④ 垂虹：南朝宋刘敬叔《异苑》："晋义熙初，晋陵薛愿，有虹饮其釜澳，须臾噏响便竭。愿辇酒灌之，随投随涸。"

⑤ 白羽：白羽箭。

⑥ 狡穴：《战国策·齐策》："狡兔有三窟。"

⑦ 丹凤：指京都。

⑧ 鹖弁：本义为武将的官帽，此代指武官。

⑨ 渔阳弄：军乐曲。

⑩ 天骄种：《汉书·匈奴传》："胡者，天之骄子也。"后人因以称北方少数民族。

⑪ 七弦桐：七弦琴。桐木为制琴的最佳材料，故以"桐"代"琴"。

赏 析

《东山词》中的压卷之作，恐怕非这首闪耀着爱国主义光辉的《六州歌头》莫属了。关于它的创作背景，向有二说。二说都把它系在徽宗宣和七年(1125)，亦即词人七十四岁，临死的那一年。不过一说为抗金而作，一说为抗辽而作，又略有分歧。据笔者考证，此词实作于哲宗元祐三年(1088)秋，时词人年三十七岁，在和州(今安徽和县一带)管界巡检(负责地方上训治甲兵、巡逻州邑、擒捕盗贼等事宜的武官)任；而词的要旨，则与抗夏有关(详见拙撰《贺铸〈六州歌头〉系年考辨》，载《中华文史论丛》1982年第四辑)。

西夏党项族是中华民族大家庭中的成员之一。北宋开国初，其首领李彝兴接受了宋太祖授予的太尉官衔，李氏在其所统辖的地区，建立了少数民族地方政权。仁宗景祐五年(1038)十月，李元昊建国称帝，号为“大夏”，随后即不断来扰，掳掠汉民族的人口、财物。这给汉族和党项族人民都带来了深重的灾难。缺乏战斗力的宋军屡战屡北，朝廷只好向西夏岁纳大批银、绢，换取屈辱的和平。熙宁、元丰间，神宗在位，王安石等新党人物执政，变法革新，整军抗战，苟安局面，一度改观。不料神宗死后，旧党上台，尽反王安石变法时之所为，又恢复了对西夏的投降姿态。哲宗元祐元年春，司马光提出把米脂等西北要塞拱手让与西夏。刘挚、苏辙、范纯仁等随声附和。文彦博更主张连同熙河路全部地区以及兰州等战略要地一齐奉送。一时间，投降空气甚嚣尘上。身为下级军官的贺铸，人微言轻，又在远离京城的地方上供职，自然不可能有机会登陛廷对，慷慨陈词，留下彪炳史册的忠言谠论；但他将自己“报国欲死无战场”的一腔抑塞不平之气，吐而为词，表达了人们迫切要求抗战、反对投降的强烈呼声，在以轻音乐为主的北宋乐章磁带上，录下了振聋发聩的一声雷鸣。

下面，就让我们去追寻这一道闪电运行的轨迹吧。

和北宋绝大多数著名词家不同，贺铸出生在一个七代担任武职的军人世家，其本人的仕宦生涯，也从武弁开始。熙宁初，词人十七八岁时离开家乡卫州共城(今河南辉县)，来到东京，靠着门荫，当上了一名低级侍卫武官。至熙宁八年(1075)出监临城(今属河北)酒税日止，他在京都度过了六七年倜傥逸群的侠少生活。上阕，就是对这段生活经历的追忆。

“少年侠气，交结五都雄。”此二句即李白《赠从兄襄阳少府皓》诗之所谓“结发未识事，所交尽豪雄”也，为整个上阕的总摄之笔。以下，便扣紧“侠”

"雄"二字来作文章。"肝胆洞"至"矜豪纵"凡七句，概括地传写自己与伙伴们的"侠""雄"品性：他们肝胆相照，极富有血性和正义感，听到或遇到不平之事，即刻怒发冲冠；他们性格豪爽，侪类相逢，不待坐下来细谈，便订为生死之交；他们一言既出，驷马难追，答允别人的事，决不反悔；他们推崇的是出众的勇敢，并且以豪放不羁而自矜。"轻盖拥"至"狡穴俄空"凡九句，则具体地铺叙自己和俦侣们的"侠""雄"行藏：他们轻车簇拥，联镳驰逐，出游京郊；他们闹嚷嚷地在酒店里豪饮，似乎能把大海喝干；他们间或带着鹰犬到野外去射猎，一霎间便荡平了狡兔的巢穴。上两个层次，既有点，又有染；既有虚，又有实；既有抽象，又有形象：这就立体地向我们展现了一轴弓刀武侠的生动画卷。夏敬观《手批东山词》未刊稿赞曰："雄姿壮彩，不可一世。"无限神往，可谓情见乎辞了。

上阕末句"乐匆匆"三字、下阕首句"似黄粱梦"四字，是全词文义转折、情绪变换的关捩。青年时代的侠雄生活朝气蓬勃、龙腾虎掷，虽然欢快，可惜太短促了，好像唐传奇《枕中记》里的卢生，做了一场黄粱梦。寥寥七字，将上阕的赏心乐事连同那兴高采烈的气氛收束殆尽，骤然转入对自己二十四岁至三十七岁这十三年来南北羁宦、沉沦屈厄的生活经历的陈述，急泪迸流，一发而不可收。

"辞丹凤"至"忽奇功"凡十句，大意谓自己离开京城到外地供职，乘坐一叶孤舟飘泊在旅途的河流上，唯有明月相伴。官品卑微，情怀愁苦，落入污浊的官场，如鸟在笼，不得自由。像自己这样的武官成千上万，但朝廷重文轻武，武士们往往被支到地方上去打杂，劳碌于案牍间，不能够杀敌疆场，建功立业。十来年的郁积，一肚皮的牢骚，不吐不快。因此这十句恰似黄河决堤，一浪赶过一浪。起先还只是嗟叹个人的怀才不遇，继而扩大到替包括自己在内的众多武士呐喊不平，终于把锋芒指向了埋没人才的封建统治阶级上层。随着词人激愤情绪的一步步高昂，词的主题也在不断地深化。

至"笳鼓动"六句，全词达到了最高潮。元祐三年三月，夏人攻德靖砦，同年六月，又犯塞门砦。这消息传到僻远的和州，大约已经是秋天了。如果说，在太平时节，军人不能得到重用，还情有可原的话，那么，现在正是国家和民族的多事之秋，英雄总该有用武之地了吧？然而，朝中投降派当道，爱国将士们依然壮志难酬。词人痛心地写道：军乐吹奏起来了，边疆上发生了战事。想我这悲愤的老兵啊，却无路请缨，不能生擒对方的酋帅，献俘阙下，就连随身的宝剑也在秋风中发出愤怒的吼声！一"吼"字，吼出了军人们报效无门的满腔义愤，真是掷地能作金石声！千载之下，生气犹凛凛然。至此，一个飞鹰走狗的五陵侠少，已经完成了他向"位卑未敢忘忧国"的仁人志士的转变，形象更高大、更丰满了；词中表达的思想感情，也升华到了爱国主义的境界。

最后三句，紧承上文，由浪峰沿自然之势作降落滑行，变激烈为悲凉，在火山喷薄后的平静中结束了全篇。"登山"句截用宋玉《九辩》"登山临水兮送将归"。"手寄"句似从嵇康《酒会》诗"但当体七弦，寄心在知己"句化出。而与下"目送"句联属，又是翻用嵇康《赠兄秀才入军》诗"目送征鸿，手挥五弦"。句句都与送别有关。因此，本篇很可能是写来为一位友人赠行的，谓自己既不得遂凌云之志，只好满怀悵悵然之情，游山逛水，拊琴送客，以此来作为宣泄了。

读完这首词，我们很容易联想到乐府古题《结客少年场行》。宋郭茂倩《乐府诗集》引《乐府解题》曰："结客少年场，言轻生重义，慷慨以立功名也。"又按曰："言少年时结任侠之客，为游乐之场，终而无成，故作此曲也。"贺词显然是用此古题而赋自己的真情实事，其内容与情调亦近似于《乐府诗集》所录自汉迄唐屡见不鲜的《结客少年场行》《少年行》《白马篇》《游侠篇》《壮士篇》诸作。不同的是，上举各篇一般都是因古题而制文，且均为第三人称口吻。当然，个中也有些优秀作品寄托着作者本人靖边报国的赤诚，但假托他人，又何如以自己的喉管直吁胸中浩气呢？贺词的真切感人之处，恰在于此。

自唐五代以迄北宋，文人词中多倚红偎翠之作，极少直接反映国家和民族的大事件。北宋开国伊始，就不断遭受到北方少数民族政权的军事威胁。可是在北宋词人笔下，涉及爱国、抗战内容的词作，今仅见十余首，只占现存北宋词总数的千分之二三。而像贺铸这样以戎马报国为主题，并用第一人称唱出的壮歌，又只苏轼一首《江城子·密州出猎》可为伯仲。"会挽雕弓如满月，西北望，射天狼！"苏词壮则壮矣，却没有贺词中那一股抑塞郁愤之气以及对投降派的强烈控诉。当然，苏词作于抗战派执政的熙宁年间，我们不应撇开具体的历史背景去吹毛求疵。但元祐时期投降派猖獗一时,《东坡乐府》中却不见指斥之作,无论是未作抑或曾作而佚,都不能不说是一件憾事。因此,贺铸此词在北宋词坛上就显得格外珍贵了。说它是“铁树之花”,似乎并不过分。事实上,靖康以前,忧时愤事而能与后来岳飞、张元幹、张孝祥、陆游、辛弃疾、陈亮、刘过、刘克庄等抗衡的爱国词作,特此一篇而已。它自是由苏轼向南宋辛派嬗变的重要枢纽,在词史上有着不可忽略的特殊地位。

就艺术造诣而言,本篇不但以笔力雄健警拔、神采飞扬腾翥见长,“不为声律所缚,反能利用声律之精密组织,以显示其抑塞磊落,纵恣不可一世之气概”(龙榆生《论贺方回词质胡适之先生》),也是一大特色。本调长达三十九句、一百四十三字,宋人所作,用韵较疏,或间入数部别韵;而贺词却平上去三声通叶,连珠炮也似一气用韵三十四句,句短韵密,急管繁弦,读来恰如天风海雨飘然而至,惊涛骇浪此伏彼起,激越的声情在跳荡的旋律中得到了体现,两者臻于完美的统一。龙榆生赞美贺铸“在东坡、美成间,特能自开户牖,有两派之长而无其短”(同上)。如果这是指苏轼词豪放而往往不屑守律,周邦彦词调谐音协而多儿女情、少英雄气,贺铸词却能熔东坡之豪杰与美成之律吕于一炉,虽作壮词也不隳音乐声韵之道,甚且要求更加严格的话,他的意见是有一定道理的。

(钟振振)

瑞龙吟

周邦彦

章台路，还见褪粉梅梢，试花桃树。愔愔坊陌人家，定巢燕子，归来旧处。　黯凝竚。因念个人痴小，乍窥门户。侵晨浅约宫黄，障风映袖，盈盈笑语。　前度刘郎重到，访邻寻里，同时歌舞，唯有旧家秋娘，声价如故。吟笺赋笔，犹记燕台句。知谁伴、名园露饮，东城闲步？事与孤鸿去。探春尽是，伤离意绪。官柳低金缕。归骑晚，纤纤池塘飞雨。断肠院落，一帘风絮。

赏析

周邦彦的词集本名《清真集》，又名《片玉集》，开卷第一篇，就是这首《瑞龙吟》，它是周词中最有代表性的作品，一向被视为压卷之作。它写的是作者重游旧地、追怀往事，面对美好春光，思念当年眷恋过的一位歌妓，并由此而触发的难以排遣的“伤离意绪”。词里所写的这些内容，很可能是作者自己的一段生活经历。旧地怀人的“本事”，并不新奇，唐人崔护那首流传很广的《题都城南庄》诗“去年今日此门中”云云，已经给类似事件勾勒了一个共同的轮廓，所以周济评论这首词说：“不过桃花人面，旧曲翻新耳！”新在什么地方，那就是“由无情入，结归无情，层层脱换，笔笔往复”（《宋四家词选》评）。这话说得有道理。周邦彦作长调，夙以善于铺排结构见称，在这首《瑞龙吟》里，他把抒情、写景、怀人、叙事融为一体，用分明的层次安排繁富的内容，用回环的笔法抒写缠绵的情思，往昔的欢乐与今日的凄楚交错成文，从而成为一首绝妙好词。

填词，要精巧华美，婉约词人更于此刻意追求。且看本篇开头的景物描写。梅花谢了，桃花开了，本是平常习见的事物，而词里却说“褪粉”“试花”，造语相当别致;褪粉、试花紧相连,使人仿佛感觉到了季节时令的跳动变换,这就巧妙而生动了。还有,使用倒装句法,把“梅梢”和“桃树”放在后面,亦足见作者的用心着力。所以,“褪粉梅梢,试花桃树”就成了名句。类似这样的句子,人工雕琢的痕迹固然比较明显,但它也包含着天然巧成的因素,人工不离天巧,二者紧相结合,才称得起精巧华美。本篇开头还错落地交代了有关的一些情况。“章台”“坊陌”,是京城繁华的街道和舞榭歌台聚集的里巷;“坊陌人家”,则同时点明了作者所怀念的人物的歌妓身份。值得注意的是用“愔愔”二字来作形容,不写热闹写冷清,这就含有今昔对照的意思了。用燕子的“归来旧处”兼喻作者的重游故地,这是明显易见的,而用燕子的“定巢”暗中反喻自己的漂泊无定,则是较为曲折细腻的笔法。《瑞龙吟》这个长调共有三叠,首叠以“还见”二字为引领,写所见之景,但却不是单纯写景,景物已经和人事、感情巧妙而自然地熔铸在一起了。

次叠以“黯凝竚”三字为引领,写所怀之人。黯然凝神竚立,是用滞重之笔点出思念之深,但引出的下文却是一串轻脱活跃的词句,正好相映成趣。“个人痴小,乍窥门户”八个字相当传神,既写出了那位坊陌中人当时还没有失却少女的天真活泼,又浸透着作者对她的亲昵爱怜之情。“窥门”,须得略加解释。元稹作《李娃行》,有句云:“髻鬟峨峨高一尺,门前立地看春风。”可知娼家女子有站立门前以招徕客人的习惯。“浅约宫黄”,言施妆并不浓艳,盖妙龄女子自有颜色,毋须借重脂粉。再加上“障风映袖,盈盈笑语”两句,就把“个人”写活,简直呼之欲出了。描绘人物的这几句,是全篇中最为生动的笔墨。

《瑞龙吟》调的前两叠,谓之“双拽头”,相当于一般词调的上片,第三叠相当于下片。这首词下片的重点是追忆往事,对照今昔,抒发“伤离意绪”。相传东汉时刘晨与阮肇入天台山采药,迷路饿极,食山上桃实得饱,遇二仙女,邀去成婚,留半年,怀乡思归,女遂相送,指示还路。一说刘、阮后来重入天台访女,踪迹渺然。词中用了这个故事,兼用刘禹锡《再游玄都观》“种桃道士归何处,前度刘郎今又来”的诗句。以刘郎自喻,恰与前文“桃树”“人家”暗相关合,亦是笔法巧妙处。寻访邻里,方知自己怀念中的人物亦如仙女之踪迹渺然,“同时歌舞”而“声价如故”者,唯有“旧家秋娘”耳。“秋娘”,是唐代妓女喜欢使用的名字。这里以秋娘作陪衬,就说明了作者所怀念的那位歌妓当年色艺声价之高。“吟笺赋笔”以下几句，是追怀往事的具体内容。“燕台”，是唐代诗人李商隐的典故。当时有位洛阳女子名柳枝者，喜诗歌，解音律，能为天海风涛之曲，幽忆怨断之音，闻人吟李商隐《燕台》诗，惊为绝世才华，亟追询作者，知为商隐，翌日遇于巷，柳枝梳丫头双髻，抱立扇下，风障一袖，与语，约期欢会，并引出了一段神魂离合的传奇故事（见李商隐《柳枝五首》序）。周邦彦用这个典故比喻自己和歌妓的交往。上片“个人痴小”所写人物的仪态活动，似乎就是从这篇诗序化来，很有意味，这就揭示了彼此之间的关系是才子词客幸遇知音，风尘女子慧眼识人，这比起一般的征酒逐歌、寻欢买笑来，自然是格调高雅、感情深厚的了。如今不可再遇理想伴侣，当年名园露顶畅饮、东城闲步寻花那样的赏心乐事也就无从重现，只能深深地铭刻在自己的记忆之中了。“露饮”，是说饮宴时脱帽露顶，不拘形迹。“事与孤鸿去”，虽是借用唐人杜牧诗句，却天衣无缝，浑若己出。这是因为，从声韵方面看，此句后三字是“平平去”，恰与格律吻合；从文章方面看，此句与上文的“犹记”“知谁”等词语也能紧相绾合。“事与孤鸿去”一笔收束往事，回到当前，而且顺势推演，很自然地点出了全篇的主旨：“探春尽是伤离意绪”。这样总括性的句子，如果位置摆得不恰当，就可能流于空洞，本篇是在景、情、人、事都已写充分的前提下，才把这两句推导出来的，所以显得沉着深厚。结尾再次写景，先以“官柳”与开头的“章台”“归骑”与开头的“归来”遥相照应，再写池塘、院落、帘栊，而“飞雨”与“风絮”之足以令人“断肠”，则是意料之中的事了。

周邦彦这首《瑞龙吟》，章法非常考究，以景起，以景结，中间则以今日与往昔两条线索互相交织。首叠着重写今日，次叠着重写往昔，三叠则今昔紧相联结不复可分。层次错落而分明，脉络繁复而清晰，足见其笔法；能大开大合，铺开时写得具体细致，收拢时写得凝炼厚重，又足见其笔力。不把话一气说尽，而是如抽茧丝，如剥笋皮，能于层层递进之中显出回环往复来。篇中多有转换跳荡之处，给人以疏朗之感，而勾连接榫之严谨，又使人觉得它极为缜密。长调最重章法，此篇堪称楷模。

（王双启）

满庭芳

周邦彦

夏日溧水无想山作

风老莺雏，雨肥梅子，午阴嘉树清圆。地卑山近，衣润费炉烟。人静乌鸢自乐，小桥外、新绿溅溅。凭栏久，黄芦苦竹，疑泛九江船。　年年，如社燕，飘流瀚海，来寄修椽。且莫思身外，长近尊前。憔悴江南倦客，不堪听急管繁弦。歌筵畔，先安簟枕，容我醉时眠。

赏析

哲宗元祐八年(1093)，周邦彦三十八岁，为溧水(今属江苏)令。溧水县背靠无想山。这首词是他在溧水任上写的，通过不同的景物来写出哀乐无端的感情，有中年伤于哀乐的感慨。

一开头写春光已去，但他没有伤春，反而在欣赏初夏的风光。雏莺在风中长成了，梅子在雨中肥大了。这里化用杜牧“风蒲燕雏老”(《赴京初入汴口》)及杜甫“红绽雨肥梅”(《陪郑广文游何将军山林》)诗意。“午阴嘉树清圆”，则是用刘禹锡《昼居池上亭独吟》“日午树阴正”句意，“清圆”二字绘出绿树亭亭如盖的景象。以上三句写初夏景物，体物极为细微，并反映出作者随遇而安的心情，极力写景物的美好，显得这里也可留恋。但接着就来一个转折：“地卑山近，衣润费炉烟。”正像白居易贬官江州，在《琵琶行》里说的“住近湓江地低湿”，溧水也是地低湿，衣服潮润，炉香熏衣，需时良多，“费”字道出衣服之潮，则地卑久雨的景象不言自明。那么在这里还是感到不很自在吧。接下去又转了：这里比较安静，没有嘈杂的市声，连乌鸢也自得其乐。小桥外，溪水清澄，发出溅溅水声。但紧接着又是一转："凭栏久，黄芦苦竹，疑泛九江船。"白居易既叹"住近湓江地低湿，黄芦苦竹绕宅生"，词人在久久凭栏眺望之余，也感到自己处在这"地卑山近"的溧水，与当年白居易被贬江州时环境相似，油然生出沦落生涯的感慨。由"凭栏久"一句，知道从开篇起所写景物都是词人登楼眺望所见。感慨之兴，歇拍微露端倪，至下片才尽情抒发。

下片开头，以社燕自比。社燕在春社时飞来，到秋社时飞去，从海上飘流至此，在人家长椽上作巢寄身。瀚海，大海。《艺文类聚》卷九二引梁吴筠《咏燕》诗："一燕海上来，一燕高堂息。……答言海路长，风驶飞无力。"唐沈佺期《独不见》诗"海燕双栖玳瑁梁"，即此来自海上之燕。词人借海燕自喻，频年飘流宦海，暂在此溧水寄身。既然如此，"且莫思身外，长近尊前"，姑且不去考虑身外的事，包括个人的荣辱得失，还是长期亲近酒樽，借酒来浇愁吧。词人似乎要从苦闷中挣脱出去。这里，点化了杜甫"莫思身外无穷事，且尽生前有限杯"（《绝句漫兴》）和杜牧的"身外任尘土，尊前极欢娱"（《张好好诗》）。"憔悴江南倦客，不堪听急管繁弦"，又作一转。在宦海中飘流已感疲倦而至憔悴的江南客（作者为钱塘人），虽想撇开身外种种烦恼事，向酒宴中暂寻欢乐，如谢安所谓中年伤于哀乐，正赖丝竹陶写，但宴席上的"急管繁弦"，怕更会引起感伤。杜甫《陪王使君》有"不须吹急管，衰老易悲伤"诗句，这里"不堪听"含有"易悲伤"的含意。结处"歌筵畔"，承上"急管繁弦"。"先安簟枕，容我醉时眠"，则未听丝竹，先拟醉眠。他的醉，不是欢醉而是愁醉。丝竹不入愁人之耳，唯酒可以忘忧。萧统《陶渊明传》："渊明若先醉，便语客：'我醉欲眠，卿可去。'"词语用此而情味自是不同。"容我"二字，措辞宛转，心事悲凉。一结写出了无可奈何、以醉遣愁的苦闷。

宋陈振孙《直斋书录解题》云："清真词多用唐人诗语，隐括入律，浑然天成，长调尤善铺叙，富艳精工。"这首词用了杜甫、白居易、刘禹锡、杜牧诸人的诗，结合真景真情，运典入化，大大丰富了词的含意。此外，还有很突出的一点，是风华清丽的景物，与孤寂凄凉的心情相交错，乐与哀相交融，苦闷与宽慰相结合，构成一种转折顿挫的风格。"风老莺雏，雨肥梅子"，景物可喜。在可喜背后的苦闷心情，以"地卑""衣润"略点一下。再像"乌鸢自乐""新绿溅溅"，写得恬静清新，“自”字极写鸟儿无拘无束，令人生羡之逍遥情态，正衬托出自己陷于宦海，不能自由飞翔的苦闷，而“黄芦苦竹”更清楚地点明自己的处境。在一详一略、一乐一苦的映衬中，含蓄地透露出苦闷的心情。总之，写乐景生动细致，反映苦闷的心情隐约含蓄。陈廷焯《白雨斋词话》评曰：“此中有多少说不出处，或是依人之苦，或有患失之心，但说得虽哀怨，却不激烈，沉郁顿挫中别饶蕴藉。”作者的感情，正是通过这些隐约不露的映衬对照曲曲传出。

（周振甫）

苏幕遮

周邦彦

燎沈香，消溽暑。鸟雀呼晴，侵晓窥檐语。叶上初阳干宿雨，水面清圆，一一风荷举。　　故乡遥，何日去？家住吴门，久作长安旅。五月渔郎相忆否？小楫轻舟，梦入芙蓉浦。

赏　析

宋代文人写词，就语言艺术方面说，有雕刻与自然两种不同的路径。曾经被词论家捧为“词中老杜”“两宋之间，一人而已”的周邦彦，就是以雕刻取胜的。他的词集一名《片玉集》，可是集中大部分作品，并不能做到“咳唾落九天，随风生珠玉”那样地天然美好，而是用镂金刻玉的手段以掩盖它真美的不足。但像这首《苏幕遮》，倒是“清水出芙蓉，天然去雕饰”的，在周词中，可算是少数的例外。

这词以写雨后风荷为中心，由此而引入故乡归梦。以一个家住吴门、久客京师的作者，面对着象征江南陂塘风色的荷花，很自然地会勾起乡心，词的结尾用“小楫轻舟，梦入芙蓉浦”（古人也称荷花为芙蓉）绾合，上下片联成一气，融景入情，不着痕迹。而全首突出动人之处，全在“叶上初阳干宿雨，水面清圆，一一风荷举”三句所写荷花的神态。试想，当宿雨初收，晓风吹过水面，在红艳的初日照耀下，圆润的荷叶，绿净如拭，亭亭玉立的荷花，随风一一颤动起来。这样一个活泼清远的词境，要把它作十分生动的素描，再现于读者面前，却颇非容易。作者只用寥寥几笔，就达到了这种境地，只一个“举”字，便刻画出荷花的动态。王国维《人间词话》赞扬它为“真能得荷之神理者”，是一点也不错的。

提起写荷花，风裳、水佩、冷香、绿云、红衣等字面，往往摇笔即来，而荷花的形象，却在这些词儿的掩蔽下模糊了。这样的词，读者必然会发生雾里看花隔着一层的感觉。这首《苏幕遮》之所以为写荷绝唱，正是在于它能洗尽脂粉，为凌波微步的仙子，作了出色的传神。记得清代大诗人郑珍的《春尽日》诗句："绿荷扶夏出，嫩立如婴儿。春风欲舍去，尽日抱之吹。"可算是文章天成，妙手偶得，跟周词有异曲同工之妙。

（钱仲联）

兰陵王

周邦彦

柳

柳阴直，烟里丝丝弄碧。隋堤上、曾见几番，拂水飘绵送行色。登临望故国，谁识京华倦客？长亭路，年去岁来，应折柔条过千尺。　闲寻旧踪迹，又酒趁哀弦，灯照离席。梨花榆火催寒食。愁一箭风快，半篙波暖，回头迢递便数驿，望人在天北。　凄恻，恨堆积！渐别浦萦回，津堠岑寂，斜阳冉冉春无极。念月榭携手，露桥闻笛。沉思前事，似梦里，泪暗滴。

赏　析

自从清代周济《宋四家词选》说这首词是“客中送客”以来，注家多采其说，认为是一首送别词。胡云翼先生《宋词选》更进而认为是“借送别来表达自己‘京华倦客’的抑郁心情”。把它解释为送别词固然不是讲不通，但毕竟不算十分贴切。在我看来，这首词是周邦彦写自己离开京华时的心情。此时他已倦游京华，却还留恋着那里的情人，回想和她来往的旧事，恋恋不舍地乘船离去。宋张端义《贵耳集》说周邦彦和名妓李师师相好，得罪了宋徽宗，被押出都门。李师师陈酒送别时，周邦彦写了这首词。王国维在《清真先生遗事》中已辨明其妄。但是这个传说至少可以说明，在宋代，人们是把它理解为周邦彦离开京华时所作。那段风流故事当然不可信，但这样的理解恐怕是不差的。

这首词的题目是“柳”，内容却不是咏柳，而是伤别。古代有折柳送别的习俗，所以诗词里常用柳来渲染别情。隋无名氏的《送别》：“杨柳青青著地垂，杨花漫漫搅天飞。柳条折尽花飞尽，借问行人归不归”，便是人们熟悉的一个例子。周邦彦这首词也是这样，它一上来就写柳阴、写柳丝、写柳絮、写柳条，先将离愁别绪借着柳树渲染了一番。

“柳阴直，烟里丝丝弄碧。”这个“直”字不妨从两方面体会。时当正午，日悬中天，柳树的阴影不偏不倚直铺在地上，此其一。长堤之上，柳树成行，柳阴沿长堤伸展开来，划出一道直线，此其二。“柳阴直”三字有一种类似绘画中透视的效果。“烟里丝丝弄碧”转而写柳丝。新生的柳枝细长柔嫩，像丝一样。它们仿佛也知道自己碧色可人，就故意飘拂着以显示它们的美。柳丝的碧色透过春天的烟霭看去，更有一种朦胧的美。

以上写的是自己这次离开京华时在隋堤上所见的柳色。但这样的柳色已不止见了一次，那是为别人送行时看到的：“隋堤上、曾见几番，拂水飘绵送行色。”隋堤指汴京附近汴河的堤，因为汴河是隋朝开的，所以称隋堤。“行色”，行人出发前的景象。谁送行色呢？柳。怎样送行色呢？“拂水飘绵”。这四个字锤炼得十分精工，生动地摹画出柳树依依惜别的情态。那时词人登上高堤眺望故乡，别人的回归触动了自己的乡情。这个厌倦了京城生活的客子的凄惘与忧愁有谁能理解呢：“登临望故国，谁识京华倦客？”隋堤柳只管向行人拂水飘绵表示惜别之情，并没有顾到送行的京华倦客。其实，那欲归不得的倦客，他的心情才更悲凄呢！

接着，词人撇开自己，将思绪又引回到柳树上面：“长亭路，年去岁来，应折柔条过千尺。”古时驿路上十里一长亭，五里一短亭。亭是供人休息的地方，也是送别的地方。词人设想，在长亭路上，年复一年，送别时折断的柳条恐怕要超过千尺了。这几句表面看来是爱惜柳树，而深层的涵义却是感叹人间离别的频繁。情深意婉，耐人寻味。

第一叠借隋堤柳烘托了离别的气氛，第二叠便抒写自己的别情。“闲寻旧踪迹”这一句读时容易被忽略。那“寻”字，我看并不是在隋堤上走来走去地寻找。“踪迹”，也不是自己到过的地方。“寻”是寻思、追忆、回想的意思。“踪迹”指往事而言。“闲寻旧踪迹”，就是追忆往事的意思。为什么说“闲”呢？当船将开未开之际，词人忙着和人告别，不得闲静。这时船已启程，周围静了下来，自己的心也闲下来了，就很自然地要回忆京华的往事。这就是“闲寻”二字的意味。我们也会有类似的经验，亲友到月台上送别，火车开动之前免不了有一番激动和热闹。等车开动以后，坐在车上静下心来，便去回想亲友的音容乃至别前的一些生活细节。这就是“闲寻旧踪迹”。那么，此时周邦彦想起了什么呢？“又酒趁哀弦，灯照离席。梨花榆火催寒食。”有的注释说这是写眼前的送别，恐不妥。眼前如是“灯照离席”，已到夜晚，后面又说“斜阳冉冉”，时间如何接得上？所以我认为这是船开以后寻思旧事。在寒食节前的一个晚上，情人为他送别。在送别的宴席上灯烛闪烁，伴着哀伤的乐曲饮酒。此情此景真是难以忘怀啊！这里的“又”字告诉我们，从那次的离别宴会以后词人已不止一次地回忆，如今坐在船上又一次回想起那番情景。“梨花榆火催寒食”写明那次饯别的时间。寒食节在清明前一天，旧时风俗，寒食这天禁火，节后另取新火。唐制，清明取榆、柳之火以赐近臣。“催寒食”的“催”字有岁月匆匆之感。岁月匆匆，别期已至了。

“愁一箭风快，半篙波暖，回头迢递便数驿，望人在天北。”周济《宋四家词选》曰：“一愁字代行者设想。”他认定作者是送行的人，所以只好作这样曲折的解释。但细细体会，这四句很有实感，不像设想之辞，应当是作者自己从船上回望岸边的所见所感。“愁一箭风快，半篙波暖，回头迢递便数驿”，风顺船疾，行人本应高兴，词里却用一“愁”字，这是因为有人让他留恋着。回头望去，那人已若远在天边，只见一个难辨的身影。“望人在天北”五字，包含着无限的怅惘与凄婉。

第二叠写乍别之际，第三叠写渐远以后。这两叠的时间是接续的，感情却又有波澜。“凄恻，恨堆积！”“恨”在这里是遗憾的意思。船行愈远，遗憾愈重，一层一层堆积在心上难以排遣，也不想排遣。“渐别浦萦回，津堠岑寂，斜阳冉冉春无极。”从词开头的“柳阴直”看来，启程在中午，而这时已到傍晚。“渐”字也表明已经过了一段时间，不是刚刚分别时的情形了。这时望中之人早已不见，所见只有沿途风光。大水有小口旁通叫浦，别浦也就是水流分支的地方，那里水波回旋。“津堠”是渡口附近的守望所。因为已是傍晚，所以渡口冷冷清清的，只有守望所孤零零地立在那里。景物与词人的心情正相吻合。再加上斜阳冉冉西下，春色一望无边，空阔的背景越发衬出自身的孤单。他不禁又想起往事："念月榭携手，露桥闻笛。沉思前事，似梦里，泪暗滴。"月榭之中，露桥之上，度过的那些夜晚，都留下了难忘的印象，宛如梦境似的，一一浮现在眼前。想到这里，不知不觉滴下了泪水。"暗滴"是背着人独自滴泪，自己的心事和感情无法使旁人理解，也不愿让旁人知道，只好暗自悲伤。

统观全词，萦回曲折，似浅实深，有吐不尽的心事流荡其中。无论景语、情语，都很耐人寻味。

（袁行霈）

西　河

周邦彦

金　陵

佳丽地，南朝盛事谁记？山围故国绕清江，髻鬟对起；怒涛寂寞打孤城，风樯遥度天际。　断崖树，犹倒倚；莫愁艇子曾系。空余旧迹郁苍苍，雾沉半垒。夜深月过女墙来，伤心东望淮水。　酒旗戏鼓甚处市？想依稀、王谢邻里。燕子不知何世；入寻常巷陌人家，相对如说兴亡，斜阳里。

赏　析

怀古诗词在中国诗歌史上是一朵奇葩。历来有不少词人宗匠曾经写过这一类杰出的诗篇。他们面对着“人事有代谢，往来成古今”的胜地，不仅慨叹自然界的沧桑，更由此而引起人事兴衰的感触，抒发了他们所能认识到的政治见解和哲理观念。在这种穿插着追念古昔和寄慨当前的诗篇中，往往浮想联翩，表现了诗人深邃的思想，给读者以强烈的感染和深刻的启发。

周邦彦这首词虽然是隐括刘禹锡《石头城》和《乌衣巷》二诗而成的，但因为他“善融化诗句，如自己出”（张炎《词源》），所以能够做到从通篇景语中见情语，并且能够通过景物描绘的“顿挫”体现怀古之情的“波澜”，使人们触景生情，见微知著。上片一开始就突兀横空而出，点明六代故都金陵是一个“佳丽地”，这一句是从谢朓《入朝曲》“江南佳丽地，金陵帝王州”中来，既切金陵，又令人浑然不觉。结尾却又言简意赅地描写燕子的呢喃话旧，时间、地点是在“斜阳里”的故都。以繁华始，以萧瑟终，全词情景的基调就这样显示了。至于

"佳丽地"如何从繁华转为萧瑟？那就更妙。经过词人运用了峰回路转、若断若续的手法，金陵的一幅沧桑图景刻画得多么深切，词人感时吊古的枨触又是多么萦回起伏！陈廷焯评周邦彦有云："美成词有前后若不相蒙者，正是顿挫之妙。"（《白雨斋词话》卷一）顿挫的特色，在这篇怀古词中，应该说是更为显著了。作者在怀古，着眼点是六朝旧事，因历史兴亡之感总括于"南朝盛事谁记"一句中，真是慨乎言之。下面分别作点染。"山围"四句化用刘禹锡《石头城》"山围故国周遭在，潮打空城寂寞回"诗意。"莫愁艇子曾系"句从古乐府《莫愁乐》"艇子打两桨，催送莫愁来"句中化出，也切合金陵之地。曾经系过莫愁佳丽的游艇，断崖倒树，触目荒凉，这不分明是"空余旧迹"了吗？这不分明是断而复续了吗？接着，词人化用刘禹锡"淮水东边旧时月，夜深还过女墙来"的诗境，伤心东望，淮水苍茫（淮水即秦淮河），不禁回想起昔时盛事，如酒帘飘飘，乐鼓咚咚，当时长街的一片喧阗景象，究竟何处寻找呢？于是词人不得不发出"酒旗戏鼓甚处市"的惊问。这正是续而又断。最后，在一片迷茫中，忽然出现了"燕子"飞来的神到之笔。词人化用了刘禹锡"旧时王谢堂前燕，飞入寻常百姓家"（《乌衣巷》）的诗境，借燕子的诉说兴亡，表现了"盛事"也许仍然可记，"旧迹"也许仍然可凭。这便是断而再续。亦断亦续，断续相间，体现了周词的"顿挫"特长，也更深入细致地揭示了词人正视现实和沉潜幻想的交织。

周邦彦这首怀古词的特点，从时间范畴说是如上的断续交织，从空间范畴来说，却又是疏密相间。苏轼的《念奴娇·赤壁怀古》上片，就只是泼墨画似的写了"江山如画"，下片就只是集中地写了周瑜，一气贯注，如同骏马注坡，纯属粗线条的勾勒。正如朱孝臧所评："两宋词人正可分为疏、密两派，清真介在疏密之间。"譬如，词的第一部分以疏为主，词人放眼江山，对作为"佳丽地"的"故国"金陵做了一个全面的鸟瞰。第二部分以密为主，在前面基础上做了进一步的勾勒：从前面围绕"故国"的山峰，引出了后面的"断崖树"，以至想象中的"莫愁艇子"；从前面的"清江"，引出后面的"淮水"；再从前面的"孤城"，引出后面的雾中"半垒"和月下"女墙"。这就好比电影镜头，冉冉扑来的不再是远景、全景，而是中景和近景了。到了第三部分，画面突出的就只是特写镜头：一帧飞入寻常百姓家的燕子呢喃图。小小飞禽的对话，可以说刻画入微，密而又密。“相对”，是指燕子与燕子相对，尽管它们的呢喃本无深意，然而在词人听来看来，却为它们的“不知何世”而倍增兴亡之感。“疏”利于“写大景”（王夫之：《薑斋诗话》卷二），写出高情远意；“密”利于画龙点睛，写出“小景”，写出事物的不同一般的特征。

总的来说，此词艺术技巧是极其精湛的，它不正面触及巨大的历史事变，不着丝毫议论，而只是通过有韵味的情景铺写，形象地抒发作者的沧桑之感，寓悲壮情怀于空旷境界之中，并使壮美和优美相结合，确是怀古词中一篇别具匠心的佳作。但是，这种写法也带来一个显著的缺陷，就是作者究竟为什么要怀古，而与怀古同时的感今，其内容又如何，不免含糊带过，显得词意为词采所掩。根据词人着眼于六朝兴亡看来，本词写作时期，应该是和北宋末年王朝危机四伏，特别是和他晚年的一次流亡有关。宣和二年（1120），适值方腊在浙江起义，周邦彦仓猝间从杭州历经扬州、天长，间关颠沛，始达南京（今河南商丘），切身体会到当时农民起义对宋王朝的巨大冲击，这就不由在词中迸发出“故国”和“孤城”的“兴亡”之情，特别是晚年饱经忧患之感。含蓄深沉，确是这首词作的优长，但思想脉络却不够醒豁。这可能正是钟嵘所说的“专用比兴，患在意深，意深则词踬”（《诗品·总论》）的缘故吧。

（吴调公）

卜算子

徐　俯

天生百种愁，挂在斜阳树。绿叶阴阴自得春，草满莺啼处。　　不见凌波步，空忆如簧语。柳外重重叠叠山，遮不断、愁来路。

赏　析

徐俯，字师川，黄庭坚的外甥。有人说他的词“源于山谷”，他很不快乐，回答说：山谷词固然妙天下，君可问诸水滨；然而词的领域极其广大，我独知之濠上。（见《尧山堂外纪》）就是说他作词不因袭他人，哪怕是他的舅舅；而愿独辟蹊径，创造出一种像庄子濠上观鱼的境界，写出心中的体会就是了。读了此词，可知其言为不虚。

词中写的是离愁，但却刚健质朴，毫不柔媚。词一开头，即将胸中万斛愁情，喷薄而出，全不像花间派词人写愁，先扭捏作态一番，才回到本题。夫愁本在胸中，何以一下子挂在斜阳树呢？语似无理，然亦有所本。李白《金乡送韦八之西京》诗云：“狂风吹我心，西挂咸阳树。”此语豪而且工，把李白对韦八的系念之情表现得淋漓尽致。徐俯这首词的语言结构、夸张方式与李白诗非常相似，但李白诗中写他的心“西挂咸阳树”，全赖“狂风吹”三字作为动力。而徐俯胸中之愁挂在斜阳树上，则缺少一种吹送的力量。原来李白诗中的境界是动荡的，而徐俯词中的境界则相对静止，所以它没有强烈的动词。细玩词意，盖所思之人远在山外，故而词人举目远望，唯见斜阳照处，烟雾迷茫，一带青山，好似披挂着满树愁绪。词人触景生情，以情融景，遂产生这种形似无理、实却情深的语言。一本起句作“胸有千种愁”，语虽通俗真挚，然不如“天生百种愁”雅致。所谓“天生”者，此愁与生俱来，欲排之而不可得矣。

"绿叶"二句承上语意，描写词人所见景物。"绿叶"因"树"而生，"草""莺"应时而发，皆一时之景也，结构至为紧密。由于词之发端，情绪激越，至此则略一顿挫，节奏上趋于舒缓和平稳。就词意而言，盖先以愁人之眼观树，觉满树愁情，骤生枨触；尔后冷静观察，则树自为树，人自为人。"自得春"三字，下得极妙。《庄子·秋水篇》云："庄子与惠子游于濠梁之上。庄子曰：'儵鱼出游从容，是鱼之乐也。'惠子曰：'子非鱼，安知鱼之乐？'庄子曰：'子非我，安知我不知鱼之乐？……我知之濠上也。'"这里所写的境界和庄子所写的知鱼之乐何其相似！绿树芳草，欣欣向荣；黄莺当春，自鸣得意，亦犹儵鱼出游从容，与人邈不相涉，唯达其理者体其情。从词情发展来看，这里虽宕开一笔，而思想上确是深化了。有的本子"自"字作"占"字，便觉逊色不少，明眼人一望便知。

上片只说愁，究竟因何而愁，却未说出。到了下片便具体化了："不见凌波步，空忆如簧语。"从这两句看，原来主人翁所怀念的是一位绝色佳人。"凌波步"，形容女子走路时步履轻盈的姿态，语出曹植《洛神赋》"凌波微步，罗袜生尘"。"如簧语"，形容女子的声音美妙动听，有如音乐，语出《诗经·小雅·巧言》"巧言如簧"。但把原来的贬义改为褒义。古典诗词中刻画人物形象，由于笔墨有限，不能作细致的描绘，往往只是拣最传神的地方点染几笔。此词正是如此。这位佳人轻盈的步履、美妙的声音，一直萦回在主人翁的胸臆。因被重重叠叠的山峦所遮断，所以忆而不见，便产生难以排解的愁怨。这两句既与起首二句相映射，也逗引起结尾二句，虽为实写，却为词中关键之笔。否则全篇皆虚，读者将莫知所云了。

结尾二句借喻新奇，常被前人称道。《词林纪事》卷八引沈东江云："徐师川'柳外重重叠叠山，遮不住、愁来路'，欧阳永叔'强将离恨倚江楼，江水不能流恨去'：古人语不相袭，又能各见所长。"《苕溪渔隐丛话前集》卷五十九云："赵德麟'重门不锁相思梦，随意绕天涯'，徐师川'柳外重重叠叠山，遮不断、愁来路'：二词造语虽不同，其意绝相类。"就是说欧阳修、赵令畤与徐俯三人的词，虽同样写离愁，但各人的表现手法却不相同。欧词说滔滔江水流不去心中的愁恨，表明愁如丝缕一般，硬是缠着人不放。赵词说任凭重门深锁，相思的魂梦仍会飞渡重门，绕遍天涯。他们两位，一是借水流恨，一是以门锁心，认为愁恨与相思系从人物这一主体产生，不能借客体的力量强遣之去（愁恨），也不能阻之不去（相思梦）。徐俯则反其意说，愁自外面向主体袭来，要借客体的力量把它挡住。可谓各尽其妙。又昔人喻愁，多采取直截对比，如赵嘏诗云："夕阳楼上山重叠，未抵春愁一半多。"（引自《鹤林玉露》乙卷一）这是以山之大之高，对比出愁之多之重。徐俯这里却不用山来直截喻愁，而用山来构成重重叠叠的屏障，企图阻挡忧愁的侵袭；然而仍然阻挡不住，则愁之深重，更加可想而知了。愁之来路为何与山有关，因所思之人在斜阳外、山那边也。古人填词讲究救首救尾。此词起首以树比愁，结尾以山遮愁，前后照应，浑然一体。歇拍又加一"遮"字为衬字，读起来利于唇吻，颇有力度，显示了一种特殊的声情之美。

（徐培均）

如梦令

曹 组

门外绿阴千顷，两两黄鹂相应。睡起不胜情，行到碧梧金井。人静，人静。风动一庭花影。

赏 析

此首宋人选本《乐府雅词》《花庵词选》皆以为曹组作，《类编草堂诗余》等明刊本则属之秦观，末句作“风弄一枝花影”。

全词关目在“睡起”二字。睡起之前，写词人所闻所见；睡起之后，写词人所感所行。先是词人在睡梦中听到两两相应的黄鹂鸣声，睁开迷蒙的双眼向门外望去，只见绿阴千顷，分外宜人。秦元庆本《淮海居士长短句》眉批云：“见绿阴而闻鸟声，正是景物相应处。”这是颠倒了先闻后见的次序，不符合生活的逻辑。其所以如此，主要是未能抓住“睡起”这一关目。

以动衬静是本词的主要特色。宋曾季狸《艇斋诗话》说：“南朝人诗云：‘蝉噪林逾静，鸟鸣山更幽。’荆公（王安石）尝集句云：‘风定花犹落，鸟鸣山更幽。’说者谓上句静中有动意，下句动中有静意。此说亦巧矣。至荆公绝句云：‘茅檐相对坐终日，一鸟不鸣山更幽。’却觉无味。”此词也是汲取了前人的艺术经验，“两两黄鹂相应”，是写动态；“门外绿阴千顷”，是写静态。一动一静，相映成趣，便造成了清幽的境界。

然而词人还是被这清脆的黄鹂声唤醒了。“睡起”句中“不胜情”三字，有“承上启下”的作用。盖鸟成双而人独处，已“不胜情”；起行又静不见人，只见“风动一庭花影”，更难以为情。何谓“不胜情”，即今语感情上受不了。为什么受不了，词人此时还没有明言，因而显得含蓄有味。唐人孟浩然《春晓》诗云：

"春眠不觉晓，处处闻啼鸟。夜来风雨声，花落知多少。"是写伤春情怀。金昌绪《春怨》诗云："打起黄莺儿，莫教枝上啼；啼时惊妾梦，不得到辽西。"是写思妇念远之情。它们都是通过视觉形象和听觉形象的描绘，表现和寄托自己的感情。这首词中的主人闻鸟鸣而起，起而独行踽踽，盖亦怀有无聊意绪；而韵流弦外，意蕴句中，欲言不言，留给读者以想象的余地。

词末三句，言简而意深，从所见所感写出了词人的所思来。"人静，人静。风动一庭花影"，也是采用以动衬静的手法，却是明写"动""静"二字，与开首又有不同。"庭"字应上句"碧梧金井"。此时此地，更无他人，所谓"人静"也；复叠"人静"二字，一再言之，其寂寞难禁之状如见，所谓"不胜情"者已渐可知。其间见"风动一庭花影"，疑有人来，但细察仍只是"风动花影"而已。因此一"动"，更显其"静"。此句是本于元稹《莺莺传》崔氏《月明三五夜》诗："待月西厢下，迎风户半开。拂墙花影动，疑是玉人来。"赵令畤《商调蝶恋花》咏崔、张事，于此处亦云："花动拂墙红萼坠，分明疑是情人至。""风动一庭花影"，盖非为写花影而写花影，除有以动衬静的作用外，又暗含以动破静的意图，但是"佳人殊未来"，终于还是无可如何。而所谓"不胜情"者遂以不尽尽之矣。

从《类编草堂诗余》作秦观词之各本，于"风弄一枝花影"句，或评云："正是静景。"或云："'一枝'字幽隽。"但词人此时正是"身闲心苦"，未必是刻意抒写幽静之趣。"风弄一枝花影"，若论与"睡起不胜情"的关系，自不如"风动一庭花影"扣得紧密。或者又以为"风弄"句是从张先《天仙子》的名句"云破月来花弄影"化出。但是"花弄影"自然，"风弄花影"却说得有些别扭；况只是"一枝"，"幽隽"确实是"幽隽"了，但这"风"所及处却又有些怪。此词若是出于秦观之手，"山抹微云学士"未必有此败笔。或者是此词流传过程中受了张先"花弄影"的影响，文字就有了变化，只求句意"幽隽"而不协于全篇，这就非始料所及了。

（徐培均　陈长明）

相见欢

朱敦儒

金陵城上西楼，倚清秋。万里夕阳垂地大江流。　中原乱，簪缨散，几时收？试倩悲风吹泪过扬州。

赏析

朱敦儒在南渡初期，曾做过秘书省正字（校正文字的官吏）等官，他忧虑国家前途，怀念中原故土。这首《相见欢》，即是他南渡后登金陵城上西楼眺远时，抒发爱国情怀的词作，感情激越，炽热动人。

上片写景，着意在借景抒情。开头两句，写词人登城楼眺远，触景生情，引起感慨。金陵城上的西门楼，居高临下，面向波涛滚滚的长江，是观览江面变化，远眺城外景色的胜地。李白曾在这里写下了《金陵城西楼月下吟》诗，抒发的是对南齐诗人谢朓的怀念。朱敦儒这首登楼抒怀之作，既不是发"思古之幽情"，也不是为区区个人之事，而是感叹国家生死存亡的命运。

第二句"倚清秋"，谓在秋色中倚西楼而眺望。"清秋"二字，容易引起人们产生凄凉的心情。宋玉《九辩》的开头就写道："悲哉，秋之为气也！萧瑟兮，草木摇落而变衰。"应当说，他是悲秋诗人之祖了。朱敦儒这句词的悲秋，含意较深，是暗示山河残破，充满萧条气象。

第三句描写"清秋"傍晚的景象。词人为什么捕捉"万里夕阳垂地大江流"的镜头呢？他是用落日和逝水来反映悲凉抑郁的心情，和谢朓"大江流日夜，客心悲未央"（《暂使下都夜发新林至京邑赠西府同僚》）的诗意相近。

下片抒情，用直抒胸臆的方式，来表达词人的亡国之痛，及其渴望收复中原的心事。"簪缨"是贵族官僚的服饰，用来代人。"簪缨散"，说他们在北宋灭亡之后纷纷南逃。“几时收”，既是词人渴望早日恢复中原心事的表露，也是对南宋朝廷不图恢复的愤懑和斥责。

最后一个长句，紧接上面三句的词意而写，用拟人化的手法，寄托词人的亡国之痛和对中原人民的深切怀念。作者在另一首表达同样思想的《采桑子·彭浪矶》词中写道：“万里烟尘，回首中原泪满巾。”这种直陈其事的写法，显得太直，没有这两句含蓄、有意境、更感人。人在伤心地流泪，已经能说明他痛苦得难于忍受了，但词人又幻想请托“悲风吹泪过扬州”，这就更加表现出他悲愤交集、痛苦欲绝。扬州是当时抗金的前线重镇，过了淮河就到了金人的占领区。风本来没有感情，风前冠一“悲”字，就给“风”注入了浓厚的感情色彩。不难看出，这两句是词人强烈的爱国思想和亡国之痛发展到最高潮而产生的警句，词作到此戛然而止，但词人的情意却悠然不尽。

（陆永品）

燕山亭

赵　佶

北行见杏花

裁剪冰绡，轻叠数重，淡著胭脂匀注。新样靓妆，艳溢香融，羞杀蕊珠宫女。易得凋零，更多少无情风雨。愁苦。问院落凄凉，几番春暮。

凭寄离恨重重，这双燕，何曾会人言语。天遥地远，万水千山，知他故宫何处。怎不思量，除梦里有时曾去。无据。和梦也新来不做。

赏　析

宋徽宗赵佶因荒淫失国，在公元 1127 年与其子钦宗赵桓被金兵掳往北方五国城，囚禁至死。在北行途中，忽见如火的杏花，不禁万感交集，写下了这首词。这是他生活遭遇最悲惨的实录，也可以说是一篇血书。他不仅工书善画，而且知乐能词，足以与南唐李后主媲美。

这首词上片描绘杏花，运笔极其细腻，好似在作工笔画，由杏花的外形到它的神态，勾勒出一幅绚烂的画面，接着突然一转，描写杏花遭到风雨摧残以后的黯淡场景，从它的极盛到衰败暗示作者自身的境遇，不仅是写花，也在写人，从中表达出内心的无限苦痛，这也就是他在流徙途中见到艳丽无比的杏花时的感触，由此过渡到下片对自身遭遇沉痛的哀诉。

首三句近写、细写杏花，是对一朵朵杏花的形态、色泽的具体形容。杏花的瓣儿好似一叠叠冰清玉洁的缣绸，经过巧手裁剪出重重花瓣，又逐步匀称地晕染上浅淡的胭脂。朵朵花儿都是那样精美绝伦地呈现在人们眼前。“新样”三句，先以杏花比拟为装束入时而匀施粉黛的美人，她容颜光艳照人，散发出阵阵暖香，胜过天上蕊珠宫里的仙女。“羞杀”两字，是说连天上仙女看见她都要自愧不如，由此进一步衬托出杏花的形态、色泽和芳香都是不同于凡俗之花，也充分表现了杏花盛放时的动人景象。

“易得飘零”以下词意陡转，极写杏花由盛而衰。春日绚丽非常，正如柳永《木兰花慢》中所云：“正艳杏烧林，缃桃绣野，芳景如屏。”但为时不久就逐渐凋谢，又经受不住料峭春寒和无情风雨的摧残，终于花落枝空；更可叹的是暮春之时，庭院无人，美景已随春光逝去，显得那样凄凉冷寂。这里不仅是在怜惜杏花，而且也兼以自怜。试想作者以帝王之尊，降为阶下之囚，流徙至千里之外，其心情之愁苦非笔墨所能形容，杏花的烂漫和易得凋零，引起他的种种感慨和联想，往事和现实交杂在一起，使他感到杏花凋零，犹有人怜，而自身沦落，却只空有“故国不堪回首月明中”的无穷慨恨。“愁苦”之下接一“问”字，其含义与李后主的“问君能有几多愁，恰似一江春水向东流”亦相仿佛。

换头从上片杏花的凋零转到自己的哀感离恨，层层深入，愈转愈深，愈深愈痛。第一层写一路行来，忽见燕儿双双，从南方飞回寻觅旧巢，不禁有所触发，本想托付燕儿寄去重重离恨，再一想它们又怎么能够领会和传达自己的千言万语？但除此以外又将凭谁传递音问呢？冯延巳《鹊踏枝》亦说：“泪眼倚楼频独语。双燕飞来，陌上相逢否？”由于问燕而燕儿不会作答，因此也就难解相思之意：“撩乱春愁如柳絮，悠悠梦里无寻处。”两位作者都是借着问燕表露出音讯断绝以后的思念之情。

第二层叹息自己父子降为臣虏，与宗室臣僚三千余人被驱赶着向北行去，路途是那样的遥远，艰辛地跋涉了无数山山水水，“天遥地远，万水千山”这八个字，概括出他在被押解途中所受的种种折磨。回首南望，再也见不到汴京故宫，真可以说是“别时容易见时难”了。

第三层紧接上句，以反诘说明怀念故国之情，然而，“故宫何处”点出连望见都不可能，只能求之于梦寐之间了。梦中几度重临旧地，带来了片刻的慰安。第四层用层深之法，写绝望之情。晏几道《阮郎归》末两句“梦魂纵有也成虚，那堪和梦无”，秦观《阮郎归》结尾“衡阳犹有雁传书，郴阳和雁无”，都是同样意思。梦中的一切，本来是虚无空幻的，但近来连梦都不做，真是一点希望也没有了，反映出内心百折千回，可说是哀痛已极，肝肠断绝之音。

况蕙风云："'真'字是词骨，若此词及后主之作，皆以'真'胜者。"下片借燕与梦道出从期望到失望、由失望而绝望的内心活动。先是写因思念而企盼能通音问，再写由期望之不可能达到而转为失望，而几度"故国梦重归"又使沉重的思念和失望得到片刻慰安；但近来连梦也没有，使自己的心情终于由失望而陷入绝望，这样的心理刻画，在且问且叹、如泣如诉的低调下流露真情。也就是这一"真"字，使本词产生较大的艺术效果。

（唐圭璋）

点绛唇

李清照

蹴罢秋千，起来慵整纤纤手。露浓花瘦，薄汗轻衣透。　见客入来，袜刬金钗溜。和羞走。倚门回首，却把青梅嗅。

赏析

此词写少女初次萌动的爱情，真实而生动，当为清照早年作品。

词的上片写荡完秋千的精神状态，妙在静中见动。词人没有写她荡秋千时的矫健身影和欢乐心情，而是剪取了“蹴罢秋千”以后一刹那间的镜头。此刻全部动作虽已停止，但仍可以想象得出她在荡秋千时的情景，罗衣轻飏，像燕子一样地在空中飞来飞去。“起来慵整纤纤手”，“慵整”二字用得非常恰切，令人想到她下秋千后已经极度疲劳，两手有些麻木，也懒得稍微活动一下。“纤纤手”语出《古诗十九首》：“娥娥红粉妆，纤纤出素手。”最早的出处则是《诗·魏风·葛屦》的“掺掺女手”，借以形容双手的细嫩柔美，同时也借以点出人物的年华和身份。“薄汗轻衣透”，她身穿“轻衣”，也就是罗裳初试，由于荡秋千时用力，出了一身薄汗，额上还渗有晶莹的汗珠。“露浓花瘦”一语表明时间是在春天的早晨，地点是在花园。整个上片都是写人的神态，唯此一语写景；然而同时也烘托了人物娇美的风貌。在娇而瘦的花枝上含有颗颗露珠，不正是象征着年少词人“薄汗轻衣透”的形象吗？

下片写词人乍见来客的种种情态。她荡完秋千，正累得不愿动弹，突然花园里闯进来一个陌生人。她感到惊诧，来不及整理衣装，急忙回避。“袜刬”，是说来不及穿鞋子，仅仅穿着袜子走路。“金钗溜”，是说头发松散，金钗下滑坠地；二语似出秦观《河传》词“鬓云松，罗袜刬”。但秦词是写百无聊赖时的女子外貌，这里则是写匆忙惶遽时的表情。词中虽未正面描写这位突然来到的客人是谁，但从词人的反应中可以印证，他定是一位举止不凡、风度潇洒的翩翩少年。“和羞走”三字，把她此时此刻的内心感情和外部动作作了精确的描绘。“和羞”者，含羞也；“走”者，疾走也。然而更妙的是“倚门回首，却把青梅嗅”二句。它以极精湛的笔墨描绘了这位少女怕见又想见、想见又不敢大明大白地去见的微妙而又细致的心理。然而最后她还是利用“嗅青梅”这一细节掩饰一下自己，以便偷偷地看他几眼。整个下片都是写“动”，与上片正好成了对比。由此可见上片的“静”，不仅是静中见动，而且也是为了衬托下片的“动”。

下片的几个动作层次分明，曲折多变，把一个少女惊诧、惶遽、含羞、好奇以及爱恋的心理活动，栩栩如生地刻画出来。明人钱允治说这样的笔法是“曲尽情悰”（《续选草堂诗余》卷上）。沈际飞也称赞说：“片时意态，淫夷万变，美人则然，纸上何遽能尔？”（《草堂诗余续集》卷上）李清照这样描写也是有所本的。唐人韩偓《香奁集》中写过这样的诗句：“见客入来和笑走，手搓梅子映中门。”但相比之下，“和笑走”轻薄，“和羞走”则深挚；“手搓梅子”只能表现不安，“却把青梅嗅”则可描画娇饰；“映中门”似旁若无人，而“倚门”则有所期待，加以“回首”一笔，则少女窥人之态可掬了。较之韩偓诗，有出蓝之胜。

这首词风格明快，节奏轻松，寥寥四十一字，刻画了一个天真纯洁、感情丰富却又带有几分矜持的少女形象，显出词人的才华。

（徐培均）

渔家傲

李清照

天接云涛连晓雾，星河欲转千帆舞。仿佛梦魂归帝所。闻天语，殷勤问我归何处？　　我报路长嗟日暮，学诗谩有惊人句。九万里风鹏正举。风休住，蓬舟吹取三山去！

赏析

在词史上，李清照继柳永、秦观、周邦彦之后，被称为婉约之宗。她的词清丽婉转、幽怨凄恻，极富于抒情性。但是这首词却表现出不同的风格，它气势磅礴，音调豪迈，是李词中仅见的浪漫主义名篇。

词写梦境。但是梦境也是现实生活在作家头脑中的折射，诚如夏承焘所说："这决不是没有真实生活感情而故作豪语的人所能写得出的。"(《唐宋词欣赏》)南渡以前，李清照足迹不出闺门；南渡以后，"飘流遂与流人伍"，视野开始开阔起来。据《金石录后序》记载，她在建炎中，为了辨明"馈璧北朝"之诬，曾追随宋高宗行踪，"从御舟海道之温(今浙江温州)，又之越(今绍兴)"。建炎四年(1130)春间，她曾在海上航行，历尽风涛之险。词中写到大海、乘船，人物有天帝及词人自己，都与这段真实的生活所得到的感受有关。

词一开头，便展现一幅辽阔、壮美的海天相接的图画。这样的境界，在唐五代以及两宋词中，很少见到。首二句写了天、云涛、晓雾、星河、千帆，景象已极壮丽，其中又准确地嵌入了几个动词，则绘景如活，动态俨然。"接""连"二字把四垂的天幕、汹涌的波涛、弥漫的云雾，自然地组合在一起，形成一种浑茫无际的境界。而"转""舞"两字，则将词人在风浪颠簸中的感受，逼真地传递给读者。所谓"星河欲转"，是写词人从颠簸的船舱中仰望天空，天上的银河似乎在转动一般。所谓“千帆舞”，是写海上刮起了大风，无数的舟船（以帆代指）在风浪中飞舞前进。这里的“舞”与“转”，有着因果关系，也就是说，由于船在舞，所以觉得星河在转。船摇帆舞，星河欲转，既富于生活的真实感，也具有梦境的虚幻性，虚虚实实，为全篇的奇情壮采奠定了基调。

“仿佛”以下三句，写词人在梦中见到天帝。“梦魂”二字，是全词的关键。词人经过海上航行，一缕梦魂仿佛升入天国，遇见慈祥的上帝。在现实生活中，词人看到的是置人民于水火，畏强敌如虎狼，只顾一路逃窜的宋高宗；在幻想的境界中，她却塑造了一个态度温和、关心民瘼的天帝。“殷勤问我归何处”，虽然只是一句异常简洁的问话，却饱含着深厚的感情，寄寓着美好的理想。

在一般双叠词作中，通常是上片写景，下片抒情，并自成起结。过片处，或宕开一笔，或径承上片意脉，笔断而意不断，然而又有相对的独立性。此词则不同：上下两片之间，一气呵成，联系紧密。上片末二句是写天帝的问话，过片二句是写词人的对答。问答之间，语气衔接，毫不停顿。可称之为“跨片格”。“我报路长嗟日暮”句中的“报”字与上片的“问”字，便是跨越两片的桥梁。“路长日暮”，反映了词人晚年孤独无依的痛苦经历，然亦有所本。《史记·伍子胥列传》有“吾日暮途远”之语。屈原《离骚》云：“朝发轫于苍梧兮，夕余至乎县圃。欲少留此灵琐兮，日忽忽其将暮。吾令羲和弭节兮，望崦嵫而勿迫。路曼曼其修远兮，吾将上下而求索。”屈原用神话语言，表达他不惮长途远征，寻觅天帝所在的渴望；日将至暮，则勒其缓行，不使马上天黑，以便他上下求索。词人结合自己身世，把它隐括入律，只用“路长”“日暮”四字，便概括了“上下求索”的意念与过程，语言简净自然，浑化无迹。其意与“学诗谩有惊人句”相连，是词人在天帝面前倾诉自己空有才华而遭逢不幸，奋力挣扎的苦闷。李清照是一位杰出的文学家，王灼《碧鸡漫志》说她“自少年便有诗名，才力华赡，逼近前辈”；《宋史·李格非传》也说她“诗文尤有称于时”。然而在封建社会里，女子的聪明才智都被扼杀，一般不可能在政治上有所作为。她一生只能用写诗词来表现她的才能，但她又感到“谩有惊人句”，着一“谩”字，流露出对现实的强烈不满。词人在现实中知音难遇，欲诉无门，唯有通过这种幻想的形式，才能尽情地抒发胸中的愤懑。

“九万里风鹏正举”，从方才的对话中略一宕开，然仍不离主线。因为词中的贯串动作是渡海乘船，四周景象是海天相接，由此而联想到《庄子·逍遥游》的“鹏之徙于南冥也，水击三千里，抟扶摇而上者九万里”。说“鹏正举”，是进一步对大风的烘托，由实到虚，形象愈益壮伟，境界愈益恢宏。在大鹏正在高举的时刻，词人忽又大喝一声：“风休住，蓬舟吹取三山去！”可谓尽情抒写，一往无前。“蓬舟”，谓轻如蓬草的小舟，极言所乘之舟的轻快。“三山”，指渤海中蓬莱、方丈、瀛洲三座仙山，相传为仙人所居，可望而见，但乘船前去，临近时即被风引开，终于无人能到。（见《史记·封禅书》）词人一翻旧案，敢借鹏抟九天的风力，吹到三山，胆气之豪，境界之高，宋词中亦罕见。上片写天帝询问词人归于何处，此处交代海中仙山为词人的归宿。针门一线，前呼后应，在疏快放诞中仍保持结构的缜密，确实可贵。

总起来说，这首词把真实的生活感受融入梦境，把屈原《离骚》、庄子《逍遥游》以至神话传说谱入宫商，使梦幻与生活、历史与现实融为一体，构成气度恢宏、格调雄奇的意境。近人梁启超评曰：“此绝似苏辛派，不类《漱玉集》中语。”（见《艺蘅馆词选》乙卷）真是一语破的，指出了此词豪放的特色。

（徐培均）

如梦令

李清照

常记溪亭日暮，沉醉不知归路。兴尽晚回舟，误入藕花深处。争渡，争渡，惊起一滩鸥鹭。

赏析

现存李清照《如梦令》词有两阕，一是广为传诵的“昨夜雨疏风骤”，一即此篇。两相对照，颇多相似之处：都是记游赏之作，都写了酒醉、花美，都是那样的清新别致。后者虽然没有出现“绿肥红瘦”那样清奇的名句，但它同样以李清照特有的方式表达了她早期生活的情趣和心境，把读者带进了一个同样美好的文学天地。

“常记”两句起得仿佛平了些，然而却又自然、和谐，似乎面对着一位知己娓娓地叙述，让人觉得作者完全忘记了是在填词，而不过是日常的述事，可正是在似乎无意填词中，作者早已把读者引到了她所创造的词境。“常记”明确表示追述，地点在“溪亭”，时间是“日暮”，作者饮宴以后，已经醉得连回去的路径都辨识不出了。是同情人的缱绻？还是与亲朋的同游？作者没有交代，读者倒也无意深究，可“沉醉”二字却透露了作者心底的欢愉，“不知归路”也曲折传出作者流连忘返的情致，看起来，这是一次给作者留下了深刻印象的十分愉快的游赏。果然，接写的“兴尽”两句，就把这种意兴递进了一层，兴尽方才回舟，那么，兴未尽呢？恰恰表明兴致之高，不想回舟。而“误入”一句，从行文上看，流畅自然，毫无斧凿痕迹；从结构上看，正同前面的“不知归路”相呼应，而且更加显示了主人公的忘情心态；从艺术造景看，盛放的荷花丛中正有一叶扁舟摇荡的美景，早已呈现到了读者的面前。一连两个“争渡”，自然不含竞赛的意思,它固然是词格的需要,可也同时表达了主人公急于从迷途中找到正确路径的焦灼心情。正是由于"争渡"的快捷,所以又"惊起一滩鸥鹭",把停栖在洲渚上的水鸟都吓飞了。

此后呢?作者没有说,也似乎不想说。她只是择要叙述了这次游赏活动的几个片断,侧重在写景,融情于景,让读者去分享她对自然美的感受!

诚然,这阕小词的容量不大,它不过写了几幅移动着的风景和作者的一种心情,向它索取更多的内容不但是不现实的也是过分苛刻的。尺幅不一定非有千里之势不可,只要它能给予读者以健康的美的享受,那就够了。

(魏同贤)

如梦令

李清照

昨夜雨疏风骤。浓睡不消残酒。试问卷帘人——却道“海棠依旧”。知否，知否？应是绿肥红瘦！

赏 析

一篇小令，才共六句，好似一幅图画，并且还有对话，并且还交代了事情的来龙去脉——这可能是现代的电影艺术才能胜任的一种“镜头”表现法，然而它却实实在在是九百年前的一位女词人自“编”自“演”的作品，不谓之奇迹，又将谓之何哉？

她上来先交代原委，或者叫“背景”，说是昨宵雨狂风猛。疏，正写疏放疏狂，而非通常的稀疏义。当此芳春，名花正好，偏那风雨就来逼迫了，心绪如潮，不得入睡，只有借酒消忧一法，赖以排遣。酒吃得多了，觉也睡得浓了。——一觉醒来，天已大亮。但昨夜之心情，未为梦隔，拥衾未起，便要询问意中悬悬之事。这时，她已听得外间的侍女收拾房屋，启户卷帘，一日之计已在开始。便急忙问她：海棠花怎么样了？侍女看了一看，笑回道：“还好还好，一夜又是风又是雨，可海棠一点儿没动！”女主人听了，叹道：“傻瓜孩子，你可知道什么！你再细看——难道看不出那红的见少，绿的见多了吗！？”

以上我先作了“今译”。今译的目的只为看清词人用了多少字，写了多少句，说了多少事，而我为说清同样的内容，又是用了多少字，写了多少句！

《蓼园词选》对易安此篇下过几句评语，他说：“短幅中藏无数曲折，自是圣于词者。”这话极是。所谓曲折，我则叫它做层次。一首六句的小令，竟有如许多的层次，句句折，笔笔换，如游名园，一步一境，叹为奇绝！说是如图如画，而神情口吻，又画所难到——不得已，我仍然只好将它来与电影比喻。

她写自夜及晓，没有一个字呆写“经历”，只用浓睡残酒以为搭桥渡水之妙着。然后一个“卷帘”，即便点破日曙天明，何等巧妙？然而，问她卷帘之人，所问何事？一字不言，却于答话中“透露”出海棠的“问题”。我不禁联想到，晚唐杜牧之，写到“借问酒家何处有？牧童遥指杏花村”，他一不说问道于何人，二不言答者有何语，却只于下句才“透露”出被问者是牧童小友，而答话的内容是以“遥指”的姿式来表达的！两者异曲而同工，何其巧妙神似乃尔？

末后，还须体会：词人如此惜花，为花悲喜，为花醒醉，为花憎风恨雨，所以者何？风雨葬花，如葬美人，如葬芳春，凡一切美的事物年华，都在此一痛惜情怀之内。倘不如此，又何以识得古代闺秀文学家李易安？又何以识得中华民族的诗词文学乎？

（周汝昌）

一剪梅

李清照

红藕香残玉簟秋。轻解罗裳，独上兰舟。云中谁寄锦书来？雁字回时，月满西楼。　　花自飘零水自流。一种相思，两处闲愁。此情无计可消除，才下眉头，却上心头。

赏析

这首词，据题名为元人伊世珍作的《瑯嬛记》引《外传》云："易安结缡未久，明诚即负笈远游。易安殊不忍别，觅锦帕书《一剪梅》词以送之。"但如王学初在《李清照集校注》中所指出："清照适赵明诚时，两家俱在东京，明诚正为太学生，无负笈远游事。此则所云，显非事实。"何况《瑯嬛记》本是伪书，所引《外传》更不知为何书，是不足为据的。玩味词意，这首词绝不是作者与赵明诚分别时所写，而是作于远离后。

词的起句"红藕香残玉簟秋"，领起全篇。一些词评家，或称此句"有吞梅嚼雪、不食人间烟火气象"（梁绍壬《两般秋雨庵随笔》），或赞赏其"精秀特绝"（陈廷焯《白雨斋词话》）。它的上半句"红藕香残"写户外之景，下半句"玉簟秋"写室内之物，对清秋季节起了点染作用，说明这是"已凉天气未寒时"（韩偓《已凉》诗）。全句设色清丽，意象蕴藉，不仅刻画出四周景色，而且烘托出词人情怀。花开花落，既是自然界现象，也是悲欢离合的人事象征；枕席生凉，既是肌肤间触觉，也是凄凉独处的内心感受。这一兼写户内外景物而景物中又暗寓情意的起句，一开头就显示了这首词的环境气氛和它的感情色彩。

上阕共六句，接下来的五句顺序写词人从昼到夜一天内所作之事、所触之景、所生之情。前两句"轻解罗裳，独上兰舟"，写的是白昼在水面泛舟之事，以

“独上”二字暗示处境，暗逗离情。下面“云中谁寄锦书来”一句，则明写别后的悬念。接以“雁字回时，月满西楼”两句，构成一种目断神迷的意境。按顺序，应是月满时，上西楼，望云中，见回雁，而思及谁寄锦书来。“谁”字自然是暗指赵明诚。但是明月自满，人却未圆；雁字空回，锦书无有，所以有“谁寄”之叹。说“谁寄”，又可知是无人寄也。回文织锦、雁足传书，诗词中滥熟故典。易安在这里无意于用典，不过拈取现成词藻写入句中，习用故不觉耳。可以想见，词人因惦念游子行踪，盼望锦书到达，遂从遥望云空引出雁足传书的遐想。而这一望断天涯、神驰象外的情思和遐想，不分白日或月夜，也无论在舟上或楼中，都是萦绕于词人心头的。

词的换头“花自飘零水自流”一句，承上启下，词意不断。它既是即景，又兼比兴。其所展示的花落水流之景，是遥遥与上阕“红藕香残”“独上兰舟”两句相拍合的；而其所象喻的人生、年华、爱情、离别，则给人以“无可奈何花落去”（晏殊《浣溪沙》）之感，以及“水流无限似侬愁”（刘禹锡《竹枝词》）之恨。词的下阕就从这一句自然过渡到后面的五句，转为纯抒情怀、直吐胸臆的独白。

“一种相思，两处闲愁”二句，在写自己的相思之苦、闲愁之深的同时，由己身推想到对方，深知这种相思与闲愁不是单方面的，而是双方面的，以见两心之相印。这两句也是上阕“云中”句的补充和引申，说明尽管天长水远，锦书未来，而两地相思之情初无二致，足证双方情爱之笃与彼此信任之深。前人作品中也时有写两地相思的句子，如罗邺的《雁二首》之二“江南江北多离别，忍报年年两地愁”，韩偓的《青春》诗“樱桃花谢梨花发，肠断青春两处愁”。这两句词可能即自这些诗句化出，而一经熔铸、裁剪为两个句式整齐、词意鲜明的四字句，就取得脱胎换骨、点铁成金的效果。这两句既是分列的，又是合一的。合起来看，从“一种相思”到“两处闲愁”，是两情的分合与深化。其分合，表明此情是一而二、二而一的；其深化，则诉说此情已由“思”而化为“愁”。下句“此情无计可消除”，紧接这两句。正因人已分在两处，心已笼罩深愁，此情就当然难以排遣，而是“才下眉头，却上心头”了。

这首词的结拍三句，是历来为人所称道的名句。王士禛在《花草蒙拾》中指出，这三句从范仲淹《御街行》“都来此事，眉间心上，无计相回避”脱胎而来，而明人俞彦《长相思》“轮到相思没处辞，眉间露一丝”两句，又是善于盗用李清照的词句。这说明，诗词创作虽忌模拟，但可以点化前人语句，使之呈现新貌，融入自己的作品之中。成功的点化总是青出于蓝而胜于蓝，不仅变化原句，而且高过原句。李清照的这一点化，就是一个成功的例子。王士禛也认为范句虽为李句所自出，而李句“特工”。两相对比，范句比较平实板直，不能收醒人眼目的艺术效果；李句则别出巧思，以“才下眉头，却上心头”这样两句来代替“眉间心上，无计相回避”的平铺直叙，给人以眼目一新之感。这里，“眉头”与“心头”相对应，“才下”与“却上”成起伏，语句结构既十分工整，表现手法也十分巧妙，因而就在艺术上有更大的吸引力。当然，句离不开篇，这两个四字句只是整首词的一个有机组成部分，并非一枝独秀。它有赖于全篇的烘托，特别因与前面另两个同样工巧的四字句“一种相思，两处闲愁”前后衬映，而相得益彰。同时，篇也离不开句，全篇正因这些醒人眼目的句子而振起。李廷机的《草堂诗余评林》称此词“语意飘逸，令人省目”，读者之所以特别易于为它的艺术魅力所吸引，其原因在此。

（陈邦炎）

醉花阴

李清照

薄雾浓云愁永昼，瑞脑消金兽。佳节又重阳，玉枕纱厨，半夜凉初透。　　东篱把酒黄昏后，有暗香盈袖。莫道不消魂，帘卷西风，人比黄花瘦。

赏析

旧题元代伊世珍撰的《瑯嬛记》记载："易安以重阳《醉花阴》词函致赵明诚。明诚叹赏，自愧弗逮，务欲胜之。一切谢客，忘食忘寝者三日夜，得五十阕，杂易安作以示友人陆德夫。德夫玩之再三，曰：'只三句绝佳。'明诚诘之，答曰：'莫道不消魂，帘卷西风，人比黄花瘦。'正易安作也。"这个故事未必可靠，但说明《醉花阴》颇有艺术特色，特别"莫道"三句妙绝，非他人所能及。

这首词表面上写词人深秋时节的孤独寂寞之感，实际上，它所表现的，是词人在重阳佳节思念丈夫的心情。先从天气写起。"薄雾浓云愁永昼"，这一天从早到晚，天空都是布满着"薄雾浓云"，这种阴沉沉的天气最使人感到愁闷难捱。外面天气不佳，只好待在屋里。"瑞脑消金兽"一句，便是转写室内情景：她独自个儿看着香炉里瑞脑香的袅袅青烟出神，真是百无聊赖啊！又是重阳佳节了，天气骤凉，睡到半夜，凉意透入帐中枕上，对比夫妇团聚时闺房的温馨，真是不可同日而语。上片寥寥数句，把一个闺中少妇心事重重的愁态描摹出来。她走出室外，天气不好；待在室内又闷得慌；白天不好过，黑夜更难捱；坐不住，睡不宁，真是最难将息。究竟有什么心事呢？词人没有明白说出，读者能猜着几分。"佳节又重阳"这句不可轻轻放过。古人对重阳节（九月九日）是十分重视的。这天亲友团聚，相携登高，佩茱萸，饮菊酒。王维《九月九日忆山东兄弟》诗曰:“独在异乡为异客,每逢佳节倍思亲。遥知兄弟登高处,遍插茱萸少一人。”李清照写出“瑞脑消金兽”的孤独感后,马上接以一句“佳节又重阳”,显然有弦外之音,暗示当此佳节良辰,丈夫不在身边。“遍插茱萸少一人”,怎叫她不“每逢佳节倍思亲”呢!“佳节又重阳”一个“又”字,是有很浓的感情色彩的,突出地表达了她的伤感情绪。紧接着两句:“玉枕纱厨,半夜凉初透。”丈夫不在家,玉枕孤眠,纱厨(即纱帐)独寝,又会有什么感触!“半夜凉初透”,看来不只是时令转凉,更是别有一番凄凉滋味在心头呢!

词的下片回过头来写重九这天赏菊饮酒的一幕。把酒赏菊本是重阳佳节的一个主要节目,大概为了应景吧,李清照在屋里闷坐了一天,直到傍晚,才强打精神“东篱把酒”来了。可是,她哪有陶渊明“采菊东篱下”的雅兴呢,“三杯两盏淡酒”,并未能宽解一下自己的愁怀,反而在她的心中掀起了更大的感情波澜。重阳是菊花节,菊花开得极盛极美,她一边饮酒,一边赏菊,染得满身花香。然而,她又不禁触景伤情,菊花再美,再香,也无法送给那劳燕分飞的远人。所以她实在写不出那“东篱把酒”的节日气氛,只写了一句“有暗香盈袖”,与其说这是写赏菊,毋宁说仍是写愁情。这句词化用了《古诗十九首》“馨香盈怀袖,路远莫致之”句意,暗写她无法排遣的对丈夫的思念。俗话说,借酒浇愁愁更愁,此时她心中愁情万斛,“黯然销魂者,唯别而已矣!”(江淹《别赋》)她实在情不自禁,哪还有饮酒赏菊的意绪,于是匆匆离开东篱,回到闺房。晚来风急,瑟瑟西风把帘子掀起了,人感到一阵寒意。联想到刚才把酒相对的菊花,菊瓣纤长,菊枝瘦细,而斗风傲霜,人则悲秋伤别,消愁无计,此时顿生人不如菊之感。“人比黄花瘦”之句,取譬多端,含蕴丰富,以此结穴,情思无尽。

此词艺术上一个特点是“物皆著我之色彩”,从天气到瑞脑金兽、玉枕纱厨、帘外菊花,词人用她愁苦的心情来看这一切,无不涂上一层愁苦的感情色彩。在结构上,自起句至“有暗香盈袖”,都是铺叙笔法,而把节日离索的刻挚深情留在结拍,使它如高峰突起。“莫道不消魂,帘卷西风,人比黄花瘦”,成为全篇最精彩之笔。

以花木之“瘦”,比人之瘦,诗词中不乏类似的句子,如:“依旧,依旧,人与绿杨俱瘦”(秦观《如梦令》),“人瘦也,比梅花,瘦几分”(程垓《摊破江城子》),

然而它们都远不及“人比黄花瘦”精彩，何也？《瑯嬛记》提到赵明诚那位友人陆德夫，在谈到这首《醉花阴》词时说：“三句绝佳。”他不是单拈出一句“人比黄花瘦”来，这是很有道理的。这是因为正是“莫道不消魂，帘卷西风，人比黄花瘦”这三句，才共同创造出一个凄清寂寥的深秋怀人的境界。“莫道不消魂”，是直接对“东篱把酒”说的，使“人似黄花”的比喻，与全词的整体形象结合得十分紧密，而且极有情思。“帘卷西风”一句，更直接为“人比黄花瘦”句作环境气氛的渲染，使人想象到一幅西风瘦菊、佳节冷落、佳人对花兴叹、怜花自怜的图画。如果没有时令与环境气氛的烘托，孤零零地说一句“人比黄花瘦”，就与说“人与绿杨俱瘦”“人比梅花瘦几分”一样，是简单的类比，没有多少深厚的意境了。

（高　原）

鹧鸪天

李清照

暗淡轻黄体性柔，情疏迹远只香留。何须浅碧深红色，自是花中第一流。　　梅定妒，菊应羞。画栏开处冠中秋。骚人可煞无情思，何事当年不见收。

赏　析

咏物诗词一般以咏物抒情为主，绝少议论。李清照的这首咏桂词一反传统，以议论入词，又托物抒怀。咏物既不乏形象，议论也能充满诗意，堪称别开生面。

“暗淡轻黄体性柔，情疏迹远只香留。”短短十四字却形神兼备，写出了桂花的独特风韵。上句重在赋“色”，兼及体性；下句重在咏怀，突出“香”字。据有关记载，桂树花白者名银桂，黄者名金桂，红者为丹桂。它常生于高山之上，冬夏常青，以同类为林，间无杂树。又秋天开花者为多，其花香味浓郁。色黄而冠之以“轻”，再加上“暗淡”二字，说明她不以明亮炫目的光泽和秾艳娇媚的颜色取悦于人。虽色淡光暗，却秉性温雅柔和，像一位恬静的淑女，自有其独特的动人风韵，令人爱慕不已。她又情怀疏淡，远迹深山，唯将浓郁的芳香常飘人间，犹如一位隐居的君子，以其高尚的德行情操，赢得了世人的敬佩。

首二句咏物，以下转入议论。“何须浅碧深红色，自是花中第一流。”花自以红为美，而碧牡丹、绿萼梅尤名贵，这是一般人的审美观点。在李清照看来，品格的美、内在的美尤为重要。“何须”二字，把仅以“色”美取胜的群花一笔荡开，而推出色淡香浓、迹远品高的桂花，大书特书，许为“自是花中第一流”，这是第一层议论。

“梅定妒，菊应羞，画栏开处冠中秋。”为第二层议论。李清照一生酷爱梅花，咏梅词达五首之多。“香脸半开娇旖旎，当庭际，玉人浴出新妆洗”(《渔家傲》)，这是写其柔媚洁丽之娇态；“红酥肯放琼苞碎”(《玉楼春》)，这是写其苞蕾红润晶莹，如琼玉缀枝。但她在“暗淡轻黄体性柔”的桂花面前，却不能不油然而生忌妒之意。菊花在清照的笔下，“清芬酝藉”，“雪清玉瘦”(《多丽》)，然而，面对“情疏迹远只香留”的桂花，也只有掩面含羞，自叹弗如了。接着又从节令上着眼，称桂花为中秋时节的花中之冠。“画栏开处”，暗用李贺《金铜仙人辞汉歌》中的诗句“画栏桂树悬秋香”。

“骚人可煞无情思，何事当年不见收”，为第三层议论。这里，词人推开一步，不再就花论花，而是从评说古人下笔。屈原当年作《离骚》，遍收名花珍卉，以喻君子修身美德，唯独桂花不在其列。清照很为桂花抱屈，因而毫不客气地批评了这位先贤，说他情思不足，竟把香冠中秋的桂花给遗漏了，岂非一大遗恨。与清照同时的陈与义，在《清平乐·木犀》词中也说：“楚人未识孤妍，《离骚》遗恨千年。”可谓不谋而合。

李清照的这首咏物词咏物而不滞于物。其间或以群花作比，或以梅菊陪衬，或评骘古人，从多层次的议论中，形象地展现了她那超尘脱俗的美学观点和对桂花由衷的赞美和崇敬。

那么，李清照何以对貌不出众、色不诱人的桂花如此推崇备至呢？言为心声，其中自有特定的情怀寓焉。由于北宋末年党争的牵累，李清照的公公赵挺之死后，她曾随丈夫赵明诚屏居乡里约十年之久。摆脱了官场上的钩心斗角，离开了都市的喧嚣纷扰，归来堂上悉心研玩金石书画，易安室中畅怀对饮、唱和嬉戏，给他们的隐退生活带来了蓬勃的生机和无穷的乐趣。他们攻读而忘名，自乐而远利，双双沉醉于美好、和谐的艺术天地中。此情此境，和桂花那种“暗淡轻黄”“情疏迹远”但求馥香自芳的韵致是何等的相似啊！

（朱德才）

永遇乐

李清照

落日熔金，暮云合璧，人在何处？染柳烟浓，吹梅笛怨，春意知几许！元宵佳节，融和天气，次第岂无风雨？来相召，香车宝马，谢他酒朋诗侣。　　中州盛日，闺门多暇，记得偏重三五。铺翠冠儿，撚金雪柳，簇带争济楚。如今憔悴，风鬟霜鬓，怕见夜间出去。不如向、帘儿底下，听人笑语。

赏析

在诗词中，以元宵灯节为题材的优秀作品不少，大多是铺陈渲染元夕的热闹景象，即使像有所托寓的辛弃疾词《青玉案·元夕》也不例外。李清照这首元夕词，却一反常调，以今昔元宵的不同情景作对比，抒发了深沉的盛衰之感和身世之悲。宋张端义《贵耳集》说："易安……南渡以来，常怀京洛旧事。晚年赋元宵《永遇乐》词。"可见本篇当是词人晚年流寓南宋都城临安期间所作。

上片写今年元宵节的情景。起手两句着力描绘元夕绚丽的暮景：落日的光辉，像熔解的金子，一片赤红璀璨；傍晚的云彩，围合着璧玉一样的圆月。两句对仗工整，辞采鲜丽，形象飞动。晴明的暮景预示今年元宵将有一番热闹景象。但紧接着一句"人在何处"，却是一声充满迷惘与痛苦的长叹。这里包含着词人由今而昔又由昔而今的意念活动。置身表面上依然热闹繁华的临安，恍惚又回到"中州盛日"，但旋即又意识到这只不过是一时的幻觉，因而不由自主地发出"人在何处"的叹息。这是一个饱经丧乱的人在似曾相识的情景面前产生的迷惘和痛苦的心声。它接得突兀，正由于是一时的感情活动，而不是理智的思索和沉静的回忆。这中间有许多省略，读来感到含蕴丰富，耐人咀嚼。

“染柳烟浓，吹梅笛怨，春意知几许！”接下来三句，又转笔写初春之景：在浓浓的烟霭的熏染下，柳色似乎深了一些；笛子吹奏出哀怨的《梅花落》曲调，原来先春而开的梅花已经凋谢了。这眼前的春意究竟有多少呢？“几许”是不定之词，具体运用时，意常侧重于少。“春意知几许”，实际上是说春意尚浅。这既符合元宵节正当初春的季节特点，也切合词人此时的心情。词人不直说梅花已谢而说“吹梅笛怨”，显然是暗用李白“一为迁客去长沙，西望长安不见家。黄鹤楼中吹玉笛，江城五月落梅花”诗意，借以抒写自己怀念旧都的哀思。正因为这样，虽有“染柳烟浓”的春色，也只觉“春意知几许”了。

“元宵佳节，融和天气，次第岂无风雨？”“元宵”二句承上描写作一收束。佳节良辰，应该畅快地游乐了，却又突作转折，说转眼间难道就没有风雨吗？（次第，当时口语，很快的意思。）这仿佛有些无端忧虑。但正是这种突然而起的“忧愁风雨”的心理状态，深刻地反映了词人多年来颠沛流离的境遇和深重的国难家愁所形成的特殊心境，因此，当前的良辰美景自然引不起她的兴趣，下文的辞谢酒朋诗侣也显得顺理成章了。

“来相召，香车宝马，谢他酒朋诗侣。”词人的晚景虽然凄凉，但由于她的才名家世，临安城中还是有一些贵家妇女乘着香车宝马邀她去参加元宵的诗酒盛会。只因心绪落寞，她都婉言推辞了。这几句出语平淡，仿佛漫不经意，正透露出饱经忧患后近乎漠然的心理状态。

换头由上片的写今转为忆昔：“中州盛日，闺门多暇，记得偏重三五。”中州，本指今河南之地，这里专指汴京；三五，指正月十五元宵节。遥想当年汴京繁盛的时代，自己有的是闲暇游乐的时间，而在四时八节的良辰盛会中，人们最重视元宵佳节。“铺翠冠儿，撚金雪柳，簇带争济楚。”这天晚上，同闺中女伴们戴上嵌插着翠鸟羽毛的时兴帽子，和金线撚丝所制的雪柳（妇女的一种头饰），插戴得齐齐整整，前去游乐。这几句集中写当年的着意穿戴打扮，既切合青春少女的特点，充分体现那时候无忧无虑的游赏兴致，同时汴京繁华热闹的景象透过这个侧面也可约略想见。以上六句忆昔，语调轻松欢快，多用当时俗语，宛然少女声口。但是，昔日的繁华欢乐早已成为不可追寻的幻梦，故由忆昔又转为伤今：“如今憔悴，风鬟霜鬓，怕见夜间出去。”历尽国破家倾、夫亡亲逝之痛，词人不但由簇带济楚的少女变为形容憔悴、蓬头霜鬓的老妇，而且心灵也衰老了，对外面的热闹繁华提不起兴致，懒得夜间出去。“盛日”与“如今”两种迥然不同的心境，从侧面反映了金兵南下前后两个截然不同的时代和词人相隔霄壤的生活境遇，以及它们在词人心灵上投下的巨大阴影。

词写到这里，似乎无话可说了。因为既无心游赏，也就不必再涉及元宵这个话题。但作者于下边却再生波澜，作为全篇的收束：“不如向、帘儿底下，听人笑语。”这一结愈见悲凉。词人一方面担心面对元宵胜景会触动今昔盛衰之慨，加深内心的痛苦；另一方面却又怀恋着往昔的元宵盛况，想在观赏今夕的繁华中重温旧梦，给沉重的心灵一点慰藉。这种矛盾心理，看来似乎透露出她对生活还有所追恋和向往，但骨子里却蕴含着无限的孤寂悲凉。历史的巨变、人事的沧桑，已经使她再也不敢面对现实的繁华热闹，只能在隔帘笑语声中聊温旧梦。帘外的那个世界，似乎很近，却又离得很远，因为它已经不再属于自己了。

南宋末年著名爱国词人刘辰翁《永遇乐》词序云：“余自乙亥上元诵李易安《永遇乐》，为之涕下。今三年矣，每闻此词，辄不自堪。”可见李清照这首词感染力之强。刘辰翁是在南宋面临危亡的风雨飘摇年代写这首词序的，因此，对李词中浓厚的今昔盛衰之感、个人身世之悲深有感会。

这首词在艺术上除了运用今昔对照与丽景哀情相映的手法外，还有意识地将浅显平易而富表现力的口语与锤炼工致的书面语交错融合，造成一种雅俗相济、俗中见雅、雅不避俗的特殊语言风格。

（刘学锴）

武陵春

李清照

风住尘香花已尽，日晚倦梳头。物是人非事事休，欲语泪先流。
闻说双溪春尚好，也拟泛轻舟。只恐双溪舴艋舟，载不动许多愁。

赏析

读着这首小词，我们仿佛坐在剧场里，观赏着一出古老的昆剧。抬眼望去，远处是一幅暮春的景色：红日高悬，东风骀荡，园林内的花枝上已谢残红，一片片绿叶正缀满树梢。再看近处，则是一所古色古香的兼作书斋的闺房，案头上堆着书史，妆台上放着镜奁，旁边也可看到一只宝鸭香炉，它正袅袅不绝地吐着沉香的氤氲。少顷，一位衣着淡雅、才到中年的孀妇走出来望了望窗外，然后踱进妆台，想对镜梳妆，但又慵怠无力。于是她舒展歌喉（或展开花笺），歌唱（或抒写）了一首回肠荡气的歌曲。

此《武陵春》词之所以像戏曲，主要在于它是代言体，类似戏曲中一段唱词。戏曲尚未诞生以前，词史上一些描写闺情闺怨的曲子词，往往是由歌妓在歌台舞榭、酒边花前演唱的，演唱时她们可以充当其中的角色。我们从唐五代词中，即可探知个中消息。像《敦煌曲子词》中的《菩萨蛮》（枕前发尽千般愿）、温庭筠的《菩萨蛮》（小山重叠金明灭）即是如此。李清照的这首《武陵春》继承了传统的手法，表现出明显的代言体的特色。我们大都有看戏的经验，不妨拿戏曲中旦角的抒情独唱相比较。像汤显祖《紫钗记》第二十出中霍小玉唱的《傍妆台》："傍妆楼，日高花谢懒梳头。咱不曾经春透，早则是被春愁。晕的个脸儿烘，哈的个眉儿皱。"《牡丹亭》中杜丽娘唱的《步步娇》："袅晴丝吹来闲庭院，摇漾春如线。停半晌，整花钿，没揣菱花，偷人半面，迤逗的彩云偏。"虽然所写的人物性格、感情有所不同，但其表现手段却颇为相似：始写春景，次写梳妆，再写心情。在《武陵春》词中，李清照正是采用这种类似后来戏曲中的代言体，以第一人称的口吻，用深沉忧郁的旋律，抒发了内心深处的苦闷和忧愁，从而塑造了处于“流荡无依”、孤苦凄凉环境中的自我形象。

所不同的是：戏曲比较铺张，这首词却非常简练；戏曲比较显豁，这首词却非常含蓄。我国古代词人很讲究炼字炼句，不但要做到“句中无余字，篇中无长语”，而且要做到“句中有余味，篇中有余意”（姜夔《白石道人诗说》）。李清照在这方面是颇见工力的。“风住尘香花已尽”一句即达到如此境界。“风住”二字，既通俗又凝炼，极富于暗示性，它告诉我们在此以前曾是风吹雨打、落红成阵的日子。在此期间，词人肯定被这无情的风雨锁在家中，其心情之苦闷是可想而知的。“尘香”即后来陆游《卜算子》词中“零落成泥碾作尘”的意思，它不仅说明天已晴朗多时，落花已化为尘土，而且寓有对美好事物遭受摧残的惋惜之情和对自身“流荡无依”的深沉感慨。语言优美，意境深远，含有无穷之味，不尽之意，令人一唱三叹。

这首词在艺术形象的刻画上，是由表及里，从外到内，步步深入，层层开掘，这种手法我们从一些表演艺术家所塑造的古代妇女形象上也可看出某种相似之处。如果勉强分开来说，这首词的上半阕则是侧重于外形，下半阕多偏重于内心。“日晚倦梳头”“欲语泪先流”是描摹人物的外部动作和神态。从头发梳妆方面摹写意绪的诗句，易安词中不止一处，如：“夜来沉醉卸妆迟，梅萼插残枝”（《诉衷情》），“睡起觉微寒，梅花鬓上残”（《菩萨蛮》），“起来慵自梳头”（《凤凰台上忆吹箫》），“髻子伤春懒更梳”（《浣溪沙》）……或是抒发伤春怀抱，或是表现离情别绪，或是刻画娇慵神态：没有一处是相同的。这里所写的“日晚倦梳头”，则是另外一种心境。这时她因金人南下，几经丧乱，和她志同道合的丈夫赵明诚早已逝世，自己只身流落金华，眼前所见的是一年一度的春景，以及赵明诚的遗著《金石录》和别的一些文物。睹物思人，物是人非，不禁悲从中来，感到万事皆休，无穷索寞。因此她日高（“日晚”即“日高”之意）方起，懒于梳理。“欲语泪先流”，写得鲜明而又深刻。眼泪是传达感情的最好工具之一。人们在激动的时刻，常常借眼泪来宣泄内心的痛苦。古往今来有很多词人创造了描写眼泪的名句，像“泪眼高楼频独倚”（冯延巳《蝶恋花》），“泪眼问花花不语”（欧阳修《蝶恋花》），“停梭垂泪忆征人”（温庭筠《杨柳枝》），“故国梦重归，觉来双泪垂”（李煜《菩萨蛮》），“相顾无言，唯有泪千行”（苏轼《江城子》），“泪洗残妆无一半”（朱淑真《减字木兰花》），“执手相看泪眼，竟无语凝咽”（柳永《雨霖铃》），有的是写泪水含在眼里，有的是写泪水挂满两腮：表现了各种各样的感情。这里李清照写泪，先以“欲语”作为铺垫，然后让泪夺眶而出，简单五个字，下语看似平易，用意却无比精深，把那种难以控制的满腹忧愁一下子倾泻出来，具有一股感人心弦的艺术魅力。

词的下半阕在挖掘内心感情方面更加细腻、更加深邃。李清照是填词的圣手，她的作品起伏跌宕，曲折多变。哪怕是只有三四十字的难于变化的小令，也能于“短幅中藏无数曲折”（黄了翁《蓼园词选》）。这首《武陵春》也表现了这样的特色。张炎在《词源》中说：“词与诗不同，合用虚字呼唤。”李清照深得个中秘诀，她在《武陵春》的下半阕中一连用了“闻说”“也拟”“只恐”三组虚字，作为起伏转折的契机，一波三折，感人至深。第一句“闻说双溪春正好”是陡然一扬，词人刚刚还在流泪，可是一听说金华郊外的双溪正是春光明媚、游人如织的时刻，她这个平日喜爱游览的人遂起出游之兴，“也拟泛轻舟”了。“春尚好”“泛轻舟”，措词轻松，节奏明快，恰到好处地表现了词人一刹那间的喜悦心情。而在“泛轻舟”之前着“也拟”二字，更显得婉曲低回，说明词人出游之兴并不十分强烈。“轻舟”一词为下文的愁重作了很好的铺垫和烘托，至“只恐”以下二句，则是在铺足之后来一个猛烈的跌宕，使感情显得无比深沉，收到了有余不尽的艺术效果。在这里，上半阕所说的“日晚倦梳头”“欲语泪先流”的原因，也得到了深刻的揭示。刘熙载论词说：“一转一深，一深一妙，此骚人之三昧。倚声家得之，便自超出常境。”（《艺概·词曲概》）用这句话来评价李清照的《武陵春》，无疑是很恰当的。像这样婉曲幽深的手法，后来戏曲中常常采用，一些人物的静场唱里，往往有“欲要”怎样，“唯恐”怎样，反复咏唱，一转一深，从而将细微的心理活动，惟妙惟肖地勾画出来。

值得注意的是这首词在比喻方面的巧妙运用。诗歌中用比喻，是常见的现象；然而要用得新颖，却非常不易。就以形容“愁”和“恨”来说，词史上有不少名句，像："问君能有几多愁？恰似一江春水向东流。"（李煜《虞美人》）"试问闲愁都几许？一川烟草，满城风絮，梅子黄时雨。"（贺铸《横塘路》）"便做春江都是泪，流不尽许多愁。"（秦观《江城子》）这些优美的诗句将精神化为物质，将抽象的感情化为具体的形象，都饶有新意，各具特色。在这首词里，李清照说："只恐双溪舴艋舟，载不动许多愁。"同样是用夸张的比喻形容"愁"，但她自铸新辞，而且用得非常自然妥帖，不着痕迹。我们说它自然妥帖，是因为它承上句"轻舟"而来，而"轻舟"又是承"双溪"而来，寓情于景，浑然天成，构成了完整的意境。沈祖棻《宋词赏析》说，李煜将愁变成水，秦观将愁变成随水而流的东西，李清照又进一步把愁搬上了船，到了董解元《西厢记诸宫调》："休问离愁轻重，向个马儿上驼也驼不动"，则把愁从船上卸下，驼在马背上，王实甫《西厢记》说："遍人间烦恼填胸臆，量这些大小车儿如何载得起"，更把愁从马背上卸下来，装在车子上。这样的评述，确是总结了一条艺术经验，很值得借鉴。

（徐培均）

声声慢

李清照

寻寻觅觅，冷冷清清，凄凄惨惨戚戚。乍暖还寒时候，最难将息。三杯两盏淡酒，怎敌他晚来风急？雁过也，正伤心，却是旧时相识。　满地黄花堆积，憔悴损，如今有谁堪摘？守著窗儿独自，怎生得黑！梧桐更兼细雨，到黄昏、点点滴滴。这次第，怎一个愁字了得！

赏　析

唐宋古文家以散文为赋，而倚声家实以慢词为赋。慢词具有赋的铺叙特点，且蕴藉流利，匀整而富变化，堪称“赋之余”。李清照这首《声声慢》，脍炙人口数百年，就其内容而言，简直是一篇悲秋赋。亦惟有以赋体读之，乃得其旨。李清照的这首词在作法上是有创造性的。原来的《声声慢》的曲调，韵脚押平声字，调子相应地也比较徐缓。而这首词却改押入声韵，并屡用叠字和双声字，这就变舒缓为急促，变哀惋为凄厉。此词以豪放纵恣之笔写激动悲怆之怀，既不委婉，也不隐约，不能列入婉约体。

前人评此词，多以开端三句用一连串叠字为其特色。但只注意这一层，不免失之皮相。词中写主人公一整天的愁苦心情，却从“寻寻觅觅”开始，可见她从一起床便百无聊赖，如有所失，于是东张西望，仿佛漂流在海洋中的人要抓到点什么才能得救似的，希望找到点什么来寄托自己的空虚寂寞。下文“冷冷清清”，是“寻寻觅觅”的结果，不但无所获，反被一种孤寂清冷的气氛袭来，使自己感到凄惨忧戚。于是紧接着再写了一句“凄凄惨惨戚戚”。仅此三句，一种由愁惨而凄厉的氛围已笼罩全篇，使读者不禁为之屏息凝神。这乃是百感迸发于中，不得不吐之为快，所谓“欲罢不能”的结果。

“乍暖还寒时候”这一句也是此词的难点之一。此词作于秋天，但秋天的气候应该说“乍寒还暖”，只有早春天气才能用得上“乍暖还寒”。我以为，这是写一日之晨，而非写一季之候。秋日清晨，朝阳初出，故言“乍暖”；但晓寒犹重，秋风砭骨，故言“还寒”。至于“时候”二字，有人以为在古汉语中应解为“节候”；但柳永《永遇乐》云：“薰风解愠，昼景清和，新霁时候。”由阴雨而新霁，自属较短暂的时间，可见“时候”一词在宋时已与现代汉语无殊了。“最难将息”句则与上文“寻寻觅觅”句相呼应，说明从一清早自己就不知如何是好。

下面的“三杯两盏淡酒，怎敌他晓来风急”，“晓”，通行本作“晚”。这又是一个可争论的焦点。俞平伯《唐宋词选释》注云：

> “晓来”，各本多作“晚来”，殆因下文“黄昏”云云。其实词写一整天，非一晚的事，若云“晚来风急”，则反而重复。上文“三杯两盏淡酒”是早酒，即《念奴娇》词所谓“扶头酒醒”；下文“雁过也”，即彼词“征鸿过尽”。今从《草堂诗余别集》、《词综》、张氏《词选》等各本，作“晓来”。

这个说法是对的。说“晓来风急”，正与上文“乍暖还寒”相合。古人晨起于卯时饮酒，又称“扶头卯酒”。这里说用酒消愁是不抵事的。至于下文“雁过也”的“雁”，是南来秋雁，正是往昔在北方见到的，所以说“正伤心，却是旧时相识”了。《唐宋词选释》说：“雁未必相识，却云‘旧时相识’者，寄怀乡之意。赵嘏《寒塘》：‘乡心正无限，一雁度南楼。’词意近之。”其说是也。

上片从一个人寻觅无着，写到酒难浇愁；风送雁声，反而增加了思乡的惆怅。于是下片由秋日高空转入自家庭院。园中开满了菊花，秋意正浓。这里“满地黄花堆积”是指菊花盛开，而非残英满地。“憔悴损”是指自己因忧伤而憔悴瘦损，也不是指菊花枯萎凋谢。正由于自己无心看花，虽值菊堆满地，却不想去摘它赏它，这才是“如今有谁堪摘”的确解。然而人不摘花，花当自萎；及花已损，则欲摘已不堪摘了。这里既写出了自己无心摘花的郁闷，又透露了惜花将谢的情怀，笔意比唐人杜秋娘所唱的“有花堪折直须折，莫待无花空折枝”要深远多了。

从“守著窗儿”以下，写独坐无聊，内心苦闷之状，比“寻寻觅觅”三句又进一层。“守著”句依张惠言《词选》断句，以“独自”连上文。秦观(一作无名氏)《鹧鸪天》下片：“无一语，对芳樽，安排肠断到黄昏。甫能炙得灯儿了，雨打梨花深闭门”，与此词意境相近。但秦词从人对黄昏有思想准备方面着笔，李则从反面说，好像天有意不肯黑下来而使人尤为难过。“梧桐”两句不仅脱胎淮海，而且兼用温庭筠《更漏子》下片“梧桐树，三更雨，不道离情正苦；一叶叶，一声声，空阶滴到明”词意，把两种内容融而为一，笔更直而情更切。最后以“怎一个愁字了得”句作收，也是蹊径独辟之笔。自庾信以来，或言愁有千斛万斛，或言愁如江如海(分别见李煜、秦观词)，总之是极言其多。这里却化多为少，只说自己思绪纷茫复杂，仅用一个“愁”字如何包括得尽。妙在又不说明于一个“愁”字之外更有什么心情，即戛然而止，仿佛不了了之。表面上有“欲说还休”之势，实际上已倾泻无遗，淋漓尽致了。

这首词大气包举，别无枝蔓，逐件事一一说来，却始终紧扣悲秋之意，真得六朝抒情小赋之神髓。而以接近口语的朴素清新的语言谱入新声，又确体现了倚声家的不假雕饰的本色，诚属难能可贵之作了。

(吴小如)

忆王孙

李重元

春　词

萋萋芳草忆王孙。柳外高楼空断魂。杜宇声声不忍闻。欲黄昏。雨打梨花深闭门。

赏　析

李重元，传世词作仅《忆王孙》四首（春词、夏词、秋词、冬词），此为其一。

这首词写的是一个古老的主题：春愁闺怨。就其所用字面看，也无非是宋词中惯用的语汇，如柳外高楼、芳草斜阳、梨花带雨、黄昏杜鹃。但是正像有才情的作曲家凭借七个音符的不同组合就能构成无数美妙的乐章一样，这首词也以其富有感发力的意象组合和不露痕迹而精巧浑成的构思，完成了一个独立自足、不可替代的艺术形象。

我们先看一看这首词的结构。这首词主要是写景，通过写景传达出一种伤春怀人的意绪，那一份杳眇深微的情思是通过景色的转换而逐步加深加浓，逐步显示的。在场景的转换上，词作又呈为一种由大到小，逐步收敛，终而趋于封闭性心态的特征。开头展示的是一种开阔的伤心碧色：粘天芳草，千里萋萋，极目所望，古道晴翠，而思念的人更在天涯芳草外，闺中人的心也轻飏到天尽头了。这一句，情与景都呈现出一种深远渺邈的特征。接下来，场景收缩为陌头杨柳、柳外高楼。继而，在杜鹃声声中，消魂黄昏时，随着时间的推移，空间再次收缩为小院梨花带春雨的景观。最后，暝色入庭院，场景收缩为一个无言深闭门的近镜头。可以想见，闭门人游荡在千里外的芳心也将最后回到常日紧闭的心扉内。词作结构由大而小，由外而内，由景而情，总体上表现为收敛的特征，这一特征又确切地表现了古代妇女那种收敛型内向型的心态。

这首词的另一个特点是，不以锤炼奇字警句为能，词中选用的都是一些最常见的意象。这些意象大多在前人诗词中反复出现过，积淀了丰富的内涵和民族文化的情感，意象本身就有很强的美的“张力”，足以调动人们的生活文化积累，从而帮助读者构筑起美的境界。比如，词中写到的芳草、杨柳、高楼、杜宇、梨花，无一不是中国雅文学中的基本意象，经过千百年来诗人们的传唱，已具有一触即发、闻声响应的高度感发能力。即以“柳”而论，从《诗经》中的“杨柳依依”到韦庄的“无情最是台城柳”，从李白的“春风知别苦，不遣柳条青”到柳永的“杨柳岸、晓风残月”，那一缕柳丝维系了多少中国文人的愁绪啊！人们读到这个字面，就会随着各自的文化积累或深或浅地感受到那种荡漾在心头的忧怨的美感。再如“芳草”：“王孙游兮不归，春草生兮萋萋”（淮南小山《招隐士》）；“记得绿罗裙，处处怜芳草”（牛希济《生查子》）；“离恨却如春草，更行更远还生”（李煜《清平乐》）；“芳草无情，更在斜阳外”（范仲淹《苏幕遮》）……那在在处处的芳草，负荷了游子思妇的无穷相思。这首词中的其他物象也大多具有这种美的联想性。因此，当作者把这些物象巧妙组合到一起时，就构成了一种具有更丰富的启发性的境界，人们在熟悉中发现了陌生，有限中找到了无限。

读这样的词，应当是回味大于思索，联想重于分析，这样可以得到比几句词的字面意义更多的东西。

（史双元）

临江仙

陈与义

夜登小阁，忆洛中旧游

忆昔午桥桥上饮，坐中多是豪英。长沟流月去无声。杏花疏影里，吹笛到天明。　　二十余年如一梦，此身虽在堪惊。闲登小阁看新晴。古今多少事，渔唱起三更。

赏　析

陈与义，字去非(1090—1138)，是北宋末南宋初的著名诗人，也善于填词。他生平致力于诗，所作甚多，约六百余首，而其词作则仅有《无住词》十八首，不及其诗的二十分之一，可见他是以余事填词的。他的《无住词》十八首，其中绝大部分都是在他晚年奉祠退居湖州青墩镇寿圣院僧舍时所作，青墩僧舍有“无住庵”，陈与义曾在这里住过，故遂以“无住”名词。

这首《临江仙》词大概是在高宗绍兴五年(1135)或六年陈与义退居青墩镇僧舍时所作，时年四十六或四十七岁。陈与义是洛阳人，他追忆二十多年前的洛中旧游，那时是徽宗政和年间，天下还承平无事，可以有游赏之乐。其后金兵南下，北宋灭亡，陈与义流离逃难，艰苦备尝，而南宋朝廷在播迁之后，仅能自立，回忆二十多年的往事，真是百感交集。但是当他作词以发抒此种悲慨之时，并不直写事实，而是用空灵的笔法以唱叹出之(这正是作词的要诀)。上片是追忆洛中旧游。午桥在洛阳南，唐裴度有别墅在此。“杏花疏影里，吹笛到天明”二句，的确是造语“奇丽”(胡仔评语，见《苕溪渔隐丛话后集》卷三十四)，一种良辰美景，赏心乐事，宛然出现于心目中。但是这并非当前实境，而是二十多年前渺如云烟的往事在回忆中的再现。刘熙载说得好,“陈去非……《临江仙》:‘杏花疏影里,吹笛到天明’,此因仰承‘忆昔’,俯注‘一梦’,故此二句不觉豪酣转成怅悒,所谓好在句外者也。”(《艺概》卷四)下片起句“二十余年如一梦,此身虽在堪惊。”一下子说到当前,两句中包含了南北宋之间二十年中无限的国事沧桑、知交零落之感,内容极充实,而用笔极空灵。“闲登小阁”三句,不再接上文之意进一步发抒悲叹,而是宕开去写,想到盛衰兴亡,古今同慨,于是看新晴,听渔唱,将沉挚的悲感化为旷达。这首词疏快明亮,浑成自然,如水到渠成,不见矜心作意之迹。张炎称此词“真是自然而然”(《词源》卷下)。然“自然”并不等于粗率浅露,这就要求作者有更高的文学素养。彭孙遹说得好,“词以自然为宗,但自然不从追琢中来,亦率易无味。如所云绚烂之极仍归于平淡。……若《无住词》之‘杏花疏影里,吹笛到天明’,自然而然者也”(《金粟词话》)。

陈与义作词虽少,但很受后世推重,而且认为其特点很像苏东坡。南宋黄昇说,陈与义“词虽不多,语意超绝,识者谓其可摩坡仙之垒也”(《中兴以来绝妙词选》卷一)。清陈廷焯也说,陈词如《临江仙》,“笔意超旷,逼近大苏”(《白雨斋词话》卷一)。陈与义填词是否有意要学苏东坡呢?不见得。陈与义作诗,近法黄(庭坚)、陈(师道),远宗杜甫,不受苏诗影响。至于填词,乃是他晚岁退居时的遣兴之作,他以前既非一向专业作词,所以不很留心当时的词坛风气,也未受其影响。譬如,自从柳永、周邦彦以来,慢词盛行,而陈与义独未作过一首慢词;词至北宋末年,趋于雕饰,周邦彦是以“富艳精工”见称,贺铸亦复如是,而陈与义的词独是疏快自然,不假雕饰;可见陈与义填词是独往独来,自行其是,自然也不会有意学苏的。不过,他既然擅长作诗,晚岁填词,运以诗法,自然也就会不谋而合,与苏相近了。以诗法入词,固然可以开拓内容,创新风格,但是仍必须保持词体特质之美,而不可以流于质直粗疏,失去词意。苏东坡是最先“以诗为词”的,但是苏词的佳作,如《卜算子》(缺月挂疏桐)、《水调歌头》(明月几时有)、《永遇乐》(明月如霜)、《洞仙歌》(冰肌玉骨)、《八声甘州》(有情风万里卷潮来)、《贺新郎》(乳燕飞华屋)诸作,都是“如春花散空,不著迹象,使柳枝歌之,正如天风海涛之曲,中多幽咽怨断之音”(夏敬观手批《东坡词》,转引自龙榆生《唐宋名家词选》)。论词者不可不知此意也。

(缪　钺)

贺新郎

张元幹

送胡邦衡待制

梦绕神州路。怅秋风，连营画角，故宫离黍。底事昆仑倾砥柱，九地黄流乱注？聚万落千村狐兔。天意从来高难问，况人情，老易悲难诉！更南浦，送君去。　　凉生岸柳催残暑。耿斜河、疏星淡月，断云微度。万里江山知何处？回首对床夜语。雁不到、书成谁与？目尽青天怀今古，肯儿曹恩怨相尔汝？举大白，听《金缕》。

赏　析

当北宋覆亡，士夫南渡的这个时期，悲愤慷慨的忧国爱国的词家们，名篇迭出；张芦川则有《贺新郎》之作，先以“曳杖危楼去”寄怀李纲，后以“梦绕神州路”送别胡铨，两词尤为忠愤悲慨，感人肺腑。高宗绍兴十二年(1142)，已先因反对“和议”、请斩秦桧等三人头而贬为福州签判的胡铨，再获重谴，除名编管新州(今广东新兴)，芦川作此词相送。

“梦绕神州路”，言我辈魂梦皆不离那未复的中原故土。“怅秋风”三句，写值此素秋，金风声里，一方面听此处吹角连营，似乎武备军容，十分雄武，而一方面想那故都汴州，已是禾黍离离，一片荒残。此一起即将南宋局势，缩摄于尺幅之中。以下便由此严词质问，绝似屈子《天问》之体格。

首问：为何一似昆仑天柱般的黄河中流砥柱，竟然倾毁，以致浊流泛滥，使九州之土全归沉陆？又因何而使衣冠礼乐的文明乐土，一旦变成狐兔盘踞横行的惨境！须知狐兔者，既实指人民流析，村落空虚，唯余野兽，又虚指每当国家不幸陷于敌手之时，必然“狐兔”横行，古今无异。郑所南所谓“地走人形兽，春开鬼面花”，自国亡家破之人而视之，真有此情此景，笔者亲历抗战时期华北沦陷之境，故而深领之。

下用杜少陵句“天意高难问，人情老易悲”，言天高难问，人间又无可共语者，只得如胡公者一人同在福州，而今公又遽别，悲可知矣！——上片一气写来，全为逼出“更南浦，送君去”两句，其笔力盘旋飞动，字字沉实，作掷地金石之响。

过片便预想别后情怀，盖饯别在水畔，征帆既远，犹不忍离去，伫立以至岸柳凉生，夜空星见。“耿斜河”三句，亦如孟襄阳、苏东坡，写“微云渡河汉”，写“疏星渡河汉”“金波淡，玉绳低转”，何其神理之相似！而在芦川，悲愤激昂之怀，忽着此一二句，益见其感情之深挚，伫立之久。如以“闲笔”视之，即如只知大嚼为食，而不晓细品为饮者，浅人难得深味矣。

下言此别之后，不知胡公流落之地，竟在何所，想象也觉难及，其荒远之状毕竟何似，相去万里，更欲对床夜话，如朋友、兄弟之故事，岂复可得！语云雁之南飞，不逾衡阳，而今新州更去衡阳几许？宾鸿不至，书信将凭谁寄付？不但问天之意直连前片，而且痛别之情古今所罕。以此方接极目乾坤，纵怀今古，沉思宇宙人生；所关切者绝非个人命运得失穷达，岂肯效儿女子琐琐道个人私事哉。韩愈《听颖师弹琴》诗“昵昵儿女语，恩怨相尔汝”，是此句所本。

情怀若此，何以为词？所谓辞意俱尽，遂尔引杯长吸，且听笙歌。——此姑以豪迈之言，聊遣摧心之痛，总是笔致夭矫如龙，切莫以陈言落套为比。

凡填《贺新郎》，上下片有两个仄起七字句，不得误为与律句全同，“高难问”“怀今古”，难、今二字，皆须平声（与上三字连成四平声），方为协律。又两歇拍“送君去”“听金缕”，头一字必须去声，此为定格。然至明清后世，解此者已少，合律者百无一二。故拈举于此，以示学人。

（周汝昌）

小重山

岳　飞

昨夜寒蛩不住鸣。惊回千里梦，已三更。起来独自绕阶行。人悄悄，帘外月胧明。　　白首为功名。旧山松竹老，阻归程。欲将心事付瑶琴。知音少，弦断有谁听？

赏　析

岳飞的《满江红》(怒发冲冠)词，壮怀激烈，是脍炙人口的佳作。这首《小重山》词，是用另一种艺术手法表达他抗金报国的壮怀。岳飞抗金的志业，不但受到赵构、秦桧君臣的忌恨迫害，而同时其他的人，如大臣张浚，诸将张俊、杨沂中、刘光世等，亦进行阻挠，故岳飞有曲高和寡、知音难遇之叹。《小重山》词就是抒写这种心情的。此词上半阕写出忧深思远之情，与阮籍《咏怀》诗第一首"夜中不能寐，起坐弹鸣琴"意境相近。下半阕"白首"二句，表面看来，似乎有些消极情绪，但实际上正是壮志难酬的孤愤。"欲将"三句，用比兴含蓄的笔法点出"知音"难遇的一种凄怆情怀，甚为沉郁。

近些年来，有人评论古典诗词，以情调的高昂与低沉区分高下，于是或认为，岳飞这首《小重山》情调低沉，不如他的《满江红》词情调高昂激壮。我认为，评论事物，应当对具体问题做具体分析，而不可以表面上的一刀切。情调高昂的作品固然好，但是粗犷叫嚣绝不能算是高昂，而情调低沉的作品也不见得就是消极。岳飞的《满江红》与《小重山》词所要表达的都是他的抗金以收复中原的雄心壮志，不过因为作词的时间与心境不同，因此在作法上遂不免有所差异，实际上是异曲同工，又焉可用情调的高昂与低沉区分其高下呢？况且作词与作散文的方法不同，作词常是要用比兴浑融、含蓄蕴藉的方法以表达作者的幽情远旨，使读者吟诵体会，余味无穷。岳飞因为壮志难酬，胸中抑塞，所以作这首《小重山》词，以沉郁蕴藉的艺术手法表达之，这也正是运用词体之特长，正如张惠言论词时所谓“道贤人君子幽约怨悱不能自言之情，低徊要眇以喻其致”（《词选·序》）者。评赏词者应当懂得这个道理。我所撰《灵谿词说》论岳飞词的绝句说：“将军佳作世争传，三十功名路八千。一种壮怀能蕴藉，诸君细读《小重山》。”即此意也。

（缪　钺）

满江红

岳　飞

怒发冲冠，凭栏处、潇潇雨歇。抬望眼，仰天长啸，壮怀激烈。三十功名尘与土，八千里路云和月。莫等闲、白了少年头，空悲切。　靖康耻，犹未雪。臣子恨，何时灭！驾长车，踏破贺兰山缺。壮志饥餐胡虏肉，笑谈渴饮匈奴血。待从头收拾旧山河，朝天阙。

赏　析

岳将军此词，激励着千古中华民族的爱国心。抗日战争时期，这首词曲低沉而雄壮的歌音，更使人们领受到它的伟大的感染力量。

上来一句四个字，即用太史公写蔺相如"怒发上冲冠"的奇语，表明这是不共戴天的深仇大恨。此仇此恨，因何愈思愈不可忍？正缘高楼独上，栏杆自倚，纵目乾坤，俯仰六合，不禁满怀热血、激荡沸腾。——而当此之时，愁霖乍止，风烟澄净，光景自佳，翻助郁勃之怀，于是仰天长啸，以抒此万斛英雄壮气。着"潇潇雨歇"四字，笔致不肯　拓直下，方见气度渊静，便知有异于狂夫叫嚣之浮词矣。

开头凌云壮志，气盖山河，写来已尽其势。且看他下面如何接得去。倘是庸手，有意耸听，必定搜索剑拔弩张之文辞，以引动浮光掠影之耳目。——而乃于是，却道出"三十功名尘与土，八千里路云和月"十四个字，真个令人迥出意表，怎不为之拍案叫绝！此十四字，微微唱叹，如见将军拊膺自理半生悲绪，九曲刚肠，英雄正是多情人物，可为见证。功名是我所期，岂与尘土同埋；驰驱何足言苦，堪随云月共赏。（此功名即勋业义，因音律而用，宋词屡见。）试看此是何等胸襟，何等识见！今之考证家，动辄敢断此词不见宋人称引，至明始出于世，则伪作何疑，云云。不思作伪者大抵浅薄妄人，笔下能有如许高怀远致乎？

词到过片，一片壮怀，喷薄倾吐：靖康之耻，实指徽钦被掳，犹不得还；故下联接言臣子抱恨无穷，此是古代君臣观念之必然反映，莫以今日之国家概念解释千年往事。此恨何时得解？功名已委于尘土，三十已过，至此，将军自将上片歇拍处"莫等闲、白了少年头，空悲切"之痛语，说与天下人体会。沉痛之笔，字字掷地有声！

以下出奇语，寄壮怀，英雄忠愤之气概，凛凛犹若神明。盖金人入据中原，止畏岳爷爷，不啻闻风丧胆，故自将军而言，"匈奴"实不足灭，踏破"贺兰"，黄龙直捣，并非夸饰自欺之大言也。"饥餐""渴饮"一联，微嫌合掌；然不如此亦不足以畅其情、尽其势。未至有复沓之感者，以其中有真气在。

论者又设：贺兰山在西北，与东北之黄龙府，千里万里，有何交涉？即此亦足证明词乃伪作云。然而，那克敌制胜的抗金名臣老赵鼎，他作《花心动》词，就说："西北欃枪未灭，千万乡关，梦遥吴越"；那忠义慷慨寄敬胡铨的张元幹，他作《贺新郎》词，也说："要斩楼兰三尺剑，遗恨琵琶旧语"！这都是南宋初期的爱国词人，他们说到金兵时，能用"西北""楼兰"（汉之西域鄯善国，傅介子计斩楼兰王，典出《汉书·西域传》），怎么一到岳飞，就用不得"贺兰山"（一称"阿拉善山"，在今宁夏西北部与内蒙古接界处），用不得"匈奴"了呢？我自然不敢"保证"此词必定真是岳将军手笔，但用那样的逻辑去断言此词必伪，怎敢欣然而同意呢？

"待从头，收拾旧山河，朝天阙"！一腔忠愤，碧血丹心，肺腑倾出。即以文章家眼光论之，收拾全篇，神完气足，无复豪发遗憾，诵之令人神旺，令人起舞。

然而岳将军头未及白，金人已陷困境之时，出以奸计，使宋室自坏长城，"莫须有"千古冤狱，闻者发指，岂复可望眼见他率领十万貔貅，与中原父老，齐来朝拜天阙哉？悲夫。

此种词原不应以文字论短长，然即以文字论，亦当击赏其笔力之沉雄，脉络之条鬯，情致之深婉，皆不同于凡响，倚声而歌之，亦振兴中华之必修音乐文学课也。

（周汝昌）

钗头凤

陆　游

红酥手，黄滕酒。满城春色宫墙柳。东风恶，欢情薄。一怀愁绪，几年离索。错，错，错。　　春如旧，人空瘦。泪痕红浥鲛绡透。桃花落，闲池阁。山盟虽在，锦书难托。莫，莫，莫！

赏　析

这首词写的是陆游自己的爱情悲剧。

陆游的原配夫人是同郡唐氏士族的一个大家闺秀，结缡以后，他们"伉俪相得"，"琴瑟甚和"，是一对情意相投的恩爱夫妻。不料，作为婚姻包办人之一的陆母却对儿媳产生了恶感，逼令陆游休弃唐氏。在陆游百般劝谏、哀求而无效的情势下，二人终于被迫仳离，唐氏改适"同郡宗子"赵士程，彼此音信也就隔绝无闻了。几年以后的一个春日，陆游在家乡山阴（今绍兴市）城南禹迹寺附近的沈园，与偕夫同游的唐氏邂逅相遇。唐氏遣致酒肴，聊表对陆游的抚慰之情。陆游见人感事，百虑翻腾，遂乘醉吟赋是词，信笔题于园壁之上。词中记述了词人与唐氏的这次相遇，表达了他们眷恋之深和相思之切，也抒发了词人怨恨愁苦而又难以言状的凄楚心情。

词的上片通过追忆往昔美满的爱情生活，感叹被迫离异的痛苦，分两层。

起首三句为上片第一层，回忆往昔与唐氏偕游沈园的美好情景："红酥手，黄滕酒。满城春色宫墙柳。"虽说是回忆，但因为是填词，而不是写散文或回忆录之类，不可能全写，所以只选取了一个场面来写，而这个场面，又只选取了一两个最富代表性和特征性的情事细节。"红酥手"，不仅写出了唐氏为词人殷勤把盏时的美丽姿致，同时还有概括唐氏全人之美（包括她的内心美）的作用。

然而,更重要的是,它具体而形象地表现出这对恩爱夫妻之间的柔情蜜意以及他们婚后生活的美满和幸福。第三句又为这幅春园夫妻把酒图勾勒出一个广阔而深远的背景,点明了他们是在共赏春色。而唐氏手臂的红润、酒的黄封以及柳色的碧绿,又使这幅图画有了明丽而和谐的色彩感。

“东风恶”数句为第二层,写词人被迫与唐氏离异后的痛苦。上一层写春景春情,无限美好,至此突然一转,激愤的感情潮水突地冲破词人心灵的闸门,无可遏止地宣泄下来。“东风恶”三字,一语双关,含蕴很丰富,是全词的关键所在,也是造成词人爱情悲剧的症结所在。本来,东风可以使大地复苏,给万物带来勃勃的生机,但是,如果它狂吹乱扫,也会破坏春容春态,下片所云“桃花落,闲池阁”,就正是它狂吹乱扫所带来的一种严重后果,故说它“恶”。然而,它主要是一种象喻,象喻造成词人爱情悲剧的“恶”势力。至于陆母是否也在其列,答案应该是肯定的,只是由于不便明言,而又不能不言,才不得不以这种含蓄的表达方式出之。下面一连三句,又进一步把词人怨恨“东风”的心理抒写出来,并补足一个“恶”字:“欢情薄。一怀愁绪,几年离索。”美满姻缘被拆散,恩爱夫妻被迫分离,使他们感情上蒙受巨大的折磨,几年来生活带给他们的只是满怀愁怨。这不正如烂漫的春花被无情的东风所摧残,而凋谢飘零吗?接下来,“错,错,错”,一连三个“错”字,奔迸而出,感情极为沉痛。但是,到底谁错了?是对自己当初“不敢逆尊者意”而终“与妇诀”的否定吗?是对“尊者”的压迫行为的否定吗?是对不合理的婚姻制度的否定吗?词人没有明说,也不便于明说,这枚“千斤重的橄榄”(《红楼梦》语)留给了我们读者来噙,来品味。这一层虽直抒胸臆,激愤的感情如江河奔泻,一气贯注;但又不是一泻无余,其中“东风恶”和“错,错,错”云云,就很有味外之味。

词的下片,由感慨往事回到现实,进一步抒写夫妻被迫离异的深哀巨痛,也分两层。

换头三句为第一层,写沈园重逢时唐氏的表现。“春如旧”承上片“满城春色”句而来,这又是此番相逢的背景。依然是从前那样的春日,但是,人却今非昔比了。以前的唐氏,肌肤是那样的红润,焕发着青春的活力;如今,经过“东风”的无情摧残,她憔悴了,消瘦了。“人空瘦”句,虽说写的只是唐氏容颜方面的变化，但分明表现出“几年离索”给她带来的巨大痛苦。像词人一样，她也为“一怀愁绪”折磨着；像词人一样，她也是旧情不断，相思不舍啊！不然，何至于瘦呢？写容颜形貌的变化以表现内心世界的变化，原是文学作品中的一种常用手法，但瘦则瘦矣，句间何以著一“空”字？“使君自有妇，罗敷自有夫。”（《陌上桑》）从婚姻关系说，两人早已各不相干了，事已至此，不是白白为相思而折磨自己吗？著此一字，就把词人那种怜惜之情、抚慰之意、痛伤之感等等，全都表现出来。“泪痕”句通过刻画唐氏的表情动作，进一步表现出此次相逢时她的心情状态。旧园重逢，念及往事，她能不哭、能不泪流满面吗？但词人没直接写泪流满面，而是用白描的手法，写她“泪痕红浥鲛绡透”，显得更委婉，更沉着，也更形象可感。而一个“透”字，不仅见其流泪之多，亦且见她伤心之甚。上片第二层写词人自己，用了直抒胸臆的手法；这里写唐氏却改变了手法，只写了她容颜体态的变化和她的痛苦情状。由于这一层所写都从词人眼里看出，所以又具有了“一时双情俱至”的艺术效果。可见词人，不仅深于情，亦且深于言情。

词的最后几句，是下片第二层，写词人与唐氏相遇以后的痛苦心情。“桃花落”两句与上片的“东风恶”句遥相照应，又突入景语。虽系景语，但也是一笔管二的词句。不是么？桃花凋谢，园林冷落，这只是物事的变化，而人事的变化却更甚于斯。像桃花一样美丽姣好的唐氏，不是也被无情的“东风”摧残折磨得憔悴消瘦了么？从词人自己的心境来说，不也像“闲池阁”一样凄寂冷落么？一笔而兼有二意，却又不着痕迹，很巧妙，也很自然。下面又转入直接赋情：“山盟虽在，锦书难托。”这两句虽只寥寥八字，却实从千回万转中来。虽说自己情如山石，永永如斯，但是，这样一片赤诚的心意，又如何表达呢？明明在爱，却又不能去爱；明明不能去爱，却又割不断这爱缕情丝。刹那间，有爱，有恨，有痛，有怨，再加上看到唐氏的憔悴容颜和悲戚情状所产生的怜惜之情、抚慰之意，真是百感交集，万箭簇心，一种难以名状的悲哀，再一次冲胸破喉而出：“莫，莫，莫！”事已至此，再也无可补救、难以挽回了，这万千感慨还想它做什么，说它做什么？于是快刀斩乱麻：罢了，罢了，罢了！明明言犹未尽，意犹未了，情犹未终，却偏偏这么不了了之，而全词也就在这极其沉痛的喟叹声中结束了。

这首词始终围绕着沈园这个特定的空间来安排自己的笔墨，上片由追昔到抚今，而以“东风恶”转捩；过片回到现实，以“春如旧”与上片“满城春色”句相呼应，以“桃花落，闲池阁”与上片“东风恶”句相照应，把同一空间不同时间的情事和场景历历如绘地“叠映”出来。全词多用对比手法，如上片，越是把往昔夫妻共同生活时的美好情景写得逼切如见，就越使得他们被迫离异后的凄楚心境深切可感，也就越显出“东风”的无情和可憎，从而形成强烈的感情对比。再如上片写“红酥手”，下片写“人空瘦”，在鲜明的形象对比中，充分地展示出“几年离索”给唐氏带来的巨大的精神折磨和痛苦。全词节奏急促，声情凄紧，再加上“错，错，错”和“莫，莫，莫”先后两次感叹，荡气回肠，大有恸不忍言、恸不能言的情致。总之，这首词达到了内容和形式的完美统一，是一首别开生面、催人泪下的作品。

（杨钟贤　张燕瑾）

卜算子

陆　游

咏　梅

驿外断桥边，寂寞开无主。已是黄昏独自愁，更著风和雨。　　无意苦争春，一任群芳妒。零落成泥碾作尘，只有香如故。

赏　析

这首《卜算子》，作者自注“咏梅”，可是，它意在言外，像“独爱莲之出淤泥而不染，濯清涟而不妖”的濂溪先生（周敦颐）以莲花自喻一样，作者正是以梅花自喻的。

陆游曾经称赞梅花“雪虐风饕愈凛然，花中气节最高坚”（《落梅》）。梅花如此清幽绝俗，出于众花之上，可是如今竟开在郊野的驿站外面，紧临着破败不堪的“断桥”，自然是人迹绝少、寂寥荒寒、备受冷落了。从这一句可知它既不是官府中的梅，也不是名园中的梅，而是一株生长在荒僻郊外的“野梅”。它既得不到应有的护理，也无人来欣赏。随着四季代谢，它默默地开了，又默默地凋落了。它孑然一身，四望茫然——有谁肯一顾呢，它是无主的梅呵。“寂寞开无主”这一句，词人将自己的感情倾注在客观景物之中，首句是景语，这句已是情语了。

日落黄昏，暮色朦胧，这孑然一身、无人过问的梅花，何以承受这凄凉呢？它只有“愁”——而且是“独自愁”，这几个字与上句的“寂寞”相呼应。而且，偏偏在这个时候，又刮起了风，下起了雨。“更著”这两个字力重千钧，写出了梅花的艰困处境，然而尽管环境是如此冷峻，它还是“开”了！它，“万树寒无色，南枝独有花”(道源);它,“万花敢向雪中出,一树独先天下春”(杨维桢)。总之,从上面四句看,对这梅花的压力,天上地下,四面八方,无所不至,但是这一切终究被它冲破了,因为它还是“开”了!谁是胜利者?应该说,是梅花!

上阕集中写了梅花的困难处境,它也的确还有“愁”。从艺术手法说,写愁时作者没有用诗人、词人们那套惯用的比喻手法,把愁写得像这像那,而是用环境、时光和自然现象来烘托。况周颐说:“词有淡远取神,只描取景物,而神致自在言外,此为高手。”(《蕙风词话》)就是说,词人描写这么多“景物”,是为了获得梅花的“神致”;“深于言情者,正在善于写景”(田同之《西圃词说》)。上片四句可说是“情景双绘”。

下阕,托梅寄志。

梅花,它开得最早。“万木冻欲折,孤根暖独回”(齐己);“不知近水花先发,疑是经冬雪未销”(张谓)。是它迎来了春天。但它却“无意苦争春”。春天,百花怒放,争丽斗妍,而梅花却不去“苦争春”,凌寒先发,只是一点迎春报春的赤诚。“苦”者,抵死、拼命、尽力也。从侧面讽刺了群芳。梅花并非有意相争,“群芳”如果有“妒心”,那是它们自己的事情,就“一任”它们去嫉妒吧。这里把写物与写人,完全交织在一起了。草木无情,花开花落,是自然现象,说“争春”,是暗喻人事。“妒”,则非草木所能有。这两句表现出陆游标格孤高,决不与争宠邀媚、阿谀逢迎之徒为伍的品格和不畏谗毁、坚贞自守的峻嶒傲骨。

最后几句,把梅花的“独标高格”,再推进一层:“零落成泥碾作尘,只有香如故”。前句承上阕的寂寞无主、黄昏日落、风雨交侵等凄惨境遇。这句七个字四次顿挫:“零落”,不堪雨骤风狂的摧残,梅花纷纷凋落了,这是一层。落花委地,与泥水混杂,不辨何者是花,何者是泥了,这是第二层。从“碾”字,显示出摧残者的无情,被摧残者承受的压力之大,这是第三层。结果呢,梅花被摧残、被践踏而化作灰尘了,这是第四层。看,梅花的命运有多么悲惨,简直令人不忍卒读。但作者的目的决不是单为写梅花的悲惨遭遇,引起人们的同情;从写作手法说,仍是铺垫,是蓄势,是为了把下句的词意推上最高峰。虽说梅花凋落了,被践踏成泥土了,被碾成尘灰了,请看,“只有香如故”,它那“别有韵”

的香味，却永远“如故”，一丝一毫也改变不了呵。

末句具有扛鼎之力，它振起全篇，把前面梅花的不幸处境，风雨侵凌，凋残零落，成泥作尘的凄凉、衰飒、悲戚，一股脑儿抛到九霄云外去了。正是末句“想见劲节”（卓人月《词统》）。而这“劲节”的得以“想见”，正是由于此词运用比兴手法，十分成功，托物言志，给我们留下了十分深刻的印象，成为一首咏梅的杰作。

（艾治平）

诉衷情

陆 游

当年万里觅封侯，匹马戍梁州①。关河梦断何处，尘暗旧貂裘。胡未灭，鬓先秋，泪空流。此身谁料，心在天山，身老沧洲。

【注】

① 梁州：治所在南郑。

赏 析

积贫积弱、日见窘迫的南宋是一个需要英雄的时代，但这又是一个英雄“过剩”的时代。陆游的一生以抗金复国为己任，但请缨无路，屡遭贬黜，晚年退居山阴，有志难申。“志士凄凉闲处老，名花零落雨中看。”历史的秋意、时代的风雨、英雄的本色、艰难的现实，共同酿成了这一首悲壮沉郁的《诉衷情》。作这首词时，词人已年近七十，身处江湖，未忘国忧，烈士暮年，雄心不已，这种高亢的政治热情，永不衰竭的爱国精神形成了词作风骨凛然的崇高美。但壮志不得实现，雄心无人理解，虽然“男儿到死心如铁”，无奈“报国欲死无战场”，这种深沉的压抑感又形成了词作中百折千回的悲剧情调。词作说尽忠愤，回肠荡气。

“当年万里觅封侯，匹马戍梁州”，开头两句，词人再现了往日壮志凌云，奔赴抗敌前线的勃勃英姿。“当年”，指乾道八年(1172)，时陆游来到南郑(今陕西汉中)，投身到四川宣抚使王炎幕下襄理军务。在前线，他曾亲自参加过对金兵的遭遇战。“觅封侯”用班超投笔从戎、立功异域“以取封侯”的典故，写自己报效祖国、收拾旧河山的壮志。“自许封侯在万里”(《夜游宫》)，一个“觅”字显出词人当年的自许、自负、自信的神情和坚定执着的追求精神。“万里”与“匹马”形成空间形象上的强烈对比，匹马征万里，一派卓荦不凡之气。“壮岁从戎，曾是气吞残虏”（《谢池春》）。当时词人四十八岁，从军戍边，“悲歌击筑，凭高酹酒”（《秋波媚》），“呼鹰古垒，截虎平川”（《汉宫春》），那豪雄飞纵、激动人心的军旅生活至今历历在目，时时入梦。梦是愿望的达成，陆游诗词中记梦之作很多，这是因为强烈的愿望受到太多的压抑，积郁的情感只有在梦里才能得到宣泄。“关河梦断何处，尘暗旧貂裘”，在南郑前线仅半年，陆游就被调离，从此关塞河防，只有时时在梦中出现，而梦醒不知身何处，只有旧时貂裘戎装，已是尘封色暗。一个“暗”字将岁月的流逝、人事的消磨，化作灰尘堆积之暗淡画面，可见心情饱含惆怅。

上片开头以“当年”二字楔入往日豪放军旅生活的回忆，声调高亢，“梦断”一转，形成一个强烈的情感落差，慷慨化为悲凉，至下片则进一步抒写理想与现实的矛盾，跌入更深沉的浩叹，悲凉化为沉郁。“胡未灭，鬓先秋，泪空流”。这三句步步紧逼，声调短促，说尽平生不得志。放眼西北，神州陆沉，妖氛未扫；回首人生，流年暗度，两鬓已苍；沉思往事，雄心虽在，壮志难酬。“未”“先”“空”三字在承接比照中，流露出沉痛的感情，越转越深：人生自古谁不老？但逆胡尚未灭，功业尚未成，岁月已无多，这才迫切感到人“先”老之惊心。“一事无成霜鬓侵”，对镜理发，一股悲凉的意绪渗透心头，人生老大矣！然而，即使天假数年，双鬓再青，又岂能实现“攘除奸凶，兴复汉室”的事业？“朱门沉沉按歌舞，厩马肥死弓断弦”，“云外华山千仞，依旧无人问”。所以说，这忧国之泪只是“空”流，一个“空”字既写了内心的失望和痛苦，也写了对君臣尽醉的小朝廷的不满和愤慨。“此生谁料，心在天山，身老沧洲”。最后三句总结一生，反省现实。“天山”代指抗敌前线，“沧洲”指闲居之地，“此生谁料”即“谁料此生”。词人没料到，自己的一生会不断地处在“心”与“身”的冲突中，他的心神驰于疆场，他的身却僵卧孤村，他看到了“铁马冰河”，但这只是在梦中，他的心灵高高扬起，飞到了“天山”，他的身体却沉重地坠落在“沧洲”。“谁料”二字写出了往日的天真与今日的失望，“早岁那知世事艰”，“而今识尽愁滋味”，理想与现实是如此格格不入，无怪乎词人要声声浩叹。“心在天山，身老沧洲”两句作结，先扬后抑，形成一个大转折，词人犹如一心要搏击长空的苍鹰，却被折断羽翮，落到地上，在痛苦中呻吟。

陆游这首词，确实饱含着人生的秋意，但由于词人“身老沧洲”的感叹中包含了更多的历史内容，他的阑干老泪中融汇了对祖国炽热的感情，所以，词的情调体现出幽咽而不失开阔深沉的特色，比一般仅仅抒写个人苦闷的作品显得更有力量、更为动人。

（史双元）

钗头凤

唐　琬

世情薄，人情恶，雨送黄昏花易落。晓风干，泪痕残。欲笺心事，独语斜阑①。难，难，难！　　人成各，今非昨，病魂常似秋千索②。角声寒，夜阑珊③。怕人寻问，咽泪装欢。瞒，瞒，瞒！

【注】

① 阑：同栏。斜阑即斜倚栏干。

② 秋千索：秋千架上飘荡的绳索。

③ 阑珊：将尽。

赏　析

唐琬是我国历史上常被人们提起的美丽多情的才女之一。她与大诗人陆游喜结良缘，夫妇之间伉俪相得，琴瑟甚和。这实为人间美事。遗憾的是身为婆婆的陆游母亲对这位有才华的儿媳总是看不顺眼，硬是逼着陆游把她休了。陆游对母亲的干预采取了敷衍的态度：把唐琬置于别馆，时时暗暗相会。不久，陆母发现了这个秘密，并采取了断然措施，终于把这对有情人拆散了。唐琬后来改嫁同郡宗人赵士程，但内心思念陆游不已。在一次春游之中，恰巧与陆游相遇于沈园。唐琬征得赵某同意后，派人给陆游送去了酒肴。陆游感念旧情，怅恨不已，写了著名的《钗头凤》词以致意。唐琬则以此词相答。

词的上片交织着十分复杂的感情内容。“世情薄，人情恶”两句，抒写了对于封建礼教支配下的世道人心的愤恨之情。“世情”所以“薄”，“人情”所以“恶”，盖由于受到封建礼教的腐蚀。《礼记·内则》云：“子甚宜其妻，父母不悦，出。”陆母就是根据这一条礼法，把一对好端端的恩爱夫妻拆散的。用“恶”

“薄”两字来抨击封建礼教的害人本质，极为准确有力，作者对于封建礼教的深恨痛绝之情，也借此两字得到了充分的宣泄。“雨送黄昏花易落”，采用象征的手法，暗喻自己备受摧残的悲惨处境。阴雨黄昏时的花，原是陆游词中爱用的意象。其《卜算子·咏梅》云：“已是黄昏独自愁，更著风和雨。”陆游曾借以自况。唐琬把这一意象吸入己作，不仅有自悲自悼之意，而且还说明了她与陆游的心心相印，息息相通。“晓风干，泪痕残”，写内心的痛苦，极为深切动人。被黄昏时分的雨水打湿了的花花草草，经晓风一吹，已经干了，而自己流淌了一夜的泪水，至天明时分，犹擦而未干，致使残痕仍在。以雨水喻泪水，在古代诗词中不乏其例，但以晓风吹得干雨水来反衬手帕擦不干泪水，借以表达出内心的永无休止的悲痛，这无疑是唐琬的独创。“欲笺心事，独语斜阑”两句是说，她想把自己内心的别离相思之情用信笺写下来寄给对方，要不要这样做呢？她在倚栏沉思独语。“难、难、难！”均为独语之词。由此可见，她终于没有这样做。这一叠声的“难”字，由千种愁恨，万种委屈合并而成，因此似简实繁，以少总多，既上承开篇两句而来，以见出处此衰薄之世做人之难，做女人之更难；又开启下文，以见做一个被休以后再嫁的女人之尤其难。

过片“人成各，今非昨，病魂常似秋千索”，这三句艺术概括力极强。“人成各”是就空间角度而言的。作者从陆游与自己两方面设想：自己在横遭离异之后固然感到孤独，而深深爱着自己的陆游不也感到形单影只吗？“今非昨”是就时间角度而言的。其间包含着多重不幸。从昨日的美满婚姻到今天的两地相思，从昨日的被迫离异到今天的被迫改嫁，这是多么不幸！但不幸的事儿还在继续：“病魂常似秋千索。”说“病魂”而不说“梦魂”，显然是经过考虑的。梦魂夜驰，积劳成疾，终于成了“病魂”。昨日方有梦魂，至今日已只剩“病魂”。这也是“今非昨”的不幸。更为不幸的是，改嫁以后，竟连悲哀和流泪的自由也丧失殆尽，只能在晚上暗自伤心。“角声寒，夜阑珊，怕人寻问，咽泪装欢”四句，具体写出了这种苦境。“寒”字状角声之凄凉怨慕，“阑珊”状长夜之将尽。此皆需无眠之人方能感受如此之真切。大凡长夜失眠，愈近天明，心情愈感烦躁，而本词中的女主人公不仅无暇烦躁，反而要咽下泪水，强颜欢笑。其心境之苦痛可想而知。结句以三个“瞒”字作结，再次与开头相呼应。既然可恶的封建礼教不允许纯洁高尚的爱情存在，那就把它珍藏在心底吧！因此愈瞒，愈能见出她对陆游的一往情深和矢志不渝的忠诚。

与陆游的原词比较而言，陆游把眼前景、见在事融为一体，又灌之以悔恨交加的心情，着力描绘出一幅凄怆酸楚的感情画面，故颇能以特有的声情见称于后世。唐琬则不同，她的处境比陆游更悲苦。自古“愁思之声要妙”，而“穷苦之言易好也”（韩愈《荆潭唱和诗序》）。她只要把自己所受的愁苦真切地写出来，就是一首好词。因此，本词纯属自怨自泣、独言独语的感情倾诉，主要以缠绵执着的感情和悲惨的身世感动古今。两词所采用的艺术手段虽然不同，但都切合各自的性格、遭遇和身份。可谓各造其极，俱臻至境。合而读之，颇有珠联璧合、相映生辉之妙。

最后附带指出，世传唐琬的这首词，在宋人的记载中只有“世情薄，人情恶”两句，并说当时已“惜不得其全阕”（详陈鹄《耆旧续闻》卷十）。本词最早见于明代卓人月所编《古今词统》卷十及清代沈辰垣奉敕编之《历代诗余》卷一一八引夸娥斋主人说。由于时代略晚，故俞平伯疑为后人依残句补拟。但明人毕竟去宋未远，故本文仍据明人所见，将此词介绍给读者。

（吴汝煜）

卜算子

严 蕊

不是爱风尘，似被前缘误。花落花开自有时，总赖东君主。　　去也终须去，住也如何住！若得山花插满头，莫问奴归处。

赏析

这首词的作者严蕊，是南宋孝宗淳熙年间台州（今浙江天台）的营妓（地方官妓。因聚居于乐营教习歌舞，故又名“营妓”）。色艺冠一时，作诗词有新语，善逢迎，名闻四方。知州唐仲友（字与正）曾命其赋红白桃花作《如梦令》词，赏以细绢两匹。仲友为同官高文虎所谮。朱熹时任提举两浙东路常平茶盐公事，行至台州，告发仲友者纷至，遂以“催税紧急，户口流移”及种种贪墨克剥不公不法的罪名，前后上六状弹劾唐仲友。这还不够，又指仲友与严蕊有私情。宋时规定，“阃帅、郡守等官，虽得以官妓歌舞佐酒，然不得私侍枕席”（《古今图书集成·艺术典·娼妓部》引《委巷丛谈》）。如若查实，则罪在官妓，官吏也要受处分。为此，严蕊系台州狱月余，备受箠楚，然终无一语招承。又移绍兴（两浙东路治所）狱中，狱吏以好言诱供，严蕊答云：“身为贱妓，纵是与太守有滥，料亦不至死罪，然是非真伪，岂可妄言以污士大夫，虽死不可诬也。”以辞意坚决，又再受杖，几至于死，但声价愈高。不久朱熹改官。岳霖为浙东提点刑狱公事，怜其病瘁，命她作词自陈，她略不构思，即口占这首《卜算子》。岳霖即日判令出狱，脱籍从良。（见周密《齐东野语》卷二十）严蕊是封建社会的弱女子，又身隶乐籍，所遭不幸，明显是“殃及池鱼”的事，这叫做无可奈何。到了这个地步，她坚决不肯为了自己少受刑辱而去诬陷他人，是很有骨气的。这首词为求长官见悯，脱离苦海，也写得比较含蓄，不作穷苦乞怜之语，具见标格。

上片抒写自己沦落风尘、俯仰随人的苦闷。“不是爱风尘，似被前缘误。”首句突兀而起，特意声明自己并不是生性喜好风尘生活。封建社会中，妓女被视为冶叶倡条，所谓“行云飞絮共轻狂”，就代表了一般人对她们的看法。现在严蕊因事关风化而入狱，自然更被视为生性淫荡的风尘女子了。因此，这句词中有自辩，有自伤，也有不平的怨愤。次句却出语和缓，特用不定之词，说自己之所以沦落风尘，似乎是为前生的因缘（即所谓宿命）所误。作者既不认为自己性爱风尘，又不可能认识使自己沉沦的真正根源，无可奈何，只好归之于冥冥不可知的前缘与命运。“似”字若不经意，实耐寻味。它不自觉地反映出作者对“前缘”似信非信，既不得不承认又有所怀疑的迷惘心理，既自怨自艾，又自伤自怜的复杂感情。

“花落花开自有时，总赖东君主。”两句借自然现象喻自身命运，说花落花开自有一定的时候，这一切都只能依靠司春之神东君来作主，比喻像自己这类歌妓，俯仰随人，不能自主，命运总是操在有权者手中。这是妓女命运的真实写照，其中有深沉的自伤，也隐含着对主管刑狱的长官岳霖的期望——希望他能成为护花的东君。但话说得很委婉含蓄，祈求之意只于“赖”字中隐隐传出。

“去也终须去，住也如何住！”过片承上不能自主命运之意，转写自己在去住问题上的心情。去，指由营妓队伍中放出；住，指仍留乐营为妓。离开风尘苦海，自然是她所渴想的，但却迂回其词，用“终须去”这种委婉的语气来表达。意思是说，以色艺事人的生活终究不能长久，将来总有一天须离此而去。言外之意是，既“终须去”，何不早日离此苦海呢？以严蕊的色艺，解除监禁之后，重新为妓，未始不能得到有权者的赏爱，但她实在不愿再过这种生活了，所以用“终须去”来曲折表达离此风尘苦海的愿望。下句“住也如何住”即从反面补足此意，说仍旧留下来作营妓简直不能设想如何生活下去。两句一去一住，一正一反，一曲一直，将自己不恋风尘、愿离苦海的愿望表达得既婉转又明确。

歇拍单承“去”字，集中表达渴望自由的心情：“若得山花插满头，莫问奴归处。”山花插满头，是到山野农村过自由自在生活的一种形象性表述。两句是说，如果有朝一日，能够将山花插满头鬓，过着一般妇女的生活，那就不必问我的归宿了。言外之意是：一般妇女的生活就是自己向往的目标，就是自己的归宿，别的什么都不再考虑了。两句回应篇首“不是爱风尘”，热切地表达了对俭朴而自由的生活的向往，但出语仍留有余地。“若得”云云，就是承上“总赖东君主”而以想望祈求口吻出之。

由于这是一首在长官面前陈述衷曲的词，她在表明自己的意愿时，不能不考虑到特定的场合、对象，采取比较含蓄委婉的方式，以期引起对方的同情。但她并没有因此而低声下气，而是不卑不亢，婉转而明确地表达了自己的心愿。这是一位身处下贱但尊重自己人格的风尘女子婉而有骨的自白。

（刘学锴）

念奴娇

张孝祥

过洞庭

洞庭青草，近中秋、更无一点风色。玉鉴琼田三万顷，着我扁舟一叶。素月分辉，明河共影，表里俱澄澈。悠然心会，妙处难与君说。　应念岭表经年，孤光自照，肝胆皆冰雪。短发萧疏襟袖冷，稳泛沧溟空阔。尽吸西江，细斟北斗，万象为宾客。扣舷独啸，不知今夕何夕。

赏析

宋孝宗乾道元年(1165)，张孝祥出知静江府(治所在今广西桂林)，兼广南西路经略安抚使，七月到任。次年六月，被谗落职北归，途经湖南洞庭湖(词中的“洞庭”“青草”二湖相通，总称洞庭湖)。时近中秋的平湖秋月之夜，诱发了词人深邃的“宇宙意识”和勃然诗兴，使他援笔写下了这首词。

说到诗歌表现“宇宙意识”，我们便会想到唐人诗中的《春江花月夜》和《登幽州台歌》。不过，宋词所表现的“宇宙意识”和唐诗比较起来，毕竟有所不同。张若虚的诗中，流泻着的是一片如梦似幻、哀怨迷惘的意绪。在水月无尽的“永恒”面前，作者流露出无限的怅惘；而在这怅惘之中，又夹杂着某种憧憬、留恋和对“人生无常”的轻微叹息。它是痴情而纯真的，却又带有着“涉世未深”的稚嫩。陈子昂的诗则更多地表现出一种深广的忧患意识，积聚着自《诗》和《楚辞》以来无数敏感的骚人墨客所深深地感知着的人生的、政治的、历史的“沉重感”。但是同时却又显现出了很浓厚的“孤独性”——茫茫的宇宙似乎是与诗人“对立”着的，因此他感到“孤立无援”而只能独自怆然泪下。然而随着社会历史的演进和人类思想的发展，出现在几百年后宋人作品中的“宇宙意识”，就表现出“天人合一”的品格了。请读《前赤壁赋》：“客亦知夫水与月乎？……盖将自其变者而观之，则天地曾不能以一瞬；自其不变者而观之，则物与我皆无尽也。”这种徜徉在清风明月的怀抱之中而感到无所不适的快乐，这种打通了人与宇宙界限的意识观念，标志着以苏轼为典型的宋代一部分士人，已逐步从前代人的困惑、苦恼中摆脱出来，而到达了一种更为“高级”的“超旷”的思想境地，反映出这一代身受多种社会矛盾折磨的文人于经历了艰苦曲折的心路历程之后，在思想领域里已经找到了一种自我解脱、自我超化的“武器”。

张孝祥其人，无论从其人品、胸襟、才学、词风来看，都与苏轼有着很多相似之处。不过，凡是优秀的作家（特别像张孝祥这样一位有个性、有才华的作家），除了向前人学习之外，更会有着自己的独创。张孝祥的这首词，在继轨苏轼的道路上，就以他高洁的人格和高昂的生命活力作为基础，以星月皎洁的夜空和寥廓浩荡的湖面为背景，创造出了一个光风霁月、坦荡无涯的艺术意境和精神境界。

词的开头三句即在我们面前展现了一个静谧、开阔的画面。“气蒸云梦泽，波撼岳阳城”，现实中的八月洞庭湖，可以说是极少会风平浪静的。因此词人所写的“更无一点风色”，与其说是实写湖面的平静，还不如说是有意识地要展现其内心世界的恬宁，它的真实用意乃在展开下面“天人合一”的“澄澈”境界。果然“玉鉴琼田三万顷，着我扁舟一叶”二句就隐约地暗示了这种物我“和谐”的快感。在别人的作品中，一叶扁舟与汪洋大湖的形象对比中，往往带有“小”“大”之间悬差、对比的意念，而张词却用了一个“着”字，表达了他如鱼归水般的无比欣喜，其精神境界就显然与人不同。试想，扁舟之附着于万顷碧波，不是很像“心”之附着于“体”吗？心与体本是相互依附、相互一致的。照古人看来，“人”实在即是“天地之心”“五行之秀”（《文心雕龙·原道》），宇宙的“道心”就即体现在“人”的身上。因此“着我扁舟”之句中，就充溢着一种皈依自然、天人合一的“宇宙意识”，而这种意识又在下文的“素月分辉，明河共影，表里俱澄澈”中表露得更加充分。月亮、银河，把它们的光辉倾泻入湖中，碧粼粼的细浪中照映着星河的倒影，此时的天穹地壤之间，一片空明澄澈——就连人的“表里”都被洞照得通体透亮。这是多么纯净的世界，又是多么晶莹的境界！词人的心，已被宇宙的空明净化了，而宇宙的景，也被词人的纯洁净化了。人格化了的宇宙，宇宙化了的人格，打成一片，浑成一体，使我们的词人全然陶醉了。他兴高采烈，他神情飞扬，禁不住要发出自得其乐的喁喁独白：“悠然心会，妙处难与君说！”在如此广袤浩淼的湖波上，在如此神秘幽冷的月光下，词人非但没有常人此时此地极易产生的陌生感、恐惧感，反而产生了无比的亲切感、快意感，这不是一种物我相惬、天人合一的“宇宙意识”又是什么？这里当然包含着“众人皆浊我独清，众人皆醉我独醒”的自负，却没有了屈子那种“颜色憔悴，形容枯槁”的苦闷；这里当然也有着仰月映湖“对影成三人”的清高，却也没有了李白那种“行乐当及时”的烦躁。词人感到了前所未有的恬淡和安宁。在月光的爱抚下，在湖波的摇篮里，他原先躁动不安的心灵，找到了最好的休憩和归宿之处。人之回归到大自然母亲的怀抱中，人的开阔而洁净的心灵之与“无私”的宇宙精神的“合二而一”，这岂不就是最大的快慰与欢愉？此种“妙处”，又岂是“外人”所能得知！诗词之寓哲理，至此可谓达到了“化境”。

那么，为什么这种“天人合一”的“妙处”只能由词人一人所独得？词人真是一个“冷然、洒然”、不食“烟火食”的人（陈应行《于湖词序》语）吗？非也。张孝祥此行，刚离谗言罗织的是非场不久，因而说他是一个生来的“遗世独立”之士并不符合事实。事实是，他有高洁的人格，有超旷的胸怀，有“迈往凌云之气”和“自在如神之笔”（同上），所以才能跳出“小我”的圈子而悠然心会此间的妙处和出此潇洒超尘的词篇。其实他心境的“悠然”并非天生：“世路如今已惯，此心到处悠然”（《西江月·题溧阳三塔寺》），这就可证，他的“悠然”是在经历了“世路”的坎坷艰险后才达到的一种“圆通”和“超脱”的精神境界，而并非是一种天生的冷漠或自我麻醉。所以他在上面两句词后接着写道：“寒光亭下水连天，飞起沙鸥一片。”天光水影，白鸥翔飞，这和“素月分辉，明河共影，表里俱澄澈”，就是同样的一种超尘拔俗、物我交游的“无差别境界”。这种通过矛盾而达到了矛盾的暂时解决、通过对于人生世路的“入乎其内”而达到的“出乎其外”的过程，很容易使我们联想到苏轼的《六月二十七日望湖楼醉书》：“黑云翻墨未遮山，白雨跳珠乱入船。卷地风来忽吹散，望湖楼下水如天。”这是在写望湖楼上所见之实景，但也未尝不是在写他所经历的心路历程：在人生路途中，风风雨雨随处都有；然而只要保持人格的纯洁和思想的达观，一切风雨终会过去，一个澄澈空明的“心境”必将复现。

“应念岭表经年，孤光自照，肝胆皆冰雪。”这就触着了词人的“立足点”。词人刚从“岭表”(今两广地区)的一年左右的官场生活中摆脱出来，回想自己在这一段仕途生涯中，人格及品行是极为高洁的，高洁到连肝胆都如冰雪般晶莹而无杂滓；但此种心迹却不易被人所晓(反而蒙冤)，故而只能让寒月之孤光来洞鉴自己的纯洁肺腑。言外之意，不无凄然和怨愤。所以这里出现的词人形象，就是一位有着愤世情绪的现实生活中的人了；而前面那种“表里澄澈”的形象，却是他“肝胆冰雪”的人格经过“宇宙意识”的升华而生成的结晶体。写到这里，作者的慨世之情正欲勃起，却又立即转入了新的感情境界：“短发萧疏襟袖冷，稳泛沧溟空阔。”这里正是作者旷达高远的襟怀在起着作用：“任凭风浪起，稳坐钓鱼台”，何必去理睬那些小人们的飞短流长，我且泛舟稳游于洞庭湖上。——非但如此，我还要进而“精骛八极、心游万仞”地作天人之游呢！因此尽管头发稀疏，两袖清风，词人的兴会却格外高涨了，词人的想象更加浪漫了。于是便出现了下面的奇句：“尽吸西江，细斟北斗，万象为宾客”，这是何等大的气派，何等开阔的胸襟！词人要吸尽长江的浩荡江水，把天上的北斗七星当作勺器，而邀天地万物作为陪客，高朋满座地细斟剧饮起来。这种睥睨世人而“物我交欢”的神态，是词人自我意识的“扩张”，是词人人格的“充溢”，表现出了以我为“主”(主体)的新的“宇宙意识”。至此，词情顿时达到了“高潮”：“扣舷独啸，不知今夕何夕！”“今夕何夕”？回答本来是明确的：今夕是“近中秋”的一夕。但是作者此时似乎已经达到了“忘形”的兴奋地步而把人世间的一切(连“日子”)都遗忘得干干净净了；因此，那些富贵功名、宠辱得失，更已一股脑儿地抛到了九霄云外去了。在这一瞬间，“时间”似乎已经凝止了，“空间”也已缩小了，幕天席地之间，上下古今之中，只有一个“扣舷独啸”的词人形象充塞于画面的中心而又响起了虎啸龙吟，风起浪涌的“画外音”。先前那个“更无一点风色”、安谧恬静的洞庭湖霎时间似乎变成了万象沓至、群宾杂乱的热闹酒座，而那位“肝胆冰雪”的主人也变成了酒入热肠、壮气凌云的豪士了……

历史上的张孝祥，是一位有才华、有抱负、有器识的爱国之士。而在这首作于特定环境（洞庭月夜）的《念奴娇》中，作者的高洁人格、高尚气节以及高远襟怀，都“融化”在一片皎洁莹白的月光湖影中，变得“透明”“澄澈”；经过了“宇宙意识”的升华，它越发带有了肃穆性、深邃性和丰厚性。作者奇特的想象、奇高的兴会以及奇富的文才，又“融解”在一个寥廓高远的艺术意境中，显得“超尘”“出俗”；经过了“宇宙意识”的升华，它越发带有了朦胧性、神秘性和优美性。词中最令人回味的句子是：“悠然心会，妙处难与君说。”“妙处”在何？妙处在于物我交游、天人合一；妙处在于“言不尽意”却又“意在言中”。试想，一个从尘世中来的活生生的“凡人”，能够跳出“遍人间烦恼填胸臆”的困境，而达到如此物我两忘的精神境界，岂非快极妙极！而前人常说“言不尽意”，作者却能借助于此种物我交融、情景交浃的意境，把“无私”“忘我”的快感表达得如此淋漓尽致，这又岂非是文学的无上“妙境”！胡仔曾经赞叹，“中秋词，自东坡《水调歌头》一出，余词尽废”（《苕溪渔隐丛话》后集卷十三），此话其实过分。眼前的这首《念奴娇》词，就是一篇“废”不得的佳作。如果说苏词借着月光倾吐了他对“人类之爱”的挚情歌颂的话，那么张词就借着月光抒发了他对“高风亮节”的尽情赞美。不但是在“中秋”诗词的长廊中，而且是在整个古典文学的长廊中，它都是一块杰出的丰碑。而载负着它的深厚伟力，就在于那经过“宇宙意识”升华过的人格美和艺术美。它将具有着“澡雪精神”和提高审美能力的永久的魅力。

（杨海明）

水龙吟

辛弃疾

甲辰岁寿韩南涧尚书

渡江天马南来①，几人真是经纶手？长安父老②，新亭风景③，可怜依旧！夷甫诸人④，神州沉陆，几曾回首！算平戎万里，功名本是，真儒事，公知否？　况有文章山斗⑤，对桐阴⑥、满庭清昼。当年堕地，而今试看，风云奔走。绿野风烟⑦，平泉草木⑧，东山歌酒⑨。待他年，整顿乾坤事了，为先生寿。

【注】

①“渡江”句：《晋书·元帝纪》：“大安之际，童谣云：‘五马浮渡江，一马化为龙。’”

② 长安父老：《晋书·桓温传》：“温进至灞上，(苻)健以五千人深沟自固，人皆安堵复业，持牛酒迎温于路者十八九，耆老感泣曰：‘不图今日复见官军！’”

③ 新亭风景：《世说新语·言语》：“过江诸人，每至美日，辄相邀新亭，藉卉饮宴。周侯(顗)中坐而叹曰：‘风景不殊，正自有山河之异！’皆相视流泪。唯王丞相(导)愀然变色曰：‘当共戮力王室，克复神州，何至作楚囚相对！’”

④ 夷甫诸人：夷甫，西晋宰相王衍之字，他好清谈，不理政事。

⑤ 文章山斗：《新唐书·韩愈传》：“自愈之没，其言大行，学者仰之如泰山北斗云。”

⑥ 桐阴：北宋时汴京有二韩氏，皆故家。一为韩亿家，一为韩琦家，琦，相州安阳人。

⑦ 绿野风烟：《旧唐书·裴度传》：“时阉竖擅威，天子拥虚器，搢绅道丧，度不复有经济意，乃治第东都集贤里，沼石林丛，岑缭幽胜，午桥作别墅，其燠馆凉台，号绿野堂。”

⑧ 平泉草木：《旧唐书·李德裕传》：“东都于伊阙南置平泉别墅，清流翠筿，树石幽奇。”

⑨ 东山歌酒：《晋书·谢安传》：“安虽放情丘壑，然每游赏，必以妓女从。”又：“安虽受朝寄，然东山之志，始末不渝。”

赏析

宋孝宗淳熙八年(1181),辛弃疾被劾,落职退居上饶之带湖,曾任吏部尚书的韩元吉(字无咎,号南涧),致仕后亦侨寓此地。由于他们都有抗金雪耻的强烈愿望,所以过从甚密。这时距宋金“隆兴和议”的签订已整整二十年,南宋朝廷文恬武嬉,不以国事为念。又三年,岁次甲辰(1184),正逢韩元吉六十七岁生日,辛弃疾填了上录一词申祝。

一起两句,劈空而下,笔力万钧。作者蔑视南渡以来的当政者,“几人”云云,真有杜诗“一洗万古凡马空”之概。既谓朝士无才,则隐然以有才者推崇韩元吉,并以之自许,亦即“天下英雄唯使君与操”之意。按辛弃疾曾作《美芹十论》《九议》向皇帝、宰相献策;韩元吉亦有《论淮甸札子》《十月末乞备御白札子》向朝廷进言。故谋国长才,韩、辛两人都当之无愧。承接六句,分为二层:一则借往昔旧京父老颙望王师之情,和东晋士大夫痛洒新亭之泪,慨叹今日偏安之局仍未改观;二则引用桓温登平乘楼眺望之言,指责中原沦胥,为朝臣误国结果。由于这六句都针对当时世事而发的,故情绪转为低沉,笔调也随之挫落。歇拍四句,谓御敌靖边,建功扬名,才是吾辈儒者应尽的职责。这是抒露自己的豪情壮志,并勖勉韩氏,故笔锋重新振起。下片都是向着韩元吉说的。过片三句,称颂韩氏有卓越的文才和清贵的家世。他把韩元吉比做韩愈,是当代文坛上的泰山北斗。诗文词中惯用同姓的古人比今人。按韩元吉有《南涧甲乙稿》传世,黄昇称他“政事文学为一代冠冕”(见《花庵词选》)。如此比拟,不为太过。他赞美北宋年间“桐木韩家”人才辈出,足见韩元吉有优良的家风可以承继。接三句,谓韩氏呱呱堕地,已自不凡,风云际会,更露头角。上述五句都属颂扬之词,故意气仍然风发,笔调仍然轩朗。再下三句,把韩氏比做裴度、李德裕和谢安。这三位都是前代的贤相。韩氏先世曾任显职,韩元吉的勋业和位望虽不能与他们相提并论,可是由于在政治舞台上失意而退归林下的境遇,彼此是相仿佛的。“怅望千秋一洒泪,萧条异代不同时”(杜甫《咏怀古迹》其二),为此,笔调再次挫落。最后三句,用瑰辞壮语激励韩氏投袂而起,共同完成规复中原的夙愿。上下片之结尾，笔力气势，铢两悉称，立意遣辞，前后照应甚密。

这是一阕别开生面的寿词。一般寿词多祝贺语，所谓善颂善祷。此词一反故常，除下片有些颂祷味道的句子外，其他都是借题发挥，因忧伤国事而抒发愤慨。最使作者愤慨不平的，乃是在朝者无才无志，而在野的有胆识、有志节之士，却无权无位。由于在朝者无才无志，酿成赤县神州陆沉之祸，辜负中原父老喁喁之望，难禁渡江士人新亭之泪，国势颓衰至此，秉政者难辞其咎。以上是上片的要领，也是全阕的主旨。

下片似另立机杼，从抒露对国事的愤慨，转而称颂韩元吉。其实乃上片的有机组合。因为对韩氏的称颂，就是证实上片所说的“经纶手”世有其人，其人非他，即驰骋文坛而又曾腾踔政海的韩元吉。设或韩氏在朝秉政，得行其志，国事尚有可为，匡复之机，仍然有望。可是现今呢？韩氏和自己都像历史上三位贤相一般投闲置散，啸傲烟霞，寄情林莽，对国家大事竟无置喙的余地，于此，作者愤慨之情可以想见。最难得的是，作者于愤慨之余，对国事仍未失去信念，于是发出“待他年，整顿乾坤事了，为先生寿”的预言，换言之，即国耻未雪，无以称寿，这与霍去病“匈奴未灭，无以家为”，堪称异代同调，又与上片“算平戎万里，功名本是，真儒事，公知否”，紧密契合。

本词除运笔布局，峰峦起伏，颇具匠心外，引用史乘，比拟今人今事，也很成功。如上片连用“五马渡江”“长安父老”“新亭风景”“神州陆沉”四则东晋典故比拟南宋之事，贴切无伦，移用不得。由于在中国历史上，受非汉族侵凌而南渡偏安的只有东晋和南宋两个朝代，故国情世局不无相似之处。下片以韩元吉比东晋谢安，唐代裴度、李德裕，不但因为韩氏当时的处境，与谢、裴、李三人的某一时期相似，而且还涵蕴着更深一层意思：谢安淝水大破苻坚军，裴度平淮西吴元济之乱，李德裕平泽潞刘稹之乱，这三位古人，都建立了不世之功勋。而韩元吉呢？则长才未及施展而即致仕家居，故作者为之惋惜。以此下接激励韩氏的“待整顿”三句，便很自然而不突兀。

（黄清士）

水龙吟

辛弃疾

登建康赏心亭

楚天千里清秋，水随天去秋无际。遥岑远目，献愁供恨，玉簪螺髻。落日楼头，断鸿声里，江南游子。把吴钩看了，栏干拍遍，无人会、登临意。

休说鲈鱼堪脍，尽西风、季鹰归未？求田问舍，怕应羞见，刘郎才气。可惜流年，忧愁风雨，树犹如此！倩何人唤取，红巾翠袖，揾英雄泪！

赏 析

这首词作于乾道四年至六年(1168—1170)间建康通判任上。这时作者南归已八、九年了，却投闲置散，不得一遂报国之愿。值此登临周览之际，一抒郁结心头的悲愤之情。

建康(今江苏南京)是东吴、东晋、宋、齐、梁、陈六个朝代的都城。赏心亭是南宋建康城上的亭子。据《景定建康志》记载："赏心亭在(城西)下水门城上，下临秦淮，尽观赏之胜。"

这首词，上片大段写景：由水写到山，由无情之景写到有情之景，很有层次。开头两句，"楚天千里清秋，水随天去秋无际"，是作者在赏心亭上所见的江景。楚天千里，辽远空阔，秋色无边无际。大江流向天边，也不知何处是它的尽头。写得气象阔大，笔力遒劲。"楚天"的"楚"，泛指长江中下游一带，这里战国时曾属楚国。"水随天去"的"水"，指浩浩荡荡奔流不息的长江。"千里清秋"和"秋无际"，写出江南秋季的特点。南方常年多雨多雾，只有秋季，天高气爽，才可能极目远望，看见大江向无穷无尽的天边流去。

下面“遥岑远目，献愁供恨，玉簪螺髻”三句，是写山。“遥岑”，即远山。放眼望去，那一层层、一叠叠的远山，有的很像美人头上插戴的玉簪，有的很像美人头上螺旋形的发髻，可是这些都只能引起词人的忧愁和愤恨。皮日休《缥缈峰》诗:“似将青螺髻，撒在明月中”，韩愈《送桂州严大夫》诗有“山如碧玉篸”之句(篸即簪)，是此句用语所本。人心中有愁有恨，所见之远山也似乎在“献愁供恨”。这是移情及物的手法。至于愁恨为何，又何因而至，词中没有正面交代，但结合登临时地情景，可以意会得到。北望是江淮前线，效力无由;再远即中原旧疆，收复无日。南望则山河虽好，无奈仅存半壁;朝廷主和，志士不得其位，即思进取，也限于国力。以上种种，是恨之深者，愁之大者。借言远山之献供，一写内心的担负，而总束在此片结句“登临意”三字内。开头两句，是纯粹写景，至“献愁供恨”三句，已进了一步，点出“愁”“恨”两字，由纯粹写景而开始抒情，由客观而及主观，感情也由平淡而渐趋强烈。“落日楼头”六句意思说，夕阳快要西沉，孤雁的声声哀鸣不时传到赏心亭上，更加引起了作者对远在北方的故乡的思念。他看着腰间空自佩戴的宝刀，悲愤地拍打着亭子上的栏杆，可是又有谁能领会他这时的心情呢?

这里“落日楼头，断鸿声里，江南游子”三句，虽然仍是写景，但同时也是喻情。落日，本是自然景物，辛弃疾用“落日”二字，含有比喻南宋国势衰颓的意思。“断鸿”，是失群的孤雁，比喻自己飘零的身世和孤寂的心境。“游子”，指自己。辛弃疾渡江淮归南宋，原是以宋朝为自己的故国，以江南为自己的家乡的。可是南宋统治集团不把辛弃疾看作自己人，对他一直采取猜忌排挤的态度;致使辛弃疾觉得他在江南真的成了游子了。

“把吴钩看了，栏干拍遍，无人会、登临意”三句，是直抒胸臆，但作者不是直接用语言来渲染，而是选用具有典型意义的动作，淋漓尽致地抒发自己报国无路、壮志难酬的悲愤之情。第一个动作是“把吴钩看了”(“吴钩”是吴地所造的钩形刀)。杜甫《后出塞》诗中就有“少年别有赠，含笑看吴钩”的句子。“吴钩”，本是战场上杀敌的锐利武器，但现在却闲置身旁，无处用武，这就把作者虽有沙场立功的雄心壮志、却是英雄无用武之地的苦闷也烘托出来了。以物比人，这怎能不引起辛弃疾的无限感慨呢！第二个动作“栏干拍遍”。据宋王辟之《渑水燕谈录》记载，一个"与世相龃龉"的刘孟节，他常常凭栏静立，怀想世事，吁唏独语，或以手拍栏杆。尝有诗曰："读书误我四十年，几回醉把栏干拍。"栏杆拍遍是表示胸中那说不出来抑郁苦闷之气，借拍打栏杆来发泄的意思，用在这里，就把作者雄心壮志无处施展的急切悲愤的情态宛然显现在读者面前。另外，"把吴钩看了，栏干拍遍"，除了典型的动作描写外，还由于采用了运密入疏的手法，把强烈的思想感情寓于平淡的笔墨之中，内涵非常丰厚，十分耐人寻味。"无人会、登临意"，慨叹自己空有恢复中原的抱负，而南宋统治集团中没有人是他的知音。

上片写景抒情，下片则是直接言志。下片十一句，分四层意思：

"休说鲈鱼堪脍，尽西风、季鹰归未？"尽管西风起来了，季鹰归来没有呢？这里引用了一个典故：晋朝人张翰（字季鹰），在洛阳做官，见秋风起，想到家乡苏州味美的鲈鱼，便弃官回乡（见《晋书·张翰传》）。现在深秋时令又到了，连大雁都知道寻踪飞回旧地，何况我这个漂泊江南的游子呢？然而自己的家乡如今还在金人统治之下，想回去也回去不了！"尽西风、季鹰归未？"既写了有家难归的乡思，又抒发了对金人、对南宋朝廷的激愤，确实收到了一石三鸟的效果。乡思，与前面的"游子"呼应，是"落日""断鸿"背景里"游子"的真情流露。"求田问舍，怕应羞见，刘郎才气"，是第二层意思。求田问舍就是买地置屋。刘郎，指三国时刘备，这里泛指有大志之人。这也是用了一个典故。三国时许汜去看望陈登，陈登对他很冷淡，独自睡在大床上，叫他睡下床。后来许汜把这事告诉刘备，刘备说：天下大乱，你忘怀国事，求田问舍，陈登当然瞧不起你。如果碰上我，我将睡在百尺高楼，叫你睡在地下，岂止相差上下床呢？（见《三国志·陈登传》）这二层的大意是说，既不学为吃鲈鱼脍而还乡的张季鹰，也不学求田问舍的许汜。"怕应羞见"的"怕应"二字，是辛弃疾为许汜设想，表示怀疑：像你（指许汜）那样的琐屑小人，自己有何面目去见像刘备那样的英雄人物？

"可惜流年，忧愁风雨，树犹如此"，是第三层意思。流年，即年光如流；风雨，指国家在风雨飘摇之中，"树犹如此"也有一个典故，据《世说新语·言语》，桓温北征，经过金城，见自己过去种的柳树已长到几围粗，便感叹地说："木犹如此，人何以堪?”树已长得这么高大了，人怎么能不老大呢！这三句词包含的意思是：我所忧惧的，只是国事飘摇，时光流逝，北伐无期，恢复中原的夙愿不能实现，辜负了平生的雄心壮志，如此而已。这三句，是全首词的核心。到这里，作者的感情经过层层推进已经发展到最高点。下面就自然地过渡到词的结尾了，也就是第四层意思："倩何人唤取，红巾翠袖，揾英雄泪。"倩，是请求，"红巾翠袖"，是少女的装束，这里就是少女的代名词。在宋代，一般游宴娱乐的场合，都有歌妓在旁唱歌侑酒。这三句是写辛弃疾自伤抱负不能实现，时无知己，得不到同情与慰藉的悲叹。亦与上片"无人会、登临意"相呼应。

这首词，是辛词名作之一，它不仅对辛弃疾生活着的那个时代的矛盾有所反映，有比较深厚的现实内容，而且，运用圆熟精到的艺术手法把内容完美地表达出来，直到今天仍然具有极其强烈的感染力量，使人们百读不厌。

（夏承焘　吴无闻）

青玉案

辛弃疾

东风夜放花千树。更吹落，星如雨。宝马雕车香满路。凤箫声动，玉壶光转，一夜鱼龙舞。　　蛾儿雪柳黄金缕，笑语盈盈暗香去。众里寻他千百度，——蓦然回首，那人却在，灯火阑珊处。

赏　析

写上元灯节的词，不计其数，稼轩的这一首，却谁也不能视为可有可无，即此亦可谓豪杰了。然究其实际，上片也不过渲染那一片热闹景况，并无特异独出之处。看他写火树，固定的灯彩也。写“星雨”，流动的烟火也。若说好，就好在想象：是东风还未催开百花，却先吹放了元宵的火树银花。它不但吹开地上的灯花，而且还又从天上吹落了如雨的彩星——燃放烟火，先冲上云霄，复自空而落，真似陨星雨。然后写车马，写鼓乐，写灯月交辉的人间仙境——“玉壶”，写那民间艺人们的载歌载舞、鱼龙曼衍的“社火”百戏，好不繁华热闹，令人目不暇接。其间“宝”也，“雕”也，“凤”也，“玉”也，种种丽字，总是为了给那灯宵的气氛来传神来写境，盖那境界本非笔墨所能传写，幸亏还有这些美好的字眼，聊为助意而已。总之，我说稼轩此词，前半实无独到之胜可以大书特书。其精彩之笔，全在后半始见。

后片之笔，置景于后，不复赘述了，专门写人。看他先从头上写起：这些游女们，一个个雾鬓云鬟，戴满了元宵特有的闹蛾儿、雪柳，这些盛妆的游女们，行走之间说笑个不停，纷纷走过去了，只有衣香犹在暗中飘散。这么些丽者，都非我意中关切之人，在百千群中只寻找一个——却总是踪影皆无。已经是没有什么希望了。……忽然，眼光一亮，在那一角残灯旁侧，分明看见了，是她！是她！没有错，她原来在这冷落的地方，还未归去，似有所待！

这发现那人的一瞬间，是人生的精神的凝结和升华，是悲喜莫名的感激铭篆，词人都如此本领，竟把它变成了笔痕墨影，永志弗灭！——读到末幅煞拍，才恍然彻悟：那上片的灯、月、烟火、笙笛、社舞交织成的元夕欢腾，那下片的惹人眼花缭乱的一队队的丽人群女，原来都只是为了那一个意中之人而设、而写，倘无此人在，那一切又有何意义与趣味呢！多情的读者，至此不禁涔涔泪落。

此词原不可讲，一讲便成画蛇，破坏了那万金无价的人生幸福而又辛酸的一瞬的美好境界。然而画蛇既成，还思添足：学文者莫忘留意，上片临末，已出“一夜”二字，这是何故？盖早已为寻他千百度说明了多少时光的苦心痴意，所以到得下片而出“灯火阑珊”，方才前早呼而后遥应，笔墨之细，文心之苦，至矣尽矣。可叹世之评者动辄谓稼轩“豪放”，“豪放”，好像将他看作一个粗人壮士之流，岂不是贻误学人乎？

王静安《人间词话》曾举此词，以为人之成大事业者，必皆经历三个境界，而稼轩此词之境界为第三，即最终最高境。此特借词喻事，与文学赏析已无交涉，王先生早已先自表明，吾人可以无劳纠葛。

从词调来讲，《青玉案》十分别致，它原是双调，上下片相同，只上片第二句变成三字一断的叠句，跌宕生姿。下片则无此断叠，一连三个七字排句，可排比，可变幻，总随词人之意，但排句之势是一气呵成的，单单等到排比完了，才逼出煞拍的警策句。北宋另有贺铸一首，此义正可参看。

（周汝昌）

清平乐

辛弃疾

村　居

茅檐低小，溪上青青草。醉里吴音相媚好，白发谁家翁媪。　大儿锄豆溪东，中儿正织鸡笼；最喜小儿无赖，溪头卧剥莲蓬。

赏　析

辛弃疾写了不少描写农村生活的有名词作，这首词是其中的优秀作品之一。刘熙载说，“词要清新”，“澹语要有味”（《艺概·词曲概》）。辛弃疾此作正具有“澹语清新”、充满诗情画意的特点。它表现在描写手法、结构和构思三个方面。

在描写手法上，这首小令，并没有一句使用浓笔艳墨，只是用纯粹白描手法，描绘农村某人家的环境和一个老小五口之家的生活画面。作者能够把这家老小五人的不同面貌和表现情态，描写得惟妙惟肖、活灵活现，具有浓厚的生活气息，如若不是大手笔，是难能达到此等艺术意境的。

上片开头两句，写这个老小五口之家，有一所低小的茅草房屋，紧靠着一条流水淙淙、清澈照人的小溪。溪边长满了碧绿的青草。在这里，作者只用淡淡的两笔，就把由茅屋、小溪、青草组成的清新秀丽的环境勾画出来了。不难看出，这两句词在全首词中，还兼有点明环境和地点的重要使命。

三、四两句，描写一对满头白发的翁媪，亲热地坐在一起，一边喝酒，一边聊天的悠闲自得的情态。这几句尽管写得平平淡淡，但是，它却把一对白发翁媪，乘着酒意，彼此“媚好”，亲密无间，那种和谐、温暖、惬意的老年夫妻的幸福生活，真切地再现出来了。这就是无奇之中的奇妙之笔。当然，这里并不仅仅限于这对翁媪的生活,它概括了农村普遍的老年夫妻的生活乐趣,具有一定的典型意义。“吴音”,指吴地的地方话。作者写这首词时,在江西上饶,此地,春秋时代属于吴国。“媪”,是对老年妇女的代称。

下片四句,纯是大白话,采用白描手法,直陈其事,和盘托出三个儿子的不同形象。大儿子是主要劳力,担负着溪东豆地里锄草的重担。二儿子年纪尚小,只能做点辅助劳动,所以在家里编织鸡笼。三儿子不懂世事,只是任意地调皮玩耍,看他躺卧在溪边剥莲蓬吃的神态,即可想而知。这几句虽然极为通俗易懂,却刻画出鲜明的人物形象,描绘出耐人寻味的意境。尤其小儿无赖剥莲蓬吃的那种天真活泼的神情状貌,饶有情趣,栩栩如生。可谓是神来之笔,古今一绝!“无赖”,谓顽皮,是爱称,并无贬义。“卧”字的使用最妙,它把小儿天真、活泼、顽皮的劲儿,和盘托出,活跃纸上。所谓一字千金,即是说使用一字,恰到好处,就能给全句或全词增辉。这里的“卧”字正是如此。

而在艺术结构上,全词紧紧围绕着小溪,布置画面,展开人物活动。从词的意境来看,茅檐是靠近小溪的。另外,“溪上青青草”“大儿锄豆溪东”“最喜小儿无赖,溪头卧剥莲蓬”四句,连用三个“溪”字,就使得词作画面的布局十分紧凑。所以,“溪”字的使用,在全词结构上起着栋梁的作用。

它的构思巧妙,颇为新颖。茅檐、小溪、青草,这本来是农村司空见惯一般化的东西,然而作者把它们组合在一个画面里,就显得格外清新优美。这是写景。在写人方面,写一对翁媪,身边有大、中、小三子。翁媪饮酒聊天,大儿锄草,中儿编织鸡笼,小儿卧剥莲蓬。通过这样简单的情节安排,就把充满着一片生机、和平宁静、朴素安适的农村生活景象,真实地反映出来了。真是诗情画意,清新悦目。这样的构思,不仅颇为巧妙,而且色彩也显得和谐而鲜明,能给人留下难忘的印象。

从作者对农村清新秀丽、朴素雅静的环境描写;对翁媪及其三子形象的刻画,表现出词人喜爱农村和平宁静生活的审美观点。

这首小令题为“村居”,是作者晚年遭受议和派排斥和打击,志不得伸,归隐上饶地区闲居农村时所写。词作描写农村和平宁静、朴素安适的生活,并不能说是作者对现实的粉饰。从作者一生始终关心恢复大业来看,他向往农村这样的生活，从而会更加激起他抗击金兵、收复中原、统一祖国的爱国热忱。就当时来说，在远离抗金前线的村庄，具有这种和平宁静的生活，也是存在的，此作并非作者主观想象的产物，而是现实生活的反映。

（陆永品）

西江月

辛弃疾

夜行黄沙道中

明月别枝惊鹊，清风半夜鸣蝉。稻花香里说丰年，听取蛙声一片。
七八个星天外，两三点雨山前。旧时茅店社林边，路转溪桥忽见。

赏析

辛弃疾是南宋一位杰出的豪放派词人。他的风格以沉雄激越著称。但人生道路既然多歧，作家的巨大艺术熔炉又丰富多彩，这就必然出现卓越作家不拘一格的艺术风格，既有其主调而又有其变调的风格。因此辛弃疾在慷慨纵横之外，还有其淡泊潇洒的一面。

这一首词是辛弃疾中年时代经过黄沙岭道上写的几篇作品之一。黄沙岭在江西上饶县西四十里，岭高约十五丈，深而敞豁，可容百人。下有两泉，水自石中流出，可溉田十余亩（见《上饶县志》）。可见黄沙岭一带不仅是一个风景优美的所在，也是农田水利较好的地区。宋孝宗淳熙八年（1181）冬，词人被奸佞中伤、弹劾以致罢官后，就开始在上饶家居，一直住了十五年左右。这中间虽然曾短期出仕，但基本上是蹲在上饶，有机会充分领略黄沙道上的风物之胜。描写这一带风景的词，现存约五首，即：《生查子》（独游西岩）二首、《浣溪沙》（黄沙岭）一首、《鹧鸪天》（黄沙道上即事）一首，以及本阕。它们从不同角度体现了辛弃疾部分写景词中清新俊逸和绰约自然的风格。

在这五首词中，我总感到最耐人寻味的是这首《西江月》。

这首词平易中见真切，浑沦处见准确，连绵中呈陡转。眼前常景，而能别开蹊径；脱手炼词，得刻物入神之妙。

“明月别枝惊鹊，清风半夜鸣蝉。”表面看来，这里的风、月、蝉、鹊都是极其平常的景物，然而经过作者把这些夜间景物巧妙地组合起来，结果平常中就显得不平常了。鹊儿的惊飞不定，不是盘旋在一般树头，而是飞绕在横斜突兀的枝干之上。因为月光明亮，所以鹊儿被惊醒了；而鹊儿惊飞，自然也就会引起“别枝”摇曳。与此同时，知了的鸣声也是有其一定时间、空间和条件的。夜间的蝉声不同于烈日炎炎下的嘶鸣，而当凉风徐徐吹拂时，往往特别感到清幽。总的说来，“惊鹊”和“鸣蝉”两句都有动中寓静之妙。它们沐浴在“半夜”“明月”的清辉中，恰如法国小说家莫泊桑说过的：被“这明空的夜色的柔和情趣所浸润”（《月色》）。

“稻花香里说丰年，听取蛙声一片。”显然，这里词人所摄取的空间是由高而低了。词的开首原只是从长空写起，然而这里却一转而为对田野的刻画，表现了词人不仅为夜间黄沙道上的“柔和情趣”所“浸润”，更值得注意的是从扑面而来的漫村遍野的稻花香气中联想到即将到来的丰年景象。此时此地，词人与人民同呼吸的欢乐，真是喷薄而出不可遏止了。稻花飘香的“香”，固然点明稻花盛开，也说明词人心头的甜蜜之感。但报说丰年的主体，写出来却是那一片蛙声，构想奇妙。在词人的感觉里，俨然听到群蛙在稻田中齐声喧嚷，争说丰年。先出“说”的内容于前，再补“声”的来源于后。鹊声报喜、蛩吟诉哀之类，诗词中常写到，但以蛙声说丰年，不能不说是稼轩词的创造。

这短短四句构成的上片，纯然是抒写当时当地的夏夜山道的景物和词人的感受，然而感受的核心分明是洋溢着丰收年景的夏夜。与其说是夏景，还不如说是眼前夏景带给人的幸福。

是不是眼前夏景的描写就到此为止了呢？不然。如果说词的上片还并非寥廓夏景的描绘，那么下片就显然是以波澜变幻、柳阴路曲取胜了。由于上片结尾，构思和音律出现了显著的停顿，因此下片开头，就需要树立一座峭拔挺峻的奇峰，有待运用对仗手法，以加强稳定的音势。你看吧，“七八个星天外，两三点雨山前”，不都是随手拈来的吗？然而却多么洒脱，多么深稳！

“星”是寥落的疏星，“雨”是轻微的阵雨，这些都更策应着上片的清幽夜色、恬静气氛和朴野成趣的乡土气息。特别是一个“天外”，一个“山前”，本来是遥远而不可捉摸的，可是笔锋一转，小桥一过，乡村林边茅店的影子，却意想不到地出现在眼前了。这分明是远而忽近，隐而骤明，说明前此词人对黄沙道上的路径尽管很熟，可总因为醉心于倾诉丰年在望之乐的一片蛙声中，竟忘却了越过“天外”，迈过“山前”，连早已临近的那个熟而能详的社庙旁树林边的茅店，也都不知不觉了。前文“路转”，后文“忽见”，这是多么美丽的春云乍展！既衬出了词人骤然间看出了分明临近旧屋的欢欣，更表现了他由于沉浸在稻花香中以至忘记了道途远近的怡然自得的入迷程度。

一首短短的小词，它的题材内容不过是一些看来极其平凡的景物，语言没有任何雕饰，没有用上一个典故，层次安排也完全是听其自然，悠然而起，悠然而住。这样的构思和描绘，可以说是辛词平淡风格中最典型的了，但淡泊中的淳厚却更见功夫。

这渊源于词人的雄浑豪迈的气质和情真意挚的心灵两相结合的创作个性。他的一腔伤时忧国之情，在不少场合固然表现为瀑布式的奔泻，但有时却又运用旁敲侧击或烘云托月的方法，特别是选取有典型特征的景物，比兴并用，赋予景物以情感色彩和见微知著的寄托，雄浑中见其轻快。从作者的翛然心境和灵活笔调看来，却分明和他的主要风格——胸襟浩瀚与气势纵横相通，洒脱而不失其凝浑，平易而不失其精切。元好问评陶潜诗有云：“一语天然万古新，豪华落尽见真淳。”（《论诗三十首》）对这首《西江月》也非常适用。

（吴调公）

丑奴儿

辛弃疾

书博山道中壁

少年不识愁滋味，爱上层楼。爱上层楼，为赋新词强说愁。　　而今识尽愁滋味，欲说还休。欲说还休，却道天凉好个秋。

赏　析

这一首词，是辛弃疾被劾去职，闲居带湖时所作(1181—1192)，他常闲游于博山道中，风景如画，却无心赏玩。眼看国事日非，自己无能为力，一腔愁绪无法排遣，遂在博山道中一壁上题了这首词。在这首词中作者运用对比手法，突出地渲染了一个"愁"字，以此作为贯穿全篇的线索，感情真率而又委婉，把一首短短的词，写得曲折多变，娓娓动人，高度概括了词人大半生的经历感受。

词的上片，着重描写自己的少年时代：那时风华正茂而涉世不深，乐观自信但想法单纯，对于人们常说的"愁"，还缺乏真切的体验。首句"少年不识愁滋味"之后，连用两个"爱上层楼"，这一叠句的运用，避开了一般的泛泛描述，而是有力地带起了下文。前一个"爱上层楼"，同首句构成因果复句，意谓作者年轻时思想单纯，根本不懂什么是忧愁，所以喜欢登楼赏玩。后一个"爱上层楼"，又同下面"为赋新词强说愁"结成因果关系，意思是说，因为爱上高楼而触发诗兴，在当时"不识愁滋味"的情况下，也要勉强说些"愁闷"之类的话。这一叠句的运用，起到了"中间枢纽"的作用，由此把两个不同的层次联系起来，使只有四句话的上片，表达了一个很完整的意思。

古人登临多悲慨，如王粲《登楼赋》云："悲旧乡之壅隔兮，涕横坠而弗禁。"

杜甫《登楼》云:"花近高楼伤客心,万方多难此登临。"这些名篇都将登临与"愁"字联在一起。中年以后的辛弃疾就有"怕上层楼"之句(《祝英台近·晚春》)。而他在少年时代"爱上层楼",是想效仿前代作家,抒发一点所谓的"愁情"。无愁而登楼觅愁,勉强诉说一通愁情,连自己也感到有点别扭。作者描述自己思想上这一矛盾现象,揭示了内心深处微妙的感情活动,非常真实地写出了他少年时代的精神面貌。

词的下片,作者处处注意同上片进行对比,表现自己随着年岁的增长,处世阅历渐深,对于这个"愁"字有了真切的体验。他一生力主抗战,恢复失土,一直为投降派所排挤,尽管"负管、乐之才",却"不能尽展其用","一腔忠愤,无处发泄",其心中的愁闷痛楚可以想见。"而今识尽愁滋味",这里的"尽"字,是极有概括力的,它包含着作者许多复杂的感受,从而完成了整篇词作在思想感情上的一大转折。

再看下面"欲说"两句,仍然采用叠句形式,在结构用法上也与上片互为呼应。"欲说还休",也见于李清照《凤凰台上忆吹箫》:"生怕离愁别苦,多少事欲说还休。"李词中的"欲说还休"已经是对"愁"字的一种概括,辛弃疾用它来表示自己愁闷已极,隐含着作者从"多少事"中激发起来的无限感慨,就很能反映出他饱经忧患的心理特征。同上片的叠句一样,这两句"欲说还休"也包含有两层不同的意思。前句紧承上句的"尽"字而来,人们在实际生活中,喜怒哀乐等各种情感往往相反相成,所谓忧喜相寻,乐极生悲,处在十分复杂的矛盾转化状态中。极度的高兴转而潜生悲凉,深沉的忧愁翻作自我调侃,作者过去无愁而硬要说愁,如今却愁到极点而无话可说。后一个"欲说还休"则是紧连下文。我们知道,他胸中的忧愁绝不是个人的离愁别绪,而是忧国伤时,报国无门之愁。但在当时投降派把持朝政的情况下,抒发这种忧愁是犯大忌的,因此作者在此不便直说,只得转而言天气。表面上看,愁与秋似不相关,实际上却有着内在联系。吴文英《唐多令》:"何处合成愁,离人心上秋。"秋色入心即为愁。同时,与登楼说愁一样,古人甚多悲秋之作,"悲哉秋之为气也"(《楚辞·九辩》)。因此,"天凉好个秋",表面形似轻脱,实则十分深沉含蓄,细细体味,真是愁绝!辛弃疾之善于抒情达意,于此亦可见出一斑。

(陈允吉　胡中行)

太常引

辛弃疾

建康中秋夜，为吕叔潜赋

一轮秋影转金波。飞镜又重磨。把酒问姮娥：被白发欺人奈何？

乘风好去，长空万里，直下看山河。斫去桂婆娑，人道是清光更多。

赏析

根据词意推断，这首词可能是宋孝宗淳熙元年(1174)，辛弃疾在建康(今江苏南京)任江东安抚司参议官任上所作。这时作者南归已整整十二年了。为了收复中原，作者曾先后上《美芹十论》《阻江为险须藉两淮疏》《议练民兵守淮疏》《九议》，希望朝廷消除苟安思想，反对妥协投降，积极作好准备，收复中原。但弥漫着屈辱苟安空气的南宋朝廷，根本不理睬作者这些积极可行的建议。在阴暗的政治环境中，词人的一腔忠愤，只能倾泻在词里。从这首词中，我们可以清楚地听到词人的心声。

浓厚的浪漫主义色彩，是这首词艺术上最主要的特点。词人巧妙地运用神话传说构成一种超现实的艺术境界，以寄托自己的理想与情怀。作者在中秋之夜，对月抒怀，很自然地想到与月有关的神话传说：吃了不死之药飞入月宫的嫦娥，以及月中高五百丈的桂树。这两则有关月亮的神话传说，与词人高尚的理想和阴暗的政治现实所构成的矛盾有着密切的联系。辛弃疾一生以恢复中原为己任，但南归之后却遇到种种挫折，自己这种"未尝一日忘"的理想不能实现，在痛苦与愤懑之中蹉跎岁月，虚掷青春。想到功业无成、白发已多，作者满怀无法排遣的悲愤，对着皎洁的月光，想到月宫中长生不死的嫦娥，迸发出摧心裂肝的一问:“被白发欺人奈何?”王逸说屈原写《天问》是“以渫愤懑,舒泻愁思”(《天问·序》)。辛弃疾对月发问,也同样表现了内心的愤懑、愁思,展示了一个有抱负、有才干而不被重用的英雄的内心矛盾。

如果说上阕还只是词人感到年复一年,时光虚度,无可奈何而发出的人、仙对语,那么,在词的下阕,词人就鼓动自己想象的翅膀,飞驰天外,直入月宫,并幻想砍去遮住月光的桂树。这一神话传说的运用,虽然更加离奇,更加远离尘世,但却更直接、强烈地表现了词人的现实理想与为实现理想的坚强意志,更鲜明地揭示了词的主旨。有趣的是,作者在另外两首中秋赋月的《满江红》(“快上西楼”“美景良辰”)中,也表现了同样的思想,希望吹散、撕裂遮月的浮云、帷幕。这决不是一种偶然的现象,很显然,这遮住月光的桂树、浮云、帷幕,有着深刻的象征意义。周济《宋四家词选》谓:“桂婆娑”“所指甚多,不止秦桧一人”。周济指出“桂婆娑”有象征意义,是颇有见地的,但仅指反对收复中原的投降势力,却是不够的。要知道词中的婆娑桂树,是在作者翱翔长空,“直下看山河”之后而产生斫去之想的。作者在长空俯视的山河,不仅是南宋王朝的地区,还应当包括在金人统治下的北方大片土地。作者是盼望整个大地清光照耀的。因此,这带给人民黑暗的婆娑桂影,既指南宋朝廷内外的投降势力,也包括了金人的势力。这才是符合作者的思想实际的。我们还应注意到,文艺作品的形象所展示的客观意义,往往超出作家的主观创作意图。从这一角度来说,这首词的艺术形象所展现的意义,就是扫荡黑暗,把光明带给人间。这一巨大的意义,是词人利用神话材料,借助于想象和逻辑推断所塑造的形象来实现的。在艺术效果上,它加强了“人的生活的意志,唤起他心中对于现实、对于现实的一切压迫的反抗心”(高尔基《我怎样学习写作》),激起人们改变现实世界的斗争勇气。

在结构上,词的上阕以一问紧紧收住,过片却忽发奇想,出人意表。看起来,跳跃较大,但“白发欺人奈何”之问,紧接着金波转动,时光不断流逝之后;而先有凌空下视山河,才产生斫桂之想,又层次清晰地表现了思绪的脉络。这种结构上的大开大合与思绪的贯联相结合,恰好反映了词人以超现实的艺术境界,来解决现实苦闷与实现理想的浪漫主义手法的特点。

不仅如此，词的艺术境界、气象、风格，都和运用神话传说的浪漫主义手法有着密切的关系。飞镜明丽，金波泻影，长空万里，构成了一幅瑰丽而宏大的艺术境界。把酒问姮娥，乘风凌太虚，直下看山河，斫去桂婆娑，其气象是何等磅礴，形象是何等飞动。

总之，这是一首富于浓厚浪漫主义色彩的优秀词章。

（邱俊鹏）

破阵子

辛弃疾

为陈同甫赋壮词以寄

醉里挑灯看剑，梦回吹角连营。八百里分麾下炙，五十弦翻塞外声，沙场秋点兵。　　马作的卢飞快，弓如霹雳弦惊。了却君王天下事，赢得生前身后名。可怜白发生！

赏　析

词以两个二、二、二的对句开头，通过具体描述，表现了七八层情意。第一句，只六个字，却用三个连续的、富有特征性的动作，塑造了一个壮士的形象，让读者从那些动作中去体会人物的“潜台词”，去想象人物所处的环境。为什么要吃酒，而且吃“醉”？既“醉”之后，为什么不去睡觉，而要“挑灯”？“挑”亮了“灯”，为什么不干别的，偏偏抽出宝剑，映着灯光看了又看？……这一连串问题，只要细读全词，就可能作出应有的回答，因而不必说明。“此时无声胜有声”。用什么样的“说明”还能比这无言的动作更有力地展现人物的内心世界呢？

“挑灯”的动作又点出了夜景。那位壮士在更深人静、万籁俱寂之时，思潮汹涌，无法入睡，只好独自吃酒。吃“醉”之后，仍然不能平静，便继之以“挑灯”，又继之以“看剑”。看来看去，总算睡着了。而刚一入睡，方才所想的一切，又幻为梦境。“梦”了些什么，也没有明说，却迅速地换上新的镜头：“梦回吹角连营”。壮士好梦初醒，天已破晓，一个军营连着一个军营，响起一片号角声。这号角声，多富有鼓舞人们投入战斗的魅力。而那位壮士，也正好是统领这些军营的将军。于是，他一跃而起，全副披挂，要把他“醉里”“梦里”所想的一切统统变为现实。

三、四两句，可以不讲对仗，词人也用了偶句。偶句太多，容易显得呆板；可是在这里恰恰相反。两个对仗极工而又极其雄健的句子，突出地表现了雄壮的军容，表现了将军及士兵们高昂的战斗情绪。“八百里分麾下炙，五十弦翻塞外声”：兵士们欢欣鼓舞，饱餐将军分给的烤牛肉；军中奏起振奋人心的战斗乐曲。牛肉一吃完，就排成整齐的队伍。将军神采奕奕，意气昂扬，“沙场秋点兵”。这个“秋”字下得多好！正当“秋高马壮”的时候，“点兵”出征，预示了战无不胜的前景。

按谱式，《破阵子》是由句法、平仄、韵脚完全相同的两“片”构成的。后片的起头，叫做“过片”，一般的写法是：既要和前片有联系，又要“换意”，从而显示出这是另一段落，形成“岭断云连”的境界。辛弃疾却往往突破这种限制，《贺新郎·别茂嘉十二弟》如此，这首《破阵子》也是如此。“沙场秋点兵”之后，大气磅礴，直贯后片。“马作的卢飞快，弓如霹雳弦惊”：将军率领铁骑，风驰电掣般奔赴前线，弓弦雷鸣，万箭齐发。虽没作更多的描写，但从“的卢马”的飞驰和“霹雳弦”的巨响中，仿佛看到若干连续出现的画面：敌人纷纷落马；残兵败将，狼狈溃退；将军身先士卒，乘胜追杀，一霎时结束了战斗；凯歌入云，欢声动地，旌旗招展。

这是一场反击战。那将军是爱国的，但也是好“名”的。一战获胜，恢复功成，既“了却君王天下事”，又“赢得生前身后名”，岂不壮哉！

如果到此为止，那真够得上“壮词”。然而在那个被投降派把持朝政的时代，并没有产生真正“壮词”的土壤，以上所写，不过是词人的理想而已。词人驰骋想象，化身为词里的将军，刚攀上理想的高峰，忽然一落千丈，跌回冷酷的现实，沉痛地慨叹道：“可怜白发生！”白发已生，而收复失地的理想始终无法实现。想到自己空有凌云壮志，而“报国欲死无战场”（借用陆游《陇头水》诗句），便只能在不眠之夜吃酒，只能在“醉里挑灯看剑”，只能在“梦”中驰逐沙场，快意一时。……这处境，的确是“可怜”的。然而又有谁“可怜”他呢？于是，他写了这首“壮词”，寄给处境同样“可怜”的陈同甫。

同甫是陈亮的字。学者称为龙川先生。为人才气超迈，议论纵横。自称能够“推倒一世之智勇，开拓万古之心胸”。他先后写了《中兴五论》和《上孝宗皇帝书》，积极主张抗战，因而遭到投降派的打击。宋孝宗淳熙十五年（1188）冬天，他到上饶访辛弃疾，留十日。别后辛弃疾写《贺新郎》词寄他，他和了一首；以后又用同一词牌往复唱和。这首《破阵子》大约也是这一时期写的。

全词从意义上看，前九句是一段，十分生动地描绘出一位忠勇的将军的形象，从而表现了词人的宏大抱负。末一句是一段，以沉痛的慨叹，抒发了“壮志难酬”的悲愤。壮和悲，理想和现实，形成强烈的对照。从这对照中，可以想到当时南宋朝廷的腐朽，想到人民的苦难，想到所有爱国志士报国无门的苦闷。由此可见，极其豪放的词，同时也可以写得极其含蓄，只不过和婉约派的含蓄不同罢了。

这首词在声调方面有一点值得注意。《破阵子》上下两片各有两个六字句，都是平仄互对的，即上句为“仄仄平平仄仄”，下句为“平平仄仄平平”，这就构成了和谐的、舒徐的音节。上下片各有两个七字句，却不是平仄互对，而是仄仄平平平仄仄，仄仄平平仄仄平，这就构成了拗怒的、激越的音节。和谐与拗怒，舒徐与激越，形成了矛盾统一。作者很好地运用了这种矛盾统一的声调，恰切地表现了抒情主人公复杂的心理变化和梦想中的战斗准备、战斗进行、战斗胜利等许多场面的转换，收到了绘声绘色、声情并茂的艺术效果。

这首词在布局方面也有一点值得注意。“醉里挑灯看剑”一句，突然发端，接踵而来的是闻角梦回、连营分炙、沙场点兵、克敌制胜，有如鹰隼突起，凌空直上。而当翱翔天际之时，陡然下跌，发出了“可怜白发生”的喟叹，使读者不能不为作者的壮志难酬一洒同情之泪。

这种陡然下落，同时也戛然而止的写法，如果运用得好，往往因其出人意外而扣人心弦，产生强烈的艺术效果。

李白有一首《越中览古》：“越王勾践破吴归，战士还家尽锦衣。宫女如花满春殿，只今惟有鹧鸪飞！”沈德潜指出：“三句说盛，一句说衰，其格独创。”其命意与辛词迥异，但布局却有相通之处，可以参看。

（霍松林）

鹧鸪天

辛弃疾

有客慨然谈功名，因追忆少年时事，戏作。

壮岁旌旗拥万夫，锦襜突骑渡江初。燕兵夜娖银胡䩮，汉箭朝飞金仆姑。　　追往事，叹今吾，春风不染白髭须。却将万字平戎策，换得东家种树书。

赏　析

宋高宗绍兴三十一年(1161)，金主完颜亮率大军南下，其后方比较空虚，北方被占区的人民，乘机进行起义活动。山东济南的农民耿京，领导一支起义军，人数达二十余万，声势浩大。当时年才二十二岁的辛弃疾，也组织了二千多人的起义队伍，归附耿京，为耿京部掌书记。辛弃疾建议起义军和南宋取得联系，以便配合战斗。第二年正月，耿京派他们一行十余人到建康(今江苏南京)谒见宋高宗。高宗得讯，授耿京为天平军节度使，授辛弃疾承务郎。辛弃疾等回到海州，听到叛徒张安国杀了耿京，投降金人，义军溃散。他立即在海州组织五十名勇敢义兵，直趋济州(治今山东巨野)张安国驻地，要求和张会面，出其不意，把张缚置马上，再向张部宣扬民族大义，带领上万军队，马不停蹄地星夜南奔，渡过淮水才敢休息。到临安把张安国献给南宋朝廷正法。辛弃疾这种忠心为国、智勇过人的传奇般的英雄行为，在封建社会的文人中是绝无仅有、极堪惊叹的。这首词的上片写的就是上述作者这段出色的经历。“壮岁旌旗拥万夫，锦襜突骑渡江初。”上句写作者年轻时参加领导抗金义军；下句写擒获张安国带义军南下。“锦襜突骑”，即穿锦绣短衣的快速骑兵。“燕兵夜娖银胡䩮，汉箭朝飞金仆姑。”写南奔时突破金兵防线，和金兵战斗。燕兵，指金兵。“夜娖银胡䩮”，夜里提着兵器追赶。娖，通“捉”；胡䩮，箭袋。一说，枕着银胡䩮而细听之意。娖，谨慎貌；胡䩮，是一种用皮制成的测听器，军士枕着它，可以测听三十里内外的人马声响，见《通典》。两说皆可通，今取前说。“汉箭”句，指义军用箭回射金人。金仆姑，箭名，见《左传·庄公十一年》。四句写义军军容之盛和南奔时的紧急战斗情况，用“拥”字、“飞”字表动作，从旌旗、军装、兵器上加以烘托，写得如火如荼，有声有色，极为饱满有力。

宋高宗没有抗金的决心，又畏惧起义军。辛弃疾南归之后，义军被解散，安置在淮南各州县的流民中生活；他本人被任为江阴佥判，一个地方助理小官，给他们劈头一个严重的打击，使他们大为失望。后来辛弃疾在各地做了二十多年的文武官吏，因进行练兵筹饷的活动，常被弹劾，罢官家居江西的上饶、铅山，也接近二十年。他处处受到投降派的掣肘，报效国家的壮志难酬。这首词是他晚年家居时，碰到客人和他谈起建立功名的事，引起他回想从青年到晚年的经历而作的。

下片，“追往事，叹今吾，春风不染白髭须。”上二句今昔对照，一“追”一“叹”，包含多少岁月，多少挫折；又灵活地从上片的忆旧引出下片的叙今。第三句申明“叹今吾”的主要内容。草木经春风的吹拂能重新变绿，人的须发在春风中却不能由白变黑。感叹年老不能回到青春，岁月虚度的可惜，这是一层；白髭须和上片的壮岁对照，和句中的春风对照，又各为一层；不甘心年老，言外有壮志未能抛却之意，又自为一层。一句中有多层含意，感慨极为深沉。“却将万字平戎策，换得东家种树书”，以最鲜明、最典型的形象，突出作者的理想与现实的尖锐矛盾，突出他一生的政治悲剧，把上一句的感慨引向更为深化、极端沉痛的地步。平戎策，指作者南归后向朝廷提出的《美芹十论》《九议》等在政治上、军事上都很有价值的抗金意见书。上万字的平戎策毫无用处，倒不如向人换来种树书，还有一些生产上的实用价值，这是一种什么样的政治现实？对于作者将是一种什么样的生活感受？可想而知。陆游《小园》诗：“骏马宝刀俱一梦，夕阳闲和饭牛歌。”刘克庄《满江红》词：“生怕客谈榆塞事，且教儿诵《花间集》。”和这两句意境相近，也写得很悲；但联系作者生平的文才武略、英雄事迹来看，这两句的悲慨程度还更使人扼腕不已。

这首词以短短的五十五个字，深刻地概括了一个抗金名将的悲剧遭遇。上片雄壮，气盖万夫；下片悲凉，心伤透骨。悲壮对照，悲壮结合，真如彭孙遹《金粟词话》评辛词所说的“激昂排宕，不可一世”，是作者最出色、最有分量的小令词。

（陈祥耀）

永遇乐

辛弃疾

京口北固亭怀古

千古江山，英雄无觅，孙仲谋处。舞榭歌台，风流总被，雨打风吹去。斜阳草树，寻常巷陌，人道寄奴曾住。想当年，金戈铁马，气吞万里如虎。

元嘉草草，封狼居胥，赢得仓皇北顾。四十三年，望中犹记，烽火扬州路。可堪回首，佛狸祠下，一片神鸦社鼓。凭谁问：廉颇老矣，尚能饭否？

赏析

此词作于开禧元年(1205)。当时，韩侂胄正准备北伐。闲废已久的辛弃疾于前一年被起用为浙东安抚使，这年春初，又受命知镇江府，出镇江防要地京口(今江苏镇江)。从表面看来，朝廷对他似乎很重视，然而实际上只不过是利用他那主战派元老的招牌作为号召而已。辛弃疾到任后，一方面积极布置军事进攻的准备工作；但另一方面，他又清楚地意识到政治斗争的险恶，自身处境的孤危，深感很难有所作为。在一片紧锣密鼓的北伐声中，当然能唤起他恢复中原的豪情壮志，但是对独揽朝政的韩侂胄轻敌冒进，又感到忧心忡忡。这种老成谋国、忧深思远的情怀矛盾交织复杂的心理状态，在这首篇幅不大的作品里充分地表现出来，成为传诵千古的名篇，而被后人推为压卷之作(见杨慎《词品》)。这当然首先决定于作品深厚的思想内容，但同时也因为它代表辛词在语言艺术上特殊的成就，典故运用得非常成功；通过一连串典故的暗示和启发作用，丰富了作品的形象，深化了作品的主题思想。

词以“京口北固亭怀古”为题。京口是三国时吴大帝孙权设置的重镇，并一度为都城，也是南朝宋武帝刘裕生长的地方。面对雄伟江山，缅怀历史上的英雄人物，正是像辛弃疾这样的英雄志士登临应有之情，题中应有之意，词正是从这里着笔的。

孙权以区区江东之地，抗衡曹魏，拓宇开疆，造成了三国鼎峙的局面。尽管物换星移，沧桑屡变，歌台舞榭，遗迹沦湮，然而他的英雄业绩则是和千古江山相辉映的。刘裕崛起孤寒，以京口为基地，削平了内乱，取代了东晋政权。他曾两度挥戈北伐，收复了黄河以南大片故土。这些振奋人心的历史事实，被形象地概括在“想当年，金戈铁马，气吞万里如虎”三句话里。英雄人物留给后人的印象是深刻的，因而“斜阳草树，寻常巷陌”，传说中他的故居遗迹，还能引起人们的瞻慕追怀。在这里，作者发的是思古之幽情，写的是现实的感慨。无论是孙权或刘裕，都是从百战中开创基业，建国东南的。这和南宋统治者偷安江左、忍耻忘仇的懦怯表现，是多么鲜明的对照！

如果说，词的上片借古意以抒今情，还比较轩豁呈露，那么，在下片里，作者通过典故所揭示的历史意义和现实感慨，就更加意深而味隐了。

这首词的下片共十二句，有三层意思。层层转折，愈转愈深。被组织在词中的历史人物和事件，血脉动荡，和词人的思想感情融成一片，给作品造成了沉郁顿挫的风格，深宏博大的意境。

“元嘉草草”三句，用古事影射现实，尖锐地提出一个历史教训。这是第一层。

史称南朝宋文帝刘义隆“自践位以来，有恢复河南之志”（见《资治通鉴·宋纪》）。他曾三次北伐，都没有成功，特别是元嘉二十七年（450）最后一次，失败得更惨。用兵之前，他听取彭城太守王玄谟陈北伐之策，非常激动，说：“闻玄谟陈说，使人有封狼居胥意。”见《宋书·王玄谟传》。《史记·卫将军骠骑列传》载，卫青、霍去病各统大军分道出塞与匈奴战，皆大胜，霍去病于是“封狼居胥山，禅于姑衍”。封、禅，谓积土为坛于山上，祭天曰封，祭地曰禅，报天地之功，为战胜也。“有封狼居胥意”谓有北伐必胜的信心。当时分据在北中国的元魏，并非无隙可乘；南北军事实力的对比，北方也并不占优势。倘能妥为筹划，虑而后动，虽未必能成混一之功，然而收复一部分河南旧地，则是完全可能的。无如宋文帝急于事功,头脑发热,听不进老臣宿将的意见,轻启兵端。结果不仅没有得到预期的胜利,反而招致元魏拓跋焘大举南侵,弄得两淮残破,胡马饮江,国势一蹶而不振了。这一历史事实,对当时现实所提供的历史鉴戒,是发人深省的。稼轩是在语重心长地告诫南宋朝廷:要慎重啊!你看,元嘉北伐,由于草草从事,“封狼居胥”的壮举,只落得“仓皇北顾”的哀愁。

想到这里,稼轩不禁抚今追昔,感慨系之。随着作者思绪的剧烈波动,词意不断深化,而转入了第二层。

稼轩是四十三年前,即绍兴三十二年(1162)率众南归的。正如他在《鹧鸪天》一词中所说的那样:“壮岁旌旗拥万夫,锦襜突骑渡江初,燕兵夜娖银胡䩮,汉箭朝飞金仆姑。”那沸腾的战斗岁月,是他英雄事业的发轫之始。当时,宋军在采石矶击破南犯的金兵,完颜亮为部下所杀,人心振奋,北方义军纷起,动摇了女真贵族在中原的统治,形势是大有可为的。刚即位的宋孝宗也颇有恢复之志,起用主战派首领张浚,积极进行北伐。可是符离溃退后,他就坚持不下去,于是主和派重新得势,再一次与金国通使议和。从此,南北分裂就进入了一个相对稳定的状态,而稼轩的生平抱负也就无从施展,“只将万字平戎策,换得东家种树书”(同上词)了。时机是难得而易失的。四十三年后,重新经营恢复中原的事业,民心士气,都和四十三年前有所不同,当然要困难得多。“烽火扬州”和“佛狸祠下”的今昔对照所展示的历史图景,正唱出了稼轩四顾苍茫,百端交集,不堪回首忆当年的感慨心声。

“佛狸祠下,一片神鸦社鼓”两句用意是什么呢?佛狸祠在长江北岸今江苏六合县东南的瓜步山上。永嘉二十七年,元魏太武帝拓跋焘南侵时,曾在瓜步山上建行宫,后来成为一座庙宇。拓跋焘小字佛狸,当时流传有“虏马饮江水,佛狸明年死”的童谣,所以民间把它叫做佛狸祠。这所庙宇,南宋时犹存。词中提到佛狸祠,似乎和元魏南侵有关,所以引起了理解上的种种歧异。其实这里的“神鸦社鼓”,也就是东坡《浣溪沙》词里所描绘的“老幼扶携收麦社,乌鸢翔舞赛神村”的情景,是一幅迎神赛会的生活画面。在古代,迎神赛会,是普遍流行的民间风俗,和农村生产劳动是紧密联系着的。在终年辛勤劳动中,农民祈晴祈雨,以及种种生活愿望的祈祷,都离不开神。利用社日的迎神赛会,歌舞作乐，一方面酬神娱神，一方面大家欢聚一番。在农民看来，只要是神，就会管生产和生活中的事，就会给他们以福佑。有庙宇的地方，就会有“神鸦社鼓”的祭祀活动。至于这一座庙宇供奉的是什么神，对农民说来，是无关宏旨的。佛狸祠下迎神赛会的人们也是一样，他们只把佛狸当作一位神祇来奉祀，而决不会审查这神的来历，更不会把一千多年前的元魏入侵者和当前金人的入侵联系起来。因而，“神鸦社鼓”所揭示的客观意义，只不过是农村生活的一种环境气氛而已，正不必凿之使深。然而稼轩在词里摄取佛狸祠这一特写镜头，则是有其深刻寓意；它和上文的“烽火扬州”有着内在的联系，都是从“可堪回首”这句话里生发出来的。四十三年前，完颜亮发动南侵，曾以扬州作为渡江基地，而且也曾驻扎在佛狸祠所在的瓜步山上，严督金兵抢渡长江。以古喻今，佛狸很自然地就成了完颜亮的影子。稼轩曾不止一次地以佛狸影射完颜亮。例如在《水调歌头》词中说：“落日塞尘起，胡骑猎清秋。汉家组练十万，列舰耸层楼。谁道投鞭飞渡，忆昔鸣髇血污，风雨佛狸愁。”词中的佛狸，就是指完颜亮，正好作为此词的注脚。佛狸祠在这里是象征南侵者所留下的痕迹。四十三年过去了，当年扬州一带烽火漫天，瓜步山也留下了南侵者的足迹，这一切记忆犹新，而今佛狸祠下却是神鸦社鼓，一片和平景象，全无战斗气氛。稼轩感到不堪回首的是，隆兴和议以来，朝廷苟且偷安，放弃了多少北伐抗金的好时机，使得自己南归四十多年，而恢复中原的壮志无从实现。在这里，深沉的时代悲哀和个人身世的感慨交织在一起。

那么，稼轩是不是认为时机已失，事情就不可为呢？当然不是这样。对于这次北伐，他是赞成的，但认为必须做好准备工作；而准备是否充分，关键在于举措是否得宜，在于任用什么样的人主持其事。他曾向朝廷建议，应当把用兵大计委托给元老重臣，隐然以此自任，准备以垂暮之年，挑起这副重担；然而事情并不是所想象的那样，于是他就发出“凭谁问：廉颇老矣，尚能饭否”的慨叹，词意转入了最后一层。

只要读过《史记·廉颇列传》的人，都会很自然地把“一饭斗米，肉十斤，披甲上马”的老将廉颇，和“精神此老健如虎，红颊白须双眼青”（刘过《呈稼轩》诗中语）的辛稼轩联系起来，感到他借古人为自己写照，形象是多么饱满、鲜明，比拟是多么贴切、逼真！不仅如此，稼轩选用这一典故还有更深刻的用意，这就是他把个人的政治遭遇放在当时宋金民族矛盾以及南宋统治集团的内部矛盾的焦点上来抒写自己的感慨，赋予词中的形象以更丰富的内涵，从而深化了词的主题。这可以从下列两方面来体会。

首先，廉颇在赵国，不仅是一位"以勇气闻于诸侯"的猛将，而且在秦赵长期相持的斗争中，他是一位能攻能守，猛勇而不孟浪，持重而非畏缩，为秦国所惧服的老臣宿将。赵王之所以"思复得廉颇"，也是因为"数困于秦兵"，谋求抗击强秦的情况下，才这样做的。因而廉颇的用舍行藏，关系到赵秦抗争的局势、赵国国运的兴衰，而不仅仅是廉颇个人的升沉得失问题。其次，廉颇此次之所以终于没有被赵王起用，则是由于他的仇人郭开搞阴谋诡计，蒙蔽了赵王。廉颇个人的遭遇，正反映了当时赵国统治集团内部的矛盾和斗争。从这一故事所揭示的历史意义，结合稼轩四十三年来的身世遭遇，特别是从不久后他又被韩侂胄一脚踢开，落职南归时所发出的"郑贾正应求死鼠，叶公岂是好真龙"(《瑞鹧鸪·乙丑奉祠舟次余杭作》)的慨叹，再回过头来体会他作此词时的处境和心情，就会更深刻地理解他的忧愤之深广，也会惊叹于他用典的出神入化了。

岳珂在《程史·稼轩论词》条说：他提出《永遇乐》一词"觉用事多"之后，稼轩大喜，"酌酒而谓坐中曰：'夫君实中余痼。'乃味改其语，日数十易，累月犹未竟。"人们往往从这一段记载引出这样一条结论：稼轩词用典多，是个缺点，但他能虚心听取别人意见，创作态度可谓严肃认真。而这条材料所透露的另一条重要消息却被人们所忽视：以稼轩这样一位语言艺术大师，为什么会"味改其语，日数十易，累月犹未竟"，想改而终于改动不了呢？这不恰恰说明，在这首词中，用典虽多，然而这些典故却用得天造地设，它们所起的作用，在语言艺术上的能量，不是直接叙述和描写所能代替的。就这首词而论，用典多并不是稼轩的缺点，而正体现了他在语言艺术上的特殊成就。

（马　群）

南乡子

辛弃疾

登京口北固亭有怀

何处望神州？满眼风光北固楼。千古兴亡多少事？悠悠，不尽长江滚滚流！　年少万兜鍪[①]，坐断东南战未休。天下英雄谁敌手？曹刘。生子当如孙仲谋！

【注】

① 兜鍪：俗语叫头盔，词中借指兵士。

赏析

稼轩在宋宁宗嘉泰三年(1203)六月被起用为知绍兴府兼浙东安抚使。嘉泰四年三月，改派到镇江去做知府。镇江，在历史上曾是英雄用武和建功立业之地，此时成了与金人对垒的第二道防线。每当他登临京口(即镇江)北固亭时，触景生情，不胜感慨系之。

"何处望神州？满眼风光北固楼。"举目远望，我们的中原故土在哪里呢？哪里能够看到，收入眼底的只有北固楼周遭一片美好的风光了！此时南宋与金以淮河分界，稼轩站在长江之滨的北固楼上，翘首遥望江北金兵占领区，大有风景不殊、山河改异之感。望神州何处？弦外之音是中原已非我有了！开篇这突如其来的呵天一问，声可裂云。

收回遥望的视线，看这北固楼近处的风物："千古江山，英雄无觅，孙仲谋处。舞榭歌台，风流总被，雨打风吹去。"(《永遇乐》)想当年，这里金戈铁马，曾演出多少轰轰烈烈的历史戏剧啊！北固楼的“满眼风光”，那壮丽的自然山水里似乎隐隐弥漫着历史的烟云，这不禁引起了词人千古兴亡之感。

因此，词人接下来再问一句：“千古兴亡多少事？”世人们可知道，千年来在这块土地上经历了多少朝代的兴亡事变？这句问语纵观千古成败，意味深长。然而，往事悠悠，英雄往矣，只有这无尽的江水依旧滚滚东流。“悠悠，不尽长江滚滚流！”“悠悠”者，兼指时间之漫长久远，和词人思绪之无穷也。“不尽长江滚滚流”，借用杜甫《登高》诗句：“无边落木萧萧下，不尽长江滚滚来。”千古多少兴亡事，逝者如斯乎？而词人胸中翻滚的不尽愁思和感慨，又何尝不似这长流不息的江水呢！

“大江东去，浪淘尽、千古风流人物”，想当年，在这江防战略要地，多少英雄“金戈铁马，气吞万里如虎”。三国时代的孙权就是其中最杰出的一位。“年少万兜鍪，坐断东南战未休。”他年纪轻轻就统率千军万马，雄踞东南一方，奋发自强，战斗不息，何等英雄气概！据历史记载：孙权十九岁继父兄之业统治江东，西征黄祖，北拒曹操，独据一方。赤壁之战大破曹兵，年方二十七岁。因此可以说，上面这两句是实写史事，因为它是千真万确的历史，因而更具有说服力。作者在这里一是突出了孙权的年少有为，“年少”而敢于与雄才大略、兵多将广的强敌曹操较量，这就需要非凡的胆识。二是突出了孙权的盖世武功，他不断征战，不断壮大。而他之“坐断东南”，形势与南宋政权相似。显然，稼轩热情歌颂孙权的不畏强敌，坚决抵抗，并战而胜之，正是反衬当朝文武之辈的庸碌无能、懦怯苟安。

下面，稼轩为了把这层意思进一步发挥，不惜以夸张之笔极力渲染孙权不可一世的英姿。他异乎寻常地第三次发问，以提请人们注意：“天下英雄谁敌手？”若问天下英雄谁配称他的敌手呢？作者自问又自答曰：“曹刘”，唯曹操与刘备耳！据《三国志·蜀书·先主传》记载：曹操曾对刘备说：“今天下英雄，惟使君（刘备）与操耳。”稼轩便借用这段故事，把曹操和刘备请来给孙权当配角，说天下英雄只有曹操、刘备才堪与孙权争胜。我们知道，曹、刘、孙三人，论智勇才略，孙权未必在曹刘之上。稼轩在《美芹十论》中对孙权的评价也并不太高，然而，在这首词里，词人却把孙权作为三国时代第一流叱咤风云的英雄来颂扬，其所以如此用笔，实借凭吊千古英雄之名，慨叹当今南宋无大智大勇之人执掌乾坤也！这种用心，更于篇末见意。

《三国志·吴书·吴主传》注引《吴历》说：曹操有一次与孙权对垒，见吴军乘着战船，军容整肃，孙权仪表堂堂，威风凛凛，乃喟然叹曰："生子当如孙仲谋，刘景升（刘表）儿子若豚犬耳！"一世之雄如曹操，对敢于与自己抗衡的强者，投以敬佩的目光，而对于那种不战而请降的懦夫，若刘景升儿子刘琮则鄙夷之至，斥为任人宰割的猪狗。把大好江山拱手奉献敌人，还要为敌人耻笑辱骂，这不就是历史上所有屈膝乞和、觍颜事仇的软骨头们共同的可悲命运吗！

曹操所一褒一贬的两种人，形成了极其鲜明、强烈的对照，在南宋风雨飘摇的政局中，不也有着主战与主和两种人吗？这当然不便明言，只好由读者自己去联想了。聪明的词人只做正面文章，对刘景升儿子这个反面角色，便不指名道姓以示众了。然而妙就妙在纵然作者不予道破，而又能使人感到不言而喻。因为上述曹操这段话众所周知，虽然稼轩只说了前一句赞语，人们马上就会联想起后面那句骂人的话，从而使人意识到稼轩的潜台词：可笑当朝主和议的衮衮诸公，不都是刘景升儿子之类的猪狗吗！词人此种别开生面的表现手法，颇类似歇后语的作用，是十分巧妙的。而且在写法上这一句与上两句意脉不断，衔接得很自然。上两句说，天下英雄中只有曹操、刘备配称孙权的对手。你不信么？连曹操都这样说，生儿子要像孙权这个样呢！真是曲尽其妙，而又意在言外，令人叫绝！

再从"生子当如孙仲谋"这句话的蕴含和思想深度来说，南宋时代人，如此艳羡孙权，实是那个时代特有的社会心理的反映。因为南宋朝廷实在太萎靡庸碌了，在历史上，孙权能称雄江东于一时，而南宋经过了好几代皇帝，竟没有出一个像孙权一样的人！所以，"生子当如孙仲谋"这句话，本是曹操的语言，现在由辛弃疾口中说出，却是代表了南宋人民要求奋发图强的时代的呼声。

这首词通篇三问三答，互相呼应，感怆雄壮，意境高远。它与稼轩同时期所作另一首登北固亭词《永遇乐》相比，一风格明快，一沉郁顿挫，同是怀古伤今，写法大异其趣，而都不失为千古绝唱，亦可见稼轩五光十色之大手笔也。

（高　原）

点绛唇

姜　夔

丁未冬过吴松作

燕雁无心，太湖西畔随云去。数峰清苦。商略黄昏雨。　第四桥边，拟共天随住。今何许。凭栏怀古。残柳参差舞。

赏　析

不读《点绛唇》"燕雁无心"一词，不足以知白石词堂庑之大、气象之大。此一尺幅短章之意境，包容了自然、人生、历史与时代，亦体现出词人之整个心灵。此词之意境，呈为一宇宙。

南宋淳熙十四年丁未（1187）之冬，白石往返于湖州、苏州之间，经过吴松（今江苏苏州市吴江区）时，乃作此词。为何过吴松而作此词？此中自有一番缘故也。白石平生最心仪于晚唐隐逸诗人陆龟蒙，龟蒙生前隐居之地，正是吴松。词序吴松作三字，寓意至深。

上片之境，乃词人俯仰天地之境。"燕雁无心"。燕念平声（yān），北地也。燕雁即北来之雁。时值冬天，正见燕雁南飞。应知龟蒙咏北雁之诗甚多，如《孤雁》："我生天地间，独作南宾雁。"《归雁》："北走南征象我曹，天涯迢递翼应劳。"《京口》："雁频辞蓟北。"《金陵道》："北雁行行直。"《雁》："南北路何长。"白石平生浪迹江湖，又心仪龟蒙，诗词亦颇咏雁，诗如《雁图》《除夜》，词如《浣溪沙》及本词。劈头写入空中之燕雁，正是象喻飘泊之人生。无心即无机心，犹言纯任天然。点出燕雁随节候而飞之无心，则又喻示自己性情之纯任天然。此亦暗用龟蒙诗意。龟蒙《秋赋有期因寄袭美（皮日休）》："云似无心水似闲。"

《和裘美新秋即事》:“心似孤云任所之,世尘中更有谁知。”可以参证。下句紧接无心写出:“太湖西畔随云去。”燕雁随了流云,沿着太湖西畔悠悠飞去。随云点染无心,去字状其飞远。燕雁之远去,申发自己漂泊江湖之感。随云而无心,则申发自己纯任天然之意。宋陈郁《藏一话腴》云:“(白石)襟期洒落,如晋宋间人。语到意工,不期于高远而自高远。”可以印证。唯其身世凄凉襟期洒落如此,下文写出忧国伤时之念,就更深刻。太湖西畔一语,意境无限拓远。太湖包孕吴越,“天水合为一”(龟蒙《初入太湖》)。本词意境实与天地同大也。“数峰清苦。商略黄昏雨。”商略一语,本有商量之义,又有酝酿义,宋人诗词中习见。商量、酝酿,意亦接近。湖上数峰清寂愁苦,黄昏时分,正酝酿着一番雨意。数峰本自清苦,更兼日暮欲雨,此二句既写出雨意酣浓垂垂欲下之江南烟雨风景,亦写出数峰清苦无可奈何而又有所不甘之种种难堪情态。从来拟人写山,鲜此奇绝之笔。卓人月《词统》评云:“商略二字,诞妙。”真会心之言。此是眼前之景,但又含心中之意。欲谛知其意蕴,待证诸下文。

下片之境,乃词人俯仰今古之境。“第四桥边,拟共天随住。”第四桥即“吴江城外之甘泉桥”(郑文焯《绝妙好词校录》),“以泉品居第四”故名(乾隆《苏州府志》)。此是龟蒙之故地。《吴郡图经续志》云:“陆龟蒙宅在松江上甫里。”松江即吴江。天随者,天随子也,龟蒙之自号。天随语出《庄子·在宥》“神动而天随”,意即精神每动皆随顺天然。龟蒙又自称江湖散人,《江湖散人传》云:“散人,散诞之人也。心散,意散,形散,神散,既无羁限,为时之怪民。”此一散字,亦可训解为纯任天然。但在世俗眼中,便是怪诞了。龟蒙学有本原,胸怀济世之志,其《村夜二首》云:“岂无致君术,尧舜不上下。岂无活国力,颇牧齐教化。”可是他身当晚唐末世,举进士又不第,只好隐逸江湖。白石平生亦非无壮志,《昔游》诗云:“徘徊望神州,沉叹英雄寡。”《永遇乐》:“中原生聚,神京耆老,南望长淮金鼓。”但他亦试进士而不第,漂泊江湖一生。此陆、姜二人相似之一也。龟蒙精于《春秋》,其《甫里先生传》自述:“性野逸无羁检,好读古圣人书,探大籍识大义”,“贞元中,韩晋公尝著《春秋通例》,刻之于石”,“而颠倒漫漶翳塞,无一通者,殆将百年,人不敢指斥疵颣,先生恐疑误后学,乃著书摭而辨之。”龟蒙与皮日休唱和诸五古,动辄数百千言,皆对中国历史文化心诵默念，作全幅体认，乃晚唐诗中皇皇巨制。白石则精于礼乐，曾于庆元三年(1197)“进《大乐议》于朝”，时南渡已六七十载，乐典久亡，白石对当时乐制包括乐器乐曲歌辞，提出全面批评与建树之构想，“书奏，诏付太常。”(《宋史·乐志六》)以布衣而对传统文化负有高度责任感，此二人又一相同也。白石对龟蒙认同既深，神理相接，致有“沉思只羡天随子，蓑笠寒江过一生”(《三高祠》诗)，及“三生定是陆天随”(《除夜》诗)之语。第四桥边，拟共天随住，亦此意也。第四桥边，其地仍在，天随子，其人往矣。中间下拟共二字，便将仍在之故地与已往之古人与自己粘连起来，泯没了古今时间之界限。真是深情所至，古今相通。《孟子·万章下》：“天下之善士，斯友天下之善士。以友天下之善士为未足，又尚论古之人，……是尚友也。”正是白石之谓也。住之一字亦可玩味，尚友古人数百年，安身立命天地间，意内而言外矣。此句收笔极重。以上写了自然、人生、历史，结笔更写出现时代，笔力无限。“今何许。凭栏怀古，残柳参差舞。”何许二字，语意极活，涵盖极大。何许有何时义，阮籍《咏怀》：“良辰在何许，凝霜沾衣襟。”可证。又有何处义，杜甫《宿青溪》：“我生本飘飘，今复在何许。”可证。还有为何义，万楚《题情人药栏》：“敛眉语芳草，何许太无情。”可证。更有如何义，陆游《桃源忆故人》：“试问岁华何许？芳草连天暮。”可证。今何许，笔势无限提升，意蕴无限广大。总而言之，是今世如何之意。析而言之，则兼含今是何世、世运至于何处、为何至此之意。此是囊括宇宙、人生、历史、时代之一大反诘，是充满哲学反思意味及积极入世精神之一大反诘。而其中重点，端在今之一字。凭栏怀古，气象阔大。古与今上下映照成文，补足此当头一大反诘之历史意蕴。应知此地古属吴越，吴越兴亡之殷鉴，曾引起晚唐龟蒙之悲怀：“香径长洲尽棘丛，奢云艳雨只悲风。吴王事事须亡国，未必西施胜六宫。”(《吴宫怀古》)亦不能不引起南宋白石之悲怀：“美人台上昔欢娱，今日空台望五湖。残雪未融青草死，苦无麋鹿过姑苏。”(《除夜》)怀古正是伤今。今何许？残柳参差舞。柳本纤弱，哪堪又残，故其舞也参差不齐，然而仍舞。舞之一字执著有力，苍凉之中，无限悲壮。此一自然意象，实为南宋衰世之象征，隐然并有不甘衰灭之意味。而其作为自然意象之本身，则又补足结笔当头一大反诘之自然意蕴。在祖国大诗人之笔下，大自然乃常与祖国分担忧患。结笔之意境，实为南宋国运之写照。返观数峰清苦二句，其意蕴正同于结笔，实为结尾之伏笔。在此九年之前，辛稼轩作《摸鱼儿》，结云："休去倚危栏，斜阳正在烟柳断肠处。"乃是同一意境。白石本词用舞字结穴，苍凉之中，无限悲壮。

陈廷焯《白雨斋词话》云："白石长调之妙，冠绝南宋。短章亦有不可及者，如《点绛唇·丁未冬过吴松作》一阕，通首只写眼前景物，至结处云'今何许，凭栏怀古，残柳参差舞'，感时伤事，只用今何许三字提唱，凭栏怀古下仅以残柳五字咏叹了之，无穷哀感，都在虚处，令读者吊古伤今，不能自止，洵推绝调。"此评可谓卓见。此词将身世之感、家国之悲融为一片，乃南宋爱国词中无价瑰宝。而身世家国皆以自然意象出之，自然意象在词中占优势，又将自然、人生、历史（尚友天随与怀古）、时代打成一片。赋家之心，苞括宇宙，此之谓也。尤其"今何许"之一大反诘，其意义虽着重于今，但其意味实远远超越之，乃是词人面对自然、人生、历史、时代所提出之一哲学反思。全词意境遂亦提升至于哲理高度。"今何许"，真可媲美于《桃花源记》"问今是何世"，《登幽州台歌》"前不见古人，后不见来者"。全词种种寄托，皆在虚处，若非了解其中历史文化及词学传统之意蕴，则无从谛知其真谛。此词艺术造诣，高度体现出白石词"清气盘空，如野云孤飞，去留无迹"（戈载《七家词选》）之特色。而声情之配合亦极精妙。上片首句首二字燕雁为叠韵，末句三、四字黄昏为双声，下片同位句同位字第四又为叠韵，参差又为双声。分毫不爽，天然合度。双声叠韵之复沓，妙用在于为此一尺幅短章增添了声情绵绵无尽之致。

（邓小军）

扬州慢

姜　夔

淳熙丙申至日，予过维扬，夜雪初霁，荠麦弥望。入其城则四顾萧条，寒水自碧。暮色渐起，戍角悲吟。予怀怆然，感慨今昔，因自度此曲，千岩老人以为有黍离之悲也。

淮左名都，竹西佳处，解鞍少驻初程。过春风十里，尽荠麦青青。自胡马窥江去后；废池乔木，犹厌言兵。渐黄昏，清角吹寒，都在空城。
杜郎俊赏，算而今、重到须惊。纵豆蔻词工，青楼梦好，难赋深情。二十四桥仍在，波心荡、冷月无声。念桥边红药，年年知为谁生！

赏　析

这首词写于宋孝宗淳熙三年(1176)冬至日，词前的小序对写作时间、地点及写作动因均作了交待。姜夔因路过扬州，目睹了战争洗劫后扬州的萧条景象，抚今追昔，悲叹今日的荒凉，追忆昔日的繁华，发为吟咏，以寄托对扬州昔日繁华的怀念和对今日山河残破的哀思。

这首词在艺术表现上的一个显著特点是写景物带有浓厚的感情色彩，景中含情，化景物为情思。它的写景，不俗不滥，紧紧围绕着一个统一的主题，即为抒发“黍离之悲”服务。词人到达扬州之时，是在金主完颜亮南犯后的十五年。他“解鞍少驻”的扬州，位于淮水之南，是历史上令人神往的“名都”，“竹西佳处”是从杜牧《题扬州禅智寺》“谁知竹西路，歌吹是扬州”化出。竹西，亭名，在扬州东蜀岗上禅智寺前，风光优美。但经过金兵铁蹄蹂躏之后，如今是满目疮痍了。战争的残痕，到处可见，词人用“以少总多”的手法，只摄取了两个镜头："过春风十里，尽荠麦青青"和满城的"废池乔木"。这种景物所引起的意绪，就是"犹厌言兵"。清人陈廷焯特别欣赏这段描写，他说："写兵燹后情景逼真。'犹厌言兵'四字，包括无限伤乱语，他人累千百言，亦无此韵味。"（《白雨斋词话》卷二）这里，作者使用了拟人化的手法，连"废池乔木"都在痛恨金人发动的战争，物犹如此，何况于人！有知有情的人民对这战争的痛恨与诅咒，当然要超过"废池乔木"千百倍。

上片的结尾三句："渐黄昏，清角吹寒，都在空城"，却又转换了一个画面，由所见转写所闻，气氛的渲染也更加浓烈。当日落黄昏之时，悠然而起的清角之声，打破了黄昏的沉寂，这是用音响来衬托寂静。"清角吹寒"四字，"寒"字下得很妙，寒意本来是天气给人的触觉感受，但作者不言天寒，而说"吹寒"，把角声的凄清与天气联系在一起，把产生寒的自然方面的原因抽去，突出人为的感情色彩，似乎是角声把寒意散布在这座空城里。听觉所闻是清角悲吟，触觉所感是寒气逼人，再联系视觉所见的"荠麦青青"与"废池乔木"这一切交织在一起，一切景物在空间上来说都统一在这座"空城"里，"都在"二字，使一切景物联系在一起，同时化景物为情思，将景中情与情中景融为一体，来突出"黍离之悲"。

用今昔对比的反衬手法来写景抒情，在这阕词中是比较突出的。上片用昔日的"名都"来反衬今日的"空城"；以昔日的"春风十里扬州路"来反衬今日的一片荒芜景象——"尽荠麦青青"。下片以昔日的"杜郎俊赏""豆蔻词工""青楼梦好"等风月繁华，来反衬今日的风流云散、对景难排和深情难赋。以昔时"二十四桥明月夜"的乐景，反衬今日"波心荡、冷月无声"的哀景。"波心荡、冷月无声"的艺术描写，是非常精细的特写镜头。二十四桥仍在，明月夜也仍有，但"玉人吹箫"的风月繁华已荡然无存了。词人用桥下"波心荡"的动，来映衬"冷月无声"的静。"波心荡"是俯视之景，"冷月无声"本来是仰观之景，但映入水中，又成为俯视之景，与桥下荡漾的水波合成一个画面，从这个画境中，似乎可以看到词人低首沉吟的形象。总之，写昔日的繁华，正是为了表现今日之萧条。

善于化用前人的诗境入词，用虚拟的手法，使其波澜起伏，余味不尽，也是这首词的艺术特色之一。《扬州慢》大量化用杜牧的诗句与诗境(有四处之多),又点出杜郎的风流俊赏,把杜牧的诗境,融入自己的词境;但他的追昔,主要怀念的是扬州的风月繁华与风流俊赏,这多少削弱了严肃的爱国主义的主题。

词的下片,较多地使用了虚拟的手法。词人设想:杜牧如果重游扬州,面对今日的萧条,也会感到惊心,即使像杜牧那样才华横溢的诗人,怕也“难赋深情”了。“算而今重到须惊”的“算”字,“纵豆蔻词工”的“纵”字,“念桥边红药”的“念”字,都是虚拟和加强语气的字眼。特别是结束处的虚拟,更耐人寻味。冬至之日,本来不是红芍药花开的季节,但纵使冬去春回,来日红药花开,又有谁来欣赏它呢?花开依旧,人事已非,花开也不过徒增空城的感伤而已。词情跌宕浓烈,增强了艺术感染力。

(刘文忠)

双双燕

史达祖

咏　燕

过春社了，度帘幕中间，去年尘冷。差池欲住，试入旧巢相并。还相雕梁藻井，又软语商量不定。飘然快拂花梢，翠尾分开红影。　芳径，芹泥雨润。爱贴地争飞，竞夸轻俊。红楼归晚，看足柳昏花暝。应自栖香正稳，便忘了、天涯芳信。愁损翠黛双蛾，日日画栏独凭。

赏　析

燕子是人们最喜爱的鸟之一，冬迁南方，春天来了，又从南方北归。如晏殊名句："无可奈何花落去，似曾相识燕归来。"然古典诗词中全篇咏燕的绝唱，则要首推史达祖的《双双燕》了。

这首词对燕子的描写是极为精彩的。通篇不出"燕"字，而句句写燕，极妍尽态，神形毕肖。"过春社了"，"春社"在春分前后，正是春暖花开的季节，相传燕子这时候由南方北归，词人只点明节候，让读者自然联想到燕子归来了。"度帘幕中间"，进一步暗示燕子的回归。"去年尘冷"暗示出是旧燕重归及年来变化。在大自然一派美好春光里，北归的燕子飞入旧家帘幕，红楼华屋、雕梁藻井依旧，所不同的，空屋无人，满目尘封，不免使燕子感到有些冷落凄清。这里发生了什么变化呢？

"差池欲住"四句，写双燕欲住而又犹豫的情景。由于燕子离开旧巢有些日子了，"去年尘冷"，仿佛有些变化，所以要先在帘幕之间"穿"来"度"去，仔细看一看似曾相识的环境。燕子毕竟恋旧巢，于是"差池欲住，试入旧巢相并"。

因“欲住”而“试入”，还未最后打定主意，所以还把“雕梁藻井”仔细相视一番，又“软语商量不定”。小小情事，写得细腻而曲折，颇有情趣。沈际飞评这几句词说：“‘欲’字、‘试’字、‘还’字、‘又’字入妙。”(《草堂诗余正集》)妙就妙在这四个虚字一层又一层地把双燕的心理感情变化，惟妙惟肖地传达出来。

“软语商量不定”，形容燕语呢喃，传神入妙。“商量不定”，写出了双燕你一句、我一句，亲昵商量的情状。“软语”，其声音之轻细柔和、温情脉脉可知，把双燕描绘得就像一对充满柔情蜜意的情侣。人们常用燕子双栖，比喻夫妻，这种描写是很切合燕侣的特点的。

果然，“商量”的结果，这对燕侣决定在这里定居下来了。于是，它们“飘然快拂花梢，翠尾分开红影”，在美好的春光中开始了繁忙紧张的新生活。“芳径，芹泥雨润”，紫燕常用芹泥来筑巢，正因为这里风调雨顺，芹泥也特别润湿，真是安家立业的好地方啊，燕子得其所哉，快活极了，双双从天空中直冲下来，贴近地面飞着，你追我赶，好像比赛着谁飞得更轻盈漂亮。广阔丰饶的北方又何止芹泥好呢，这里花啊柳啊，样样都好，风景是看不尽的。燕子陶醉了，到处飞游观光，一直玩到天黑了才飞回来。

“红楼归晚，看足柳昏花暝”，春光多美，生活又多么快乐、自由、美满。傍晚归来，双栖双息，其乐无穷。可是，这一高兴啊，“便忘了、天涯芳信”。在双燕回归前，一位天涯游子曾托它俩给家人捎一封书信回来，它们全给忘记了！这天外飞来的一笔，完全出人意料。随着这一转折，便出现了红楼思妇倚栏眺望的画面：“愁损翠黛双蛾，日日画栏独凭。”由于双燕的玩忽，害得幽闺独处的佳人日日高楼念远，望穿了秋水！

这结尾两句，似乎离开了通篇所咏的燕子，转而去写红楼思妇了。看似离题，其实不然，这正是词人匠心独到之处。试想词人为什么花了那么多的笔墨，描写燕子徘徊旧巢，欲住还休？对燕子来说，是有感于“去年尘冷”的新变化，实际上这是暗示人去境清，深闺寂寥的人事变化，只是一直没有道破。到了最后，才通过红楼思妇因双燕“忘了天涯芳信”而“日日画栏独凭”，把谜底揭开，给人以无穷回味。

原来词人描写这双双燕，是有意识地放在红楼清冷、思妇伤春的环境中来写的，他是用双双燕子形影不离的美满生活，暗暗与思妇“画栏独凭”的寂寞生活相对照；他又极写双双燕子尽情游赏大自然的美好风光，暗暗与思妇“愁损翠黛双蛾”的命运相对照。显然，作者对燕子那种自由、愉快、美满的生活的描写，是隐含着某种人生的感慨与寄托的。这种写法，一反以写人为主体的常规，而以写燕为主，写人为宾；写红楼思妇的愁苦，只是为了反衬双燕的美满生活。当然，读者自会从燕的幸福想到人的悲剧，不过作者有意留给读者自己去体会罢了。这种写法，因多一层曲折而饶有韵味，因而能更含蓄更深沉地反映人生，煞是别出心裁。

作为一首咏物词，《双双燕》获得了前人最高的评价。王士祯说：“咏物至此，人巧极天工错矣！”(《花草蒙拾》)这首词成功地刻画了燕子的优美形象，把燕子拟人化的同时，描写它们的动态与神情，又处处力求符合燕子的特征，以至于形神俱似的地步，真的把燕子写活了。例如同是写燕子飞翔，就有几种不同姿态。“飘然快拂花梢，翠尾分开红影”，是写燕子在飞行中捕捉昆虫、从花木枝头一掠而过的情状。“飘然”，写出燕子的轻，但又不是在空中自由自在地悠然飞翔，而是在捕食，所以又说“快拂花梢”。正因为燕子飞行轻捷，体型又小，飞起来那翠尾像一把张开的剪刀掠过“花梢”，就好似“分开红影”了。“爱贴地争飞”，是燕子又一种特有的飞翔姿态，天阴欲雨时，燕子飞得很低。由此可见词人对燕子观察何等细致，描写何等精确。词中写燕子衔泥筑巢的习性，写软语呢喃的声音，也无一不肖。“帘幕”“雕梁藻井”“芳径”“芹泥雨润”等等，也都是燕子特有的生活环境。词中用典也都切合燕子。“差池欲住”，“差池”二字本出《诗经·邶风·燕燕》：“燕燕于飞，差池其羽。”“芹泥雨润”，“芹泥”出杜甫《徐步》诗：“芹泥随燕嘴”。“便忘了天涯芳信”，则是化用南朝梁江淹《杂体诗·拟李都尉从军》“而我在万里，结发不相见；袖中有短书，愿寄双飞燕”诗意，反从双燕忘了寄书一面来写。

当然，取形不如取神，为燕子传神写照更是高难度的描写艺术，这也是其他咏物词远不可及的地方。如最出色的两句：“还相雕梁藻井，又软语商量不定”，酷似双燕向雕梁张望的神态和燕子柔声细语呢喃不休的情调，而又把燕子写得那么富有感情，那么富有人情味，真可说是千古绝笔了！

（高　原）

玉楼春

刘克庄

戏呈林节推乡兄

年年跃马长安市，客舍似家家似寄。青钱换酒日无何，红烛呼卢宵不寐。　　易挑锦妇机中字，难得玉人心下事。男儿西北有神州，莫滴水西桥畔泪！

赏析

此词是刘克庄为规劝林姓友人而写的一篇佳作。据题语，林是作者同乡，当时任节度推官（安抚司幕职），但名字失载，钱仲联先生《后村词笺注》说可能是林元质的长子林宗焕，因宗焕亦莆田人，又曾在浙西安抚司供职，与题称“乡兄”、词云“跃马长安”者俱合。“戏呈”二字有谐谑之意，用在朋友之间，表现情好亲密。词中所写的林兄意气飞扬而行为放荡，故作者对他进行规讽。

词的上片极力描写林的浪漫和豪迈。“年年跃马长安市，客舍似家家似寄”概言其久客轻家。“长安”借指南宋都城临安（今杭州）。年年跃马于繁华的都市街头，视客舍（借指酒楼妓馆）如家门而家门反若寄居之所，可见其情性之落拓。“青钱换酒日无何，红烛呼卢宵不寐”则具言其纵情游乐。二句盖从杜甫《偪侧行赠毕四曜》“速宜相就饮一斗，恰有三百青铜钱”及晏几道《浣溪沙》“户外绿杨春系马，床前红烛夜呼卢”等语化出，“无何”即无事，“呼卢”指赌博。日夜不休地纵酒浪博，又可见其生活之空虚。作者另有《菩萨蛮·戏林推》词云：“小鬟解事高烧烛，群花围绕摴蒱局。道是五陵儿，风骚满肚皮。

玉鞭鞭玉马，戏走章台下。笑杀灞桥翁，骑驴风雪中。”也写林节推的狎妓纵博生活，可以互参。如此描写，表面上是对林的豪迈性格的赞赏，实际上则是对林的放荡行为的惋惜。

下片乃和盘托出对林的规箴。“易挑锦妇机中字，难得玉人心下事”二句对举成文，含蓄地批评他迷恋青楼、疏远家室的错误。妻子的情义真实可靠，妓女的心意则虚假难凭。今乃舍易得的妻子之真情而取妓女的难凭的假意，可见是何等的荒唐了。“锦妇”原指苏蕙，此处借指林妻。《晋书·窦滔妻苏氏传》载：“滔，苻坚时为秦州刺史，被徙流沙。苏氏思之，织锦为回文旋图诗以赠滔，婉转循环以读之，词甚凄惋。”“玉人”即容色如玉的美人，指林所迷恋的妓女。结末“男儿西北有神州，莫滴水西桥畔泪”二句熔裁辛弃疾《贺新郎·同父见和再用韵答之》“我最怜君中宵舞，道男儿到死心如铁”及《水调歌头·送施枢密圣与帅江西》“贱子亲再拜：西北有神州”诸语意，热情而严肃地呼唤林某从偎红倚翠的庸俗趣味中解脱出来，立志为收复中原建立一番功业。“水西桥”是当时妓女聚居的一个地方，“莫滴水西桥畔泪”即不要同妓女们混在一起，洒抛那种无聊的伤离恨别之泪。如此规箴，辞谐而意甚庄，“旨正而语有致”（《艺概》评后村词语）。末二语尤见壮心，“足以使懦夫有立志”（《白雨斋词话》评此词语）。

依上所释，这首词的情感格调是非常之高的。词中表现出一种高翔远翥的气概和爱国忧时的精神，而对于醉生梦死的腐朽生活则极其鄙薄，因而具有惊顽起懦的价值。其艺术风格上的特色是：气劲辞婉，中刚外柔。作者对他这位朋友的荒于游乐是非常惋惜的，从篇末二句一扬一抑的情感落差来看，甚至颇有点愠怒。但用来表达此种惋惜和愠怒的言语却十分微婉，心中激昂慷慨，笔下温厚和平，摧刚为柔到了炉火纯青的地步。此词章法亦甚精巧，上片写人，下片致意，既各有所重，又相得益彰。开篇即托出一个裘马轻狂的人物形象，可谓蓦然而起。接着用换酒、呼卢两个细节渲染这个人物的放纵情态，可谓顺理而入。过片看似另言他事，实则暗承开篇二语，可谓藕断丝连。歇拍忽发高响，注入无限感慨，包涵无限希望，又似画龙点睛，使全词更加富有生气。

（罗忠族）

风入松

吴文英

听风听雨过清明，愁草瘗花铭。楼前绿暗分携路，一丝柳，一寸柔情。料峭春寒中酒，交加晓梦啼莺。　　西园日日扫林亭，依旧赏新晴。黄蜂频扑秋千索，有当时、纤手香凝。惆怅双鸳不到，幽阶一夜苔生。

赏　析

唐圭璋《唐宋词简释》云："此首西园怀人之作"，良是。

西园为词人寓居之地。梦窗词中屡提到西园，如《风入松》咏桂："暮烟疏雨西园路，误秋娘、浅约宫黄"，《莺啼序》咏荷："残蝉度曲，唱彻西园，也感红怨翠"，《浪淘沙》："往事一潸然，莫过西园"。西园在吴地，是梦窗和情人寓居之处，而二人分手也在这里，故词中屡及之。

此词上片情景两融，所造形象意境有独到之处，勿泛泛读过。首二句是伤春，三、四两句即写到伤别，五、六两句则是伤春与伤别的交织交融，形象丰满，意蕴深厚。"听风听雨过清明"，"清明"点时令，不错，但还应深入形象，探得词意所在。"清明时节雨纷纷"，寒食、清明凄冷的禁烟时节，连续刮风下雨，那是更够凄凉的。风雨不写"见"而写"听"，值得注意。日夜风雨，摧残鲜花，"林花谢了春红，太匆匆，无奈朝来寒雨晚来风"（李煜《相见欢》），这是说白天。"夜来风雨声，花落知多少"（孟浩然《春晓》），这是说晚上。白天对风雨中落花，不忍见，但不能不听到；晚上则为花无眠、以听风听雨为常。首句四个字就写出了词人在清明节前后，听风听雨，愁风愁雨的惜花伤春情绪，使读者生悽神撼魄之感。"愁草瘗花铭"一句紧承首句而来，五字千锤百炼，意密而情浓。落花满地，应加收拾，遂把它打扫成堆，给以埋葬，这是一层意思；葬花已毕而仍不惬于心，心想应该为它草就一个瘗花铭，庾信有《瘗花铭》，此借用之，这是二层意思；草（此为动词）铭时为花伤心，为花堕泪，愁绪横生，故曰“愁草”，这是三层意思。词人为花而悲，为春而伤，情波千叠，都集中反映在此五字中了。“楼前绿暗分携路，一丝柳，一寸柔情”，接着写伤别。梦窗和情人分手，就在这里。“暮烟疏雨”的“西园路”，“感红怨翠”的西园，是词人终生不能忘的地方，所以说“往事一潸然，莫过西园”。这里是抓住依依杨柳来叙写别情。“红稀”自然“绿暗”，此二句和首二句仍有内在联系。杨柳是多情的，一枝柳含一寸柔情，万丝柳有千尺柔情，睹此柔丝袅娜的杨柳，能不回想别时，痛伤别后！“料峭春寒中酒，交加晓梦啼莺”，二句可对可不对，此用对偶，意象更为密集。春寒病酒，是为春伤，意重伤春，但何尝不包括别情在内？晓莺破梦，是梦中惜别，是伤别，但也何尝不包括伤春在内。“料峭”“交加”用得好，病酒往往畏寒，而“料峭”的春寒又复侵袭之，真是“残寒正欺病酒”。“交加”，杂多重沓貌，此指梦境，亦指莺声，人迷困在杂沓的梦境之中，莺啼声声，时醒时梦，写出愁梦困扰情况，他笔所不能到。上片是愁风雨，惜年华，伤离别，意象集中精炼，而又感人至深，显出梦窗词密中有疏的特色。

下片写清明已过，风雨已止，天气放晴了。但思念已别的情人，何能忘怀！有一种写法，是因深念情人，故不忍再去园中平时二人一同游赏之处了，以免触景生悲，睹物思人。但梦窗却用进一层的写法，那就是写照样（依旧）去游赏林亭。“依旧”者，虽不忍去，而仍不忍不去也。及其去后，见秋千索而思旧日荡秋千之人，但却不正面写，而从侧面写，写黄蜂因索上凝着荡秋千人纤手的香气而频频扑去。黄蜂如此，则人可知矣。这就是前人词话中常说的“不犯本位”（刘熙载《艺概·词曲概》）。谭献云：“此是梦窗极经意词，有五季遗响。‘黄蜂’二句，是痴语，是深语。结处见温厚。”（谭评《词辨》）怀人之情至深，故即不能来，还是痴心望着她来。“日日扫林亭”，就是虽毫无希望而仍望着她来。离别已久，秋千索上的香气未必能留，但仍写黄蜂的频扑，这是幻境而非实境。陈洵说：“见秋千而思纤手，因蜂扑而念香凝，纯是痴望神理。”（《海绡说词》）这也可说是诗的真实和生活的真实的区别吧？结句“双鸳不到”（双鸳是一双绣有鸳鸯的鞋子），明写其不再来而生出惆怅。而这惆怅之情，仍不抽象地说出，而用形象来表达。“幽阶一夜苔生”，语含夸张。庾肩吾《咏长信宫中草》：“全由履迹少，亦欲上阶生。”李白《长干行》：“门前迟行迹，一一生绿苔。”梦窗此句似从上二诗脱化而来。不怨其不来，而只说“苔生”，这就是谭献所说的温厚。又当时伊人常来此处时，阶上是不会生出青苔来的，现在人去已久，所以青苔滋生，但不说经时而说“一夜”，也见出二人双栖之时，欢爱异常，印象深刻，仿佛如在昨日，故云“一夜苔生”，这样的夸张，在事实上并不如此，而在情理上却是真实的，所以说“见温厚”。

（万云骏）

唐多令

吴文英

何处合成愁？离人心上秋。纵芭蕉不雨也飕飕。都道晚凉天气好；有明月，怕登楼。　　年事梦中休，花空烟水流。燕辞归、客尚淹留。垂柳不萦裙带住，谩长是、系行舟。

赏析

这首词写羁旅怀人，在梦窗词中写法别致，论者的反响也很特别。抑梦窗者如张炎，偏予推选；而尊梦窗者如陈廷焯，反而加以诋諆，认为是下乘之作。平心而论，此词不事雕琢，自然浑成，在吴词中为别调，自有其可喜之处。

就内容而论可分两段，然与词的自然分片不相吻合。

从起句到“燕辞归、客尚淹留”为一段，先写羁旅秋思，酿足愁情，为写别情蓄势。起二句先点“愁”字，语带双关。从词情看，这是说造成如许愁恨的，是离人悲秋的缘故。单说秋思是平常的，说离人秋思方可称愁，命意便有出新。从字面看，“愁”字是由“秋心”二字拼合而成，故二句又近于字谜游戏。这种手法，古代歌谣中颇经见，王士禛谓此二句为“《子夜》变体”，具“滑稽之隽”（《花草蒙拾》），是道著语。盖《子夜歌》如“明灯照空局，悠然未有期（棋）”，借同音字为用；“擿门不安横，无复相关意”，本“关门”之关转作“关心”之关，是多义字别解。此词以“秋心”合成“愁”字，是离合体，皆入谜格，故是“变体”。此处似信手拈来，涉笔成趣，无造作之嫌，且紧扣主题秋思离愁，实不得以“油腔滑调”（陈廷焯《白雨斋词话》卷二）目之。

两句一问一答，开篇即出以唱叹，而且凿空道来，实属倒折之笔。下句“纵芭蕉不雨也飕飕”是说，纵然没有下雨，芭蕉也会因秋风飕飕，发出令人凄然的声音。这分明告诉读者，先时有过雨来。“一夜不眠孤客耳，主人窗外有芭蕉”（杜牧《雨》）。而起首愁生何处的问题，正从蕉雨惹起。所以前二句即由此倒折出来。倒折比较顺说，平添千回百折之感。沈际飞释前三句说：“所以感伤之本，岂在蕉雨？妙妙。”（《草堂诗余正集》）是颇有领会的。

秋雨晚霁，天凉如水，明月东升，正宜登楼纳凉赏月。“都道晚凉天气好”，是人云亦云，而“有明月，怕登楼”，才是客子独特的心理写照。“月是故乡明”，望月是难免触动乡思离愁的。这三句没有直说愁，却通过客子心口不一的描写把它表现充分了。

秋属岁晚，容易使人联想到晚岁。过片就叹息年光过尽，往事如梦。“花空烟水流”是比喻青春岁月的逝去，又是赋写秋景，兼二义之妙。可见客子是长期漂泊，老大未回。看到燕子辞巢而去，不禁深有感慨。“燕辞归”与“客尚淹留”，用曹丕《燕歌行》“群燕辞归雁南翔”与“何为淹留寄他方”句意，两相对照，见得人不如候鸟。以上蕉雨、明月、落花、流水、去燕……无非秋景，而又不是一般的秋景，于中无往而非客愁，这也就是“离人心上秋”的具象化了。

此下为一段，写客中孤寂之叹。“垂柳”是眼中秋景，而又关离别情事，写来承接自然。“萦”“系”二字均由柳丝绵长着想，十分形象。“垂柳不萦裙带住”一句写其人已去，“裙带”二字暗示对方的身份和彼此关系；“谩长是、系行舟”二句是自况，言自己不能随去。羁身异乡，又成孤另，本有双重悲愁，何况离去者又是一位情侣呢。由此方见篇首“离人”二字具有更多一重含意，是离乡又逢离别的人啊，其愁也就更其难堪了。伊人已去而自己仍留，必有不得已的理由，却不明说（也无须说），只怨怪柳丝或系或不系，无赖极，却又耐人寻味。“燕辞归、客尚淹留”句与此三句，又形成比兴关系，情景相映成趣。

前段于羁旅秋思渲染较详，蓄势如盘马弯弓。后段写客中怀人直是简洁，发语如弹丸脱手，恰到好处，毫无疵颣，没有作者通常有的堆砌典故、词旨晦涩的缺点。

（周啸天）

酹江月

文天祥

和

乾坤能大，算蛟龙、元不是池中物。风雨牢愁无着处，那更寒虫四壁。横槊题诗，登楼作赋，万事空中雪。江流如此，方来还有英杰。　　堪笑一叶漂零，重来淮水，正凉风新发。镜里朱颜都变尽，只有丹心难灭。去去龙沙，江山回首，一线青如发。故人应念，杜鹃枝上残月。

赏　析

这是一首异乎寻常的和词。作者是我国历史上杰出的民族英雄文天祥。宋祥兴元年(1278)十二月，文天祥在五坡岭(今广东海丰县北)为叛徒出卖而被俘。次年四月，被押送燕京。与文天祥同时被押北行的是他的同乡好友邓光荐。二人“共患难者数月”，一路上时相唱和。抵金陵(今江苏南京)后，邓光荐因病留寓天庆观就医。临别之时，邓光荐作《念奴娇·驿中言别》(水天空阔)词送文天祥，对国族的不幸，表示极大的愤慨，对文天祥的爱国壮举，表示热忱的赞慕。文天祥写了这首词酬答邓光荐。两词同用苏东坡赤壁怀古词韵。这不是一般的唱和之作，而是赤心报国的强者之歌。既有巨大的政治鼓动性，又有很强的艺术感染力。

词一起笔，就显得声势不凡：作者身陷囚笼，而壮志不折，雄心犹在，深信在如此辽阔的祖国，英勇的人们决不会永久沉默，一旦风云际会，必将光复河山。“乾坤能大”，“能”，同恁，如许、这样之意。“算蛟龙、元不是池中物”，语本于《三国志·吴书·周瑜传》：“恐蛟龙得云雨，终非池中物也。”除写自己而外，还暗寓对友人的期待，希望他早脱牢笼，再干一番事业。“风雨”二句，既实笔直写眼前景象，烘托囚徒的凄苦生活，又虚笔抒发沉痛情怀，民族浩劫，生灵涂炭，所到之处皆已江山易手，长夜难寐，寒虫四鸣，愁肠百结。“横槊题诗”三句，进一步以历史典故写自己定乱扶衰、整顿乾坤的不凡抱负。苏轼《前赤壁赋》中说曹操破荆州、下江陵时“酾酒临江，横槊赋诗，固一世之雄也”。汉末王粲避难荆州时，曾作《登楼赋》寄托乡关之思和乱离之感。文天祥连以这两个典故自况，颇有寓意。前一典是壮辞，表现了曹操英勇豪迈的气概；后一典是悲语，吐露了王粲雄图难展的苦闷。作者联而用之，加以“万事空中雪”一句，表示事业、壮心都已归失败，充分抒发了自己为挽救国族屡起屡踣历尽艰辛的无限感慨。“江流如此”，承上启下，喻指抗敌复国事业像江河流水奔腾不息，必定后继有人。“方来还有英杰”，与首韵相呼应，也是对邓光荐原作中“铜雀春情，金人秋泪，此恨凭谁雪？堂堂剑气，斗牛空认奇杰”诸句的有力回答。

从叙写的层次看，这首词的上片侧重于对经历的回顾，肯定与敌人的斗争；下片则主要写对未来的展望，表明坚持不屈的心迹。宋德祐二年(1276)在国家危急关头，文天祥毅然出使元营，痛斥敌帅伯颜，被拘至镇江，伺机脱逃，“日与北骑相出没于长淮间”，以惊人的毅力历经“层见错出”的艰难险阻，始得南归。这次被俘北行，又抵金陵一带，故有“重来淮水”云云(淮水指秦淮河)。“镜里朱颜都变尽，只有丹心难灭。”这是全词的中心。与作者《过零丁洋》诗中“人生自古谁无死，留取丹心照汗青”，是同样光照千古的名句。文天祥到燕京后，元朝廷威逼利诱，百般劝降，“虽示以骨肉而不顾，许以官职而不从，南冠而囚，坐未尝面北。留梦炎说之，被其唾骂。瀛国公往说之，一见北面拜号，乞回圣驾”。平章阿合马来，也碰了一鼻子灰，默然而去(邓光荐《文丞相传》)。敌方也为之“相顾动色，称为丈夫”。只有这种坚定不移的报国赤诚，才能写出这样肝胆照人的词句来！词的最后几句再次向故国故友表白，即使以身殉国，他的魂魄也会变成杜鹃飞回南方，为南宋的灭亡作泣血的哀啼。作者同时期写的《金陵驿》诗中，也有相同的表示：“从今别却江南日，化作啼鹃带血归。”

文天祥这首词虽是和作，但比邓词大有提高。通篇直抒胸臆，不假雕饰，慷慨激昂，苍凉悲壮，给人以深刻的印象，是词史上富有生命力的艺术品。南宋末年，由于蒙古贵族军事集团南犯和镇压，词坛萧索沉寂，不是低沉隐晦的哀叹，就是消极绝望的悲歌。而文天祥的词却如黑夜中的惊雷闪电，不仅表现了他“镜里朱颜都变尽，只有丹心难灭”的英雄气概，而且抒发了在当时极为可贵的乐观主义的豪情：“江流如此，方来还有英杰。”用词来抒发这样的气概和豪情，正是遥接了辛派爱国壮词的遗风，闪烁着宋词的最后的光辉。

（陆　坚）

一剪梅

蒋　捷

舟过吴江

一片春愁待酒浇。江上舟摇，楼上帘招。秋娘渡与泰娘桥[1]，风又飘飘，雨又萧萧。　何日归家洗客袍？银字笙调，心字香烧。流光容易把人抛，红了樱桃，绿了芭蕉。

【注】

① 渡：《全宋词》作“度”；桥：作娇。兹从龙榆生《唐宋名家词选》。

赏　析

这首词写作者乘船漂泊途中倦游思归的心情。词题“舟过吴江”表明，他当时正乘船经过濒临太湖东岸的吴江县。首句“一片春愁待酒浇”，揭出了“春愁”这个主题，并点出了时序。“一片”，形容他愁闷连绵不断。“待酒浇”，又从急需宽解表现了他愁绪之浓。唐韦庄《置酒不得》诗：“满面春愁消不得”，不就是由于无酒浇愁以至春愁难消么！那么，词人的愁绪究竟在什么样的景况下产生的？产生了哪些愁绪？往下的描写就回答了这两个问题。

“江上舟摇，楼上帘招。秋娘渡与泰娘桥，风又飘飘，雨又萧萧”，上片这五句，用跳动的白描笔墨，具体描绘了“舟过吴江”的情景。这“江”，就是流经吴江县的吴淞江，即吴江。一个“摇”字，刻画出他的船正逐浪起伏地向前划动，带出了乘舟的主人公的动荡飘泊之感。一个“招”字，描写出江岸边酒楼上悬挂的酒招子（酒帘）正在迎风飘摆、招徕顾客，也透露了他的视线为酒楼所吸引并希望借酒浇愁的心理。这两句都着笔于景物的动态。句中特别点出了吴江的两个引人注目的地名，表现他的船已经驶过了秋娘渡和泰娘桥，以突出一个“过”字。这个渡口和桥都是用唐代著名歌女的名字命名的，船经此处，很容易使人产生联想。作者偏偏挑出这两个地名，这里难道没有透露出他触景生情，急欲思归和闺中人团聚吗？漂泊思归，偏偏又逢上恼人的天气。作者用“飘飘”“萧萧”描绘了风吹雨急，并连用两个“又”字，表示出他对这“不解人意”的风雨的恼意。

上片以白描写景，景中带情；下片正面写情，情中有景。“何日归家洗客袍？银字笙调，心字香烧”，三句想象归家后的温暖生活，表现了他思归的急切。“何日归家”四字，一直管着后面的三件事：洗客袍、调笙和烧香。“客袍”是旅途穿的衣服。“洗客袍”意味着至少暂时结束了客游的劳顿生活；调笙，调弄起镶有银字的笙，烧香，点燃起熏炉里心字形的香，不用说，这三件事都是他的闺中人作的。这意味着他有美眷的陪伴，可以享受舒适的家庭生活的温暖。“银字”和“心字”这两个装饰性的用语，又给他所向往的家庭生活，增添了美好、和谐的意味。

倦游思归，是他的“春愁”的第一层含意，与此相关连，还有第二层含意，那就是对年华流逝的感叹。后者表现在结尾三句。句中舍弃了陈旧的套语，采用了拟人而又形象的语句：“流光容易把人抛”，突出时光流逝之快。特别是，作者还创造性地利用樱桃和芭蕉这两种植物的颜色变化，更具体地显示出时光的奔驰。李煜虽曾用“樱桃落尽春归去”揭示春去夏来的时令变化，而蒋捷则是从不同的角度，抓住夏初樱桃成熟时颜色变红，芭蕉叶子由浅绿变为深绿这一特征，从视觉上对“时光容易把人抛”加以补充，把看不见的时光流逝转化为可以捉摸的形象。“红”和“绿”在这里都作使动词用，再各加一个“了”字，从动态中展示了颜色的变化。当然，这里作者并不光是在写景，而且是在抒情，抒发对年华消逝的慨叹。这第二层春愁，实际上是第一层春愁的深化。这种“转眼间又春去夏来”的感叹，包含了他对久客的叹息，包含了他思归的急迫心情，也包含着光阴似水的人生感喟。

《一剪梅》这个词牌，有叶六平韵和逐句叶韵两种写法。作者采用了逐句叶韵的格式,读起来更加铿锵悦耳。他还充分发挥了这种格式中四组排比句式的特点,加强了作品的表现力和节奏感。这都使它更像一支悠扬动听的思归曲,增添了它的余音绕梁之美。

(范之麟)

虞美人

蒋　捷

听　雨

少年听雨歌楼上，红烛昏罗帐。壮年听雨客舟中，江阔云低断雁叫西风。　　而今听雨僧庐下，鬓已星星也。悲欢离合总无情，一任阶前点滴到天明。

赏　析

这首词，层次清楚，脉络分明。分上、下片看，上片是感怀已逝的岁月，下片是慨叹目前的境况。从通篇看，它按时间顺序，由少年写到壮年，再写到老年，写了三个不同时期的不同环境、不同生活和不同心情，而以“听雨”作为一条贯串始终的线索。

蒋捷生当宋、元易代之际，大约在宋度宗咸淳十年（1274）成进士，而几年以后宋朝就亡了。他的一生是在战乱年代中颠沛流离、饱经忧患的一生。这首词正是他的忧患余生的自述。他还写了一首《贺新郎·兵后寓吴》词如下：

深阁帘垂绣。记家人、软语灯边，笑涡红透。万叠城头哀怨角，吹落霜花满袖。影厮伴、东奔西走。望断乡关知何处，羡寒鸦、到着黄昏后。一点点，归杨柳。　　相看只有山如旧。叹浮云、本是无心，也成苍狗。明日枯荷包冷饭，又过前头小阜。趁未发、且尝村酒。醉探枵囊毛锥在，问邻翁、要写《牛经》否。翁不应，但摇手。

词中所写情事,可以与这首《听雨》词互相印证。两首词,可能都写于宋亡以后。不妨想象:作者执笔写词时,抚今思昔,百感茫茫,伤时感事,万念潮生,其身世之哀和亡国之恨是纷至沓来、涌集心头的。这里,有个人一生的离合悲欢,又有整个世局的风云变幻。要把这一切写进词中,不是一件轻而易举的事。比较而言:《兵后寓吴》词选用的是长调,还有铺叙回旋余地;这首《听雨》词所用的词牌《虞美人》,只有五十六个字,而竟然容纳了这么长的时间跨度和这么大的人事起伏,其概括本领是极其高明的。

其高明之处在于:作者没有用抽象的叙述来进行概括,而是从自己漫长的一生和曲折的经历中,截取了三幅富有暗示性和象征性的画面,通过它们,形象地概括了从少到老在环境、生活、心情各方面所发生的巨大变化。

作者首先选择了一幅歌楼上听雨的画面。画中展现的只是一时一地的片段场景,但却启人想象,耐人寻味,具有很大的艺术容量,使读者从一滴水尝知大海的滋味,从红烛映照、罗帐低垂这样一个光与色的组合中产生青春与欢乐的联想,从而想见身在其中的人,并进而推知他的"少年不知愁滋味"的情怀。但是,从作者一生看,这个阶段是短暂的,好景是不长的。如果把整首词作为一卷连属的画,那么,这一画面只居衬托地位。它是对后面的画面起反衬作用的。俗语说:"若要甜,加点盐。"有了这样一个显示青春与欢乐的画面,才使后面的画面更显得凄凉、萧索。

这后面紧接着出现的是一个客舟中听雨的画面。从取景角度看,前一幅摄取的是楼内近景;这一幅摄取的是舟外远景。它是从客舟中望出去的一幅水天辽阔、风急云低的江上秋雨图,而一只风雨中失群孤飞的大雁,正是作为作者自己的影子出现的。他进入壮年后,失去了"软语灯边、笑涡红透"的家庭温暖,在兵荒马乱、"万叠城头哀怨角"的大环境中,所过的是"东奔西走"、漂泊四方的生活,怀抱的是"望断乡关"、踽踽凉凉的心情。但他没有直接抒写那些痛苦的遭遇和感受,只展示了这样一幅江雨图,而他的一腔旅恨、万种离愁却都已包孕其中了。不过,就全词而言,这还不是作者要展示的主要画面,也只是起陪衬作用的。

在谋篇行文方面,这首词是从旧日之我写到今日之我,在时间上是顺叙下来的；但它的写作触发点却应当是从今日之我想到旧日之我，在时间上是逆推上去的。词中居主要地位的应当是今我，而非旧我。因此，继以上两幅一起反衬作用、一起陪衬作用的画面后，词人接着又让读者看到一幅显示他的当前处境的自我画像。画中没有景物的烘染，只有一个白发老人独自在僧庐下倾听着夜雨。这样一个极其单调的画面，正表现出画中人处境的极端孤寂和心境的极端萧索。他在尝遍悲欢离合的滋味，又经历江山易主的巨大变故后，不但埋葬了少年的欢乐，也埋葬了壮年的愁恨，一切皆空，万念俱灰，此时此地再听到点点滴滴的雨声，虽然感到雨声的无情，而自己却已木然无动于衷了。词的结尾，就以“悲欢离合总无情，一任阶前点滴到天明”这样两句无可奈何的话，总结了他“听雨”的一生。

温庭筠有一首《更漏子》词，下半首也写听雨：“梧桐树，三更雨，不道离情正苦。一叶叶，一声声，空阶滴到明。”万俟咏也有一首以雨为题的《长相思》：“一声声，一更更。窗外芭蕉窗里灯，此时无限情。　梦难成，恨难平。不道愁人不喜听，空阶滴到明。”乍看之下，两词所写，都与这首《虞美人》词的结尾两句有相似之处。但温词和万俟词的辞意比较浅露，词中人也只是为离情所苦而已；蒋捷的这首词，则内容包涵较广，感情蕴藏较深。这首词写他一生的遭遇，最后写到寄居僧庐、鬓发星星，已经写到了痛苦的顶点，而结尾两句更越过这一顶点，展现了一个新的感情境界。温词和万俟词的“空阶滴到明”句，只作了客观的叙述，而蒋捷在这五个字前加上“一任”两个字，就表达了听雨人的心情。这种心情，看似冷漠，近乎决绝，但并不是痛苦的解脱，却是痛苦的深化。这两个字，在感情上有千斤分量，而其中蕴含的味外之味是在终篇处留待读者仔细咀嚼的。

（陈邦炎）

九张机

无名氏

一

一张机，采桑陌上试春衣。风晴日暖慵无力，桃花枝上，啼莺言语，不肯放人归。

二

两张机，行人立马意迟迟。深心未忍轻分付，回头一笑，花间归去，只恐被花知。

三

三张机，吴蚕已老燕雏飞。东风宴罢长洲苑，轻绡催趁，馆娃宫女，要换舞时衣。

四

四张机，咿哑声里暗颦眉。回梭织朵垂莲子，盘花易绾，愁心难整，脉脉乱如丝。

五

五张机，横纹织就沈郎诗。中心一句无人会，不言愁恨，不言憔悴，只恁寄相思。

六

六张机，行行都是耍花儿。花间更有双蝴蝶，停梭一晌，闲窗影里，独自看多时。

七

七张机，鸳鸯织就又迟疑。只恐被人轻裁剪，分飞两处，一场离恨，何计再相随？

八

八张机，回文知是阿谁诗？织成一片凄凉意，行行读遍，厌厌无语，不忍更寻思。

九

九张机，双花双叶又双枝。薄情自古多离别，从头到底，将心萦系，穿过一条丝。

赏析

《九张机》，是一组具有浓郁的民歌色彩的抒情小词。曾慥在《乐府雅词》中把它列入“转踏”类。“转踏”又作“传踏”，是诗词相间组合起来的叙事歌曲。这是从形式上对它作出的分类。陈廷焯在《白雨斋词话》中说它是“逐臣弃妇之词”，“《子夜》怨歌之匹”，是绝妙的乐府，千年的绝调，这是从内容上对它作出的评价。以男女悲欢之情，喻君臣离合之感，是我国诗歌传统的手法，作者未必定有此意，而读者未尝不可以作如是想，见仁见智，固不必执一而论，凿空以求。但我认为这一组小词，塑造了一个来自民间的对爱情无比忠贞的织锦少女形象，她对旖旎明媚的春光无比热爱，对美满幸福的生活执着追求，从采桑到织锦，从惜别到怀远，形成一幅色彩缤纷、形象鲜明的生活画卷，给人以极大的审美享受，显然是这个少女春愁春恨、离情别绪的抒写。

“一张机”通过采桑少女美的感受和心的陶醉，来抒发自己热爱自然、热爱生活的美好情意。首句的“一张机”，是民歌中惯用的比兴手法，次句的“采桑陌上试春衣”，点明了劳动的对象、地点和时令，“风晴日暖慵无力”，表现了一个少女陶醉在大自然中的娇态，“桃花枝上”三句，写她被黄莺儿的美妙歌声迷住了，舍不得回去。妙在不说自己流连忘返，乐不思归；而说莺言留挽，不让人归，把无情的黄莺，化作有心的女伴，生动地表现了女主人公对美好生活的无限热爱。这幽静的原野，妩媚的春光，嫩绿的桑叶，嫣红的桃花，配合着那黄莺的百啭歌声，一幅江南农村的秀丽图画，展现在我们的面前，真是“触景生情，缘情布景”的妙手。

“两张机”，通过行人踟蹰、女子回头一笑的离别情景，表现了她对即将远离的恋人的无限深情。“行人立马意迟迟”，是从女主人公的眼里看到行人的迟疑不决，欲行又止，真实地描绘出那种依依不舍的矛盾心情。“深心未忍轻分付”，是写女主人公的内心活动，刻画出正在初恋的少女隐藏着自己深情蜜意的娇羞心理和矜持态度。“回头一笑”三句，既是她向对方表示“深心”的一种特有的默契，又是她掩盖内心秘密的艺术反映，这一富有情趣的细节描写，使人很容易联想起皇甫松的“无端隔水抛莲子，遥被人知半日羞”（《采莲子》），不过这是“回头一笑”，那是“隔水抛莲”；这是“只恐花知”的猜疑，那是“遥被人知”的现实而已。

“三张机”，借古代吴王宫女要更换舞衣，写出初夏蚕老时，少女开始紧张的织锦劳动。《白雨斋词话》认为它“刺在言外”，是不无见地的。“吴蚕已老燕雏飞”，点明吴蚕三眠已过，正在吐丝作茧；乳燕双翮初健，正在离巢试飞，用两种动物的不同生态来描绘江南蚕乡的暮春季节，为下文织锦、相思作好铺垫。“长洲苑”，是吴王夫差游猎的园囿，“馆娃宫”，是吴王夫差建造给西施住的，都在今苏州市的西南。“轻绡”，是柔软的丝织品，是“舞衣”的原料。这两句既揭示了这位女主人公在“催趁”下从事劳动的紧张心理；也揭露了最高封建统治者轻歌曼舞的淫靡生活。是“怨而不怒”的典型体现，陈廷焯说它“高处不减《风》《骚》”（《白雨斋词话》），正是指的这些地方。

“四张机”，运用乐府民歌中谐音双关的艺术手法，表现女主人公饱含深情的思恋之苦。“咿哑”，是象声词，是织机的声音；“颦眉”，是皱起眉头。此句写女子一边纺织一边忧思。她并未因相思之苦而停下机杼，却把相思之意织入了丝锦，所以有下句“回梭织朵垂莲子”。言织锦的梭子在机上来回飞动，很快织下了一朵下垂的莲子。这里的“垂莲子”，是谐音双关，即“垂怜于子”，也就是“爱你”的意思，是吴音歌中习见的艺术手法，以“莲”为“怜”，这里的“垂莲子”，正是前文“暗颦眉”的原因。“盘花易绾，愁心难整，脉脉乱如丝”，是说要曲折回环地织成美丽的花朵是容易的，而要清理心头的离情别绪则是困难的，这是“泪眼描将易，愁肠画出难”的诗意点化。后一句是说思念远人的心绪像乱丝一样纠缠在一起，这是“剪不断，理还乱，是离愁，别是一般滋味在心头”的胚胎。“盘花”与“愁心”对举，“易绾”与“难整”反衬，对比鲜明，铢两悉称，是十分工整的一联偶句。通过这样的细节描写和形象刻画，这位少女深情脉脉的内心活动，便得到了完美的体现。

“五张机”通过织诗锦上、寄托相思的描写，表达了女主人公对她心上人的无限深情。“横纹织就沈郎诗，中心一句无人会”。“沈郎”，就是南朝著名的诗人沈约，他在寄范安仁诗中有“梦中不识路，何以慰相思”之句。这两句是说，她默默地把相思的诗句织在横的花纹里，却又担心诗中的命意不被情人所理解。那么，她织在锦上的诗意到底是什么呢？“不言愁恨，不言憔悴，只恁寄相思”。“恁”，是“这么”的意思。在这里，她重复着两个“不言”，表明她不愿向对方倾诉别后的内心愁苦，也不愿透露形容的憔悴，而只是在诗句中寄托着自己的寸寸柔肠，缕缕情丝。“不言”之言，大大地超过了“言”的艺术容量。所谓“无限相思意，尽在不言中”，语言是有限的，而情思是无穷的，这就是人们追求“言外之意，味外之旨”的艺术境界的原因。

“六张机”，通过锦上的蝴蝶双飞，窗前的停梭独看，表现了女主人公丰富的内心世界和复杂的相思情愫。“耍花儿”，意为可爱、有趣的花儿，这是当时流行的方言。《九张机》的另一组诗也有“中心有朵耍花儿”之句，不过那个“耍花儿”是“娇红嫩绿”的花朵，而这里则是花间双飞的蝴蝶。锦上添花是美，行行都是可爱的花就更美，以争妍斗艳的繁花为背景，配上翻飞花间的双蝴蝶，那就美得不同凡响了。这象征着青春幸福的双飞蝴蝶，对于初恋中的少女来说自然是特别敏感的，所以她情不自禁地“停梭一晌，闲窗影里，独自看多时”。

第一句是她望着自己织出的双蝶出神，既为自己精心织成的艺术品感到十分满意，也引起一番伤感。第二句是以环境的幽静暗衬她内心的翻腾。第三句以“独”和“双”对举成文，前后照应，让双飞花间之蝶，反衬独坐机畔的人，一种难以言喻的相思之情，在字里行间流露了出来。

“七张机”，通过鸳鸯戏水的图案遭到“轻裁剪”而担心，突出青春幸福生活的被毁灭而疑虑，表现女主人公对前途和命运的无穷隐忧。织成了鸳鸯戏水的图案，应该是高兴的，为什么反而“迟疑”起来呢？原来是她“只恐被人轻裁剪”，从而引起一场难以排遣的离恨。这是以锦上的鸳鸯，象征人间的情侣；以鸳鸯的遭到“轻裁剪”，象征情侣的无端“轻别离”；以鸳鸯的“分飞两处，无计相随”，象征自己的独处深闺，欢聚无时。联想是丰富而自然的，比喻是生动而形象的，因而能给人以无限的审美享受。

“八张机”，通过读遍回文所产生的苦闷心情，表达了女主人公的无穷幽怨。“回文知是阿谁诗，织成一片凄凉意”。这里用了前秦女诗人苏蕙的故事，《晋书·窦滔妻苏氏传》：“滔，苻坚时为秦州刺史，被徙流沙，苏氏思之，织锦为回文旋图以赠滔，宛转循环以读之，词甚凄婉。”明明知道回文诗是苏蕙寄给她丈夫的，为什么偏偏要发出“阿谁诗”的疑问呢？就是因为她的思恋之情，她的凄凉之意，跟苏氏的回文诗熔铸在一起了。苏氏的回文诗表达了她的思想感情，她的思想感情寄托在苏氏的回文诗中，合二而一，浑然一体，是难以分辨的。“行行读遍”，说明读得仔细。“厌厌无语”，“厌厌”，同“恹恹”，烦恼、愁苦的样子。说明读了以后的沉重心情。“不忍更寻思”，“寻思”是仔细思量的意思。说明在严酷的现实面前，往事不堪回首的伤感，从而使语言的感情色彩得到了加强，环境的凄凉气氛得到了渲染，大大地提高了艺术的感染力。

“九张机”通过并蒂花、连理枝的比喻，表现了女主人公对美好生活的执著追求，对薄情男子的深切指责。“双花双叶又双枝”，是锦上织成的并蒂花和连理枝。三用“双”字，加强了“独”字的反衬作用，既表达了她对“双花双枝”的向往，又流露了她独处深闺的苦闷，内涵是十分丰富的。“薄情自古多离别”是“多情自古伤离别”（柳永《雨霖铃》）的反语，“薄情郎”，“多离别”，是“自古”皆然，是一种普遍的社会现象；然而“多情女”呢？却要“从头到底，将心萦系，穿过一条丝”，就是要用一根饱含着甜情蜜意的丝线，把红花、绿叶、柔枝都紧紧地串连在一起。这“心”与其说是花心，毋宁说是情侣之心。这“一条丝”，也就是指结同心的相思。语意双关，意味深长，突出了少女真的感情、善的性格、美的愿望，给人留下了不可磨灭的印象。

这组词运用了丰富多彩的艺术手法，刻画了一个多愁善感的少妇形象，既可以独立成篇，又是一个有机的整体，既可以看作青年男女的闲愁，又可以看作老成忧国的哀叹，发射出多方面的信息，具有丰富的艺术含蕴。陈廷焯认为“词至此，已臻绝顶，虽美成（周邦彦）白石（姜夔）亦不能为”（《白雨斋词话》）。虽不免有些偏爱，但也不是没有根据和见解的。

（羊春秋）

摸鱼儿

元好问

问世间、情是何物，直教生死相许？天南地北双飞客，老翅几回寒暑。欢乐趣，离别苦，就中更有痴儿女。君应有语，渺万里层云，千山暮雪，只影向谁去？　　横汾路，寂寞当年箫鼓，荒烟依旧平楚。招魂[①]楚些何嗟及，山鬼[②]暗啼风雨。天也妒，未信与，莺儿燕子俱黄土。千秋万古，为留待骚人，狂歌痛饮，来访雁邱处。

【注】

① 招魂：《楚辞·招魂》序："宋玉哀屈原忠而斥弃，愁懑山泽，魂魄放佚，厥命将落，故作《招魂》欲以复其精神。" ② 山鬼：《楚辞·九歌》篇名，有"东风飘兮神灵雨"之句。

赏析

这是一首咏物词。作者驰骋着丰富的想象，运用拟人等艺术手法，紧紧围绕"情"字，对大雁殉情的故事展开了深入细致的描绘，塑造了一个忠于爱情的大雁的艺术形象，谱写了一曲凄恻动人的恋情悲歌，寄托了作者对殉情者的哀思。

情因景而生，词为情而作。作者在词前小序中说："太和五年乙丑岁，赴试并州，道逢捕雁者云：'今旦获一雁，杀之矣。其脱网者悲鸣不能去，竟自投于地而死。'予因买得之，葬之汾水之上，累石为识，号曰雁邱。时同行者多为赋诗，予亦有《雁丘词》。"这就是说，雁殉情而死的事，强烈地拨动了作者心灵的琴弦，使其挥笔写下了这首充满激情的词。

这首词的主旨是赞美雁情坚贞专一。词的开头三句，陡然发问，奇思妙想，破空而来。作者本要咏雁，却从“世间”落笔，以人拟雁，赋予雁情以超越自然的意义，想象极为新奇。“情是何物”，这似乎是一个尽人皆知的问题，事实上许多人只是从形骸上看待男女之爱，并不懂得什么是“至情”，作者劈头提出这个问题，显然是要唤起世人对“至情”的关注，为下文写雁的殉情预作张本；同时也是为了点出“情”字，并用它贯穿全词。古人认为，情至极处，“生者可以死，死者可以生”。“生死相许”，是互爱着的双方可以生死与共。情是何物而至于以生死相许！这是因大雁殉情一事引起的普遍的感叹，同时也是对“至情”的力量的讴歌。在“生死相许”之前加上“直教”二字，便补足了“情”这个“物”的魔力之大。这样开篇，中心突出，气健神旺，犹如盘马弯弓，为下文写雁之殉情蓄足了笔势。

接着，作者便凭借着丰富的联想和想象，对雁的生活、雁的心理活动和鸿雁殉情的原因，层层深入地展开描写。“天南地北”二句写雁的生活。大雁秋天南下越冬而春天北归，双宿双飞，这本来是一种自然现象，而作者却称它们为“双飞客”，赋予它们的生活以人格化理想化的色彩。“天南地北”，从空间落笔，“几回寒暑”，从时间着墨，用高度的艺术概括，写出了大雁的相依为命，一往情深。其实，雁的殉情决不是简单的“深情”二字所能概括得了的，故作者接下去又用抒情的笔调描绘雁的痴情，指出它们在长期的共同生活中，既有团聚的欢乐，也有离别的酸辛，但没有任何力量能把它们分开。“痴儿女”三字，使用拟人的手法，表现了这对“双飞客”的心心相印与感情的深挚专一。然后写孤雁的心理活动。君，指殉情的大雁。当“网罗惊破双栖梦”之后，作者认为孤雁心中必然会产生生与死、殉情与偷生的矛盾。而且它肯定是想自己虽然获得了一线生机，但情侣业已亡逝，自己形孤影单，前途渺茫，即便能苟活下去，还有什么意义呢？于是痛下决心，追旧侣于九泉之下，“自投于地而死”了。“万里”“千山”，写征途之遥远，“层云”“暮雪”，渲染征途之艰险，用烘托的手法，揭示了大雁心灵的轨迹，交代了它殉情的原因，动人心弦。在这里，作者调动了形象描写、心理刻画和抒情议论多种艺术手段，塑造了大雁的形象，再现了一个完整的内心世界，一条奔涌的思想和感情的流程，用具体事实坐实了“情”字。

过片以后，作者又借助对自然景物的描绘，衬托出大雁殉情之后的凄苦。在作者笔下，在孤雁长眠的地方，当年汉武帝渡汾河祀汾阴的时候，箫鼓喧天，棹歌四起，是何等热闹；而今平林漠漠，荒烟如织，箫鼓声绝，一派萧条冷落的景色。古与今，人与雁，形成了鲜明对比，更加使人感到鸿雁殉情后的凄苦与孤寂。但是，雁死不能复生，招魂无济于事，山鬼也枉自悲啼，死者已矣，而人也就无可奈何了。说景即是说情。在这里，作者把写景同抒情融为一体，用凄凉的景物衬托孤雁的悲苦生活，增强了作品的悲剧气氛，表达了作者对殉情大雁的强烈而真挚的哀悼与惋惜。

词的最后，写作者对殉情大雁的礼赞。作者认为，孤雁之死，其感情价值之高，上天也应生妒；虽不能说“重于泰山”，但也不会与莺儿、燕子之死一样同归黄土而了事。它的美名将永世长存，万古长青。“千秋万古”，从正面歌颂；“莺燕黄土”，从反面衬托。相反相成，从不同方面共同阐明了大雁殉情的不朽的社会价值。

心有灵犀一点通。雁之殉情事实上就是无数青年男女为追求幸福美满的爱情、婚姻和家庭生活而不惜献出青春甚至生命的投影，而作者对雁之殉情的赞美，就是他对无数青年男女坚贞专一爱情的歌颂，也是对他们爱情遭受梗阻、破坏的叹息。

总之，这首词围绕开头两句发问，一层一层地写出了一段动人的情事，用事实回答了什么是“至情”。全词情节虽然并不复杂，而行文却腾挪多变，有大雁生前的欢乐，也有死后的凄苦，前后照应，上下勾联，寓缠绵之情于豪宕之中，寄人生哲理于淡语之外，清丽淳朴，温婉蕴藉，具有很高的艺术价值。

（薛祥生）

图书在版编目(CIP)数据

诗词文曲鉴赏.宋词/上海辞书出版社文学鉴赏辞典编纂中心编.—上海:上海辞书出版社,2020
ISBN 978-7-5326-5684-4

Ⅰ.①诗… Ⅱ.①上… Ⅲ.①宋词-鉴赏 Ⅳ.①I207.2

中国版本图书馆CIP数据核字(2020)第218382号

诗词文曲鉴赏·宋词

上海辞书出版社文学鉴赏辞典编纂中心 编

责任编辑 吕荣莉
装帧设计 王轶颀

出版发行 上海世纪出版集团
上海辞书出版社(www.cishu.com.cn)
地　　址 上海市陕西北路457号(邮编 200040)
印　　刷 苏州越洋印刷有限公司
开　　本 890×1240毫米 1/32
印　　张 9
字　　数 266 000
版　　次 2020年12月第1版 2020年12月第1次印刷
书　　号 ISBN 978-7-5326-5684-4/I·474
定　　价 25.00元